世界のなかの子規・漱石と近代日本

柴田勝二［編］

勉誠出版

世界のなかの子規・漱石と近代日本

III…文学と歴史の近代

はじめに

二〇一七年は、正岡子規と夏目漱石の生誕一五〇周年に当たる年であった。子規と漱石が生まれた一八六七年は江戸時代の掉尾となった年であり、したがって二人はまさに明治日本の進み行きとともに人生を歩んだ文学者であった。彼らがその年に生まれていることは偶然であるにしても、彼らの文業や言説を眺めると、やはりそこには看過できない意味がはらまれているように思われる。彼らと比べると、三回り近く上の福澤諭吉は「一身にして二生を経る」とみずから言ったように、江戸と明治という二つの時代をほぼ半分ずつ経験しており、江戸末期には幕臣として日本が列強に震撼されつつ新しい時代に乗り出していく様相をつぶさに眺めていた。

一方二人よりも五歳年長の森鷗外は、ほぼ同時代人といってよいが、津和野という地方に生まれ、藩の御典医を務める家柄の出であることもあって、江戸時代の空気を強く呼吸して育った人物である。江戸時代を舞台とする作品が多いだけでなく、衛生学者としても、長期間のドイツ留学を経験しながら、帰国後は日本古来の衣食住の伝統を擁護する言説を展開するなど、近代の開化に背を向けた一面を持っている。「石見人森林太郎トシテ死セント欲ス」という遺言にしても、自身の内に息づく近代以前の風土に拠り所を求める鷗外の資質を物語るものとして受け取られる。

福澤や鷗外と比べれば、子規も漱石も江戸時代に対する愛着よりも、自分たちとともに始まった明治という時代に同一化する傾向が強かった。子規が司馬遼太郎の『坂の上の雲』の中心人物の一人であることは示唆的だが、後に病によってその雄志が挫かれることになるものの、当初は「太政大臣」になることを夢見、また野球に打ち込む快活な気質の持ち主で、健康が許せばあるいは彼は政治の世界で日本を率いる人材となったかもしれない。

漱石は近代批判の知識人というイメージが強いが、江戸時代を舞台とする作品がまったくないように、その眼差しは自身が生きる同時代につねに向けられていた。上滑りの「外発的」な開化を批判的に語るのも、いいかえれば漱石がそれだけ円滑な開化によって、日本が欧米と肩を並べられるだけの近代国家になることを切望していたということでもある。子規よりも長く生きたとはいえ、神経症や胃痛に苦しみつづけたあげく、満四九歳でその生涯を閉じねばならなかったのは、外界の進み行きに対する彼の慮りがその身体を疲弊させた帰結でもあった。もし漱石が少年期から愛着しつづけた中国古典の世界に耽溺しえる人間であったなら、もっと長命を楽しんだかもしれない。

明治の年と満年齢が同じである両者が交わりを持った明治二〇年代は、不平士族の叛乱から自由民権運動に至る国内の動乱が一通り沈静し、帝国憲法や教育勅語の発布によって国民国家の体制が整備されていくとともに、日本が否応なく外国の動向に巻き込まれていく時代であった。とりわけ中国（清）・朝鮮といった東アジア諸国との関係は、その北方にあるロシアという大国からの脅威を中継する意味をはらむこともあって、日本が腐心し、また過剰なまでの干渉を敢行しようする対象であった。

朝鮮の独立を確保することを目的として行われた日清戦争はその中心的な出来事となったが、子規がこの戦争に従軍することを熱望し、周囲に無理を聞いてもらって清に渡ったことはよく知られている。けれども子規が着いた時にはすでに戦闘はほとんど終結しており、その帰途での吐血がそれ以降の長い病臥の始まりとなった。またこの戦争は日本における中国の価値下落を招来したが、それが漱石の失望を招き、その近代批判の起点をなすことになったことが想定される。その点でこの近代日本最初の対外的な戦争は、両者のそれぞれの行く末を左右する意味をもつことになる出来事でもあった。

子規と漱石を交わらせる直接の場となったのは周知のように俳句の創作で、本書でもそれをひとつの焦点としている。短歌と比べると俳句は内面の綿々とした情感を語るよりも、外界の一断面を切り取ることに長けた形式だが、自身が五感をもって住み込む世界の様相と相渡る比重の高いこの形式に青年期の両者が取り組んだことは、彼らの眼差しをそれぞれの形で外界に向けさせる機縁ともなった。子規が捉えたのは、自然の息づく外部世界の姿であり、そこから「写生」の理念も生まれてくるが、漱石はそれに学びながらも、内面の思念を重んじる姿勢は、やがて彼を「我」を通して「非我」としての外部世界を括り取る小説家への道を歩ませることになった。そこには「非我」の一つの中心として、日本が近隣アジア諸国に対して持った振舞いが映し出されているのである。

子規・漱石の生誕一五〇周年に当たる二〇一七年には各地で両者をめぐる企画が催されたが、東京外国語大学でも二月一一日にシンポジウム「子規と漱石の近代日本」が開催され、盛況のうちに終えることができた。登壇者には本学の教員三名（村尾誠一、菅長理恵、柴田勝二）に加えて、ロンドン大学SOASのスティーヴン・ドッド氏、北京師範大学の王志松氏を迎え、外部からの視点を交えた広範囲な角度から五名がこの二人の文学者の軌跡と表現を捉える発表をおこなった（司会・友常勉教員）。

本書では子規と漱石がともに生きた時代における活動、表現に重きを置いたために、シンポジウム登壇者による論考、あるいはそれにつづく対談は初期作品を焦点化する内容となったが、登壇者の一人であったドッド氏は、その際の発表内容が『こゝろ』であったところから、荷風『すみだ川』を中心として近代の都市化と文学表現の関わりを論じる内容に転じられた。この主題をめぐる先行研究を網羅しつつ、独自の視点を提示された興味深い論考である。このドッド氏論を含めて、子規・漱石以外を対象として近代日本の表現の諸相を捉える論考を収載することができた。吉見義明氏、イーサン・マーク氏は、ワークショップ「草の根のファシズム」の記録の掲載をお許しいただいた（二〇一七年一月三〇日に開催）。また、キース・ヴィンセント氏の講演「子規と漱石――俳句と憑依」の記録も掲載することができた（二〇一七年一月一〇日開催）。あらためてお礼を申し上げたい。

二〇一八年六月

柴田勝二

Ⅰ　子規・漱石の近代

写生の変容――子規と漱石における表象の論理

柴田勝二

しばた・しょうじ――東京外国語大学国際日本学研究院教授。専門は日本近代文学。主な著書に『漱石のなかの〈帝国〉――「国民作家」と近代日本』、『夏目漱石「われ」の行方』、『私小説のたくらみ――自己を語る機構と物語の普遍性』などがある。

子規が外界を自身の五感で括り取るような写生的俳句をもっぱらとしていたのに対し、幼少期から強い「我」へのこだわりを持ち、それを基底とする「idea」の表出を重んじる漱石は、それを反映するように俳句の創作においても、外界を捉える起点としての自己を滲ませる作品が多い。それが後に小説作者となってからの営為にも連続している。

文章の「idea」

夏目漱石が正岡子規と交友を結ぶようになったのは、両者が第一高等中学校本科一部（文科）に在学していた明治二二（一八八九）年の初め頃で、五月頃から子規の取り組みに倣って漱石も俳句を詠み始めている。もっとも現在残されている子規の俳句も明治二二年以前のものは六〇句ほどであり、三五年の短い生涯を通して一万七〇〇〇を超える句を詠んだ子規にとっても、当時はまだ黎明の時代であった。両者の年齢が同じであることもあって、二〇代前半においては俳句作者として子規が漱石に大きく先んじていたというほどの差はないものの、英学者の道を歩もうとしていた漱石に対して、子規は自身の長くはないであろう寿命を意識しつつすでに創作に精力を傾注しており、俳句についても作者としての自覚や意識は当然子規が漱石を凌駕していた。漱石はあくまでも同年の友人に教えを請う形で、英文学研究のかたわら俳句に携わっていた。

反面もともと親しんでいた漢文学に加えて西洋文学にも次

第に造詣を深めていった漱石は、子規の持たない文学全般に関わる認識の広さを獲得することになる。後年イギリス留学での思索を経て『文学論』としてまとめられることになる文学表現の機構への問題意識は、二〇代前半にもすでに漱石の内で養われていた。しばしば引用されるように、一八九〇（明治二三）年一月初めに子規に宛てた書簡で、漱石は次のように「文章ノ定義」を表明している。

文章is an idea which is expressed by means of words on paper故に小生ノ考ニテハideaガ文章ノEssenceニテwordsヲarrangeスル方ハelementニハ相違ナケレドessenceナルidea程大切ナラズ経済学ニテ申セバwealthヲ作ルニハraw materialトlaborガ入用ナルト同然ニテ此laborハ単ニraw materialヲmodifyスルニ過ギズraw materialガ最初ニナクテハ如何ナル巧ノlaborモ手ヲ下スニ由ナキト同然ニテideaガ最初ニナケレバwordsノarrangementハ何ノ役ニモ立タヌナリ

是ヨリbest文章ヲ解セン

Best文章is the best idea <u>which is expressed in the best way by means of words on paper.</u>

（下線部原文）

すなわち紙上に綴られた言葉によって適切に表出される「idea」こそが文章の本質であり、「wordsノarrangement」によってもたらされる修辞は、中心的な「idea」つまり思想や思念の深さがあってこそ効果を放つと漱石は考えている。興味深いのは、この「idea」と「wordsノarrangement」の取り合わせが、『文学論』の冒頭に置かれた「F＋f」の有名な図式と響き合い、その先駆をなすことである。『文学論』では、知られるようにFは表現における観念的な焦点を意味し、fはそれに付随する感情的な要素を指している。この二つの要件が調和的に結合することによってはじめて文学的な表現が成立するとされるが、漱石のなかで両者は必ずしも同等の比重をもつのではなく、Fの方が考察の対象として優位性を帯び、『文学論』においてもFをめぐる議論の方が多くの頁を占めている。それはfがもっぱら読者を引きつける文章表現の修辞として捉えられ、「調和法」「対置法」「写実法」といった技巧として枚挙しうるのに対して、Fはそもそも漱石のなかで一義化されておらず、多様な次元で捉えられるからで、文章における観念的焦点を示すだけでなく、人間が人生の行程において抱く「関心」を意味していることも少なくない。さらにその内実は金銭や恋愛といった個人の次元で具体化されるだけでなく、「一世一代のF」として「攘夷、佐幕、勤王」が挙げられているように、社会や共同体において分け持たれる集合的関心をも指している。[1]

漱石が作家活動の初期には『草枕』や『虞美人草』といった、漢語を多用する修辞的な文体による作品を残しているにもかかわらず、青年期から一貫して「idea」ないし「思想」を重視する表現者であったということは見逃せない。今引用した書簡の前に書かれた、明治二二年一二月末付けの子規宛書簡でも、漱石は「今世の小説家を以て自称する輩は少しも「オリヂナル」の思想なく只文学の末をのみ研鑽批評して自ら大家なりと自負する者にて北海道の土人に都人の衣裳をきせたる心地のせられ候」と記し、思想的な深みを欠いた小説家はいかに文飾に優れていても無価値であると断じている。漱石にとって文章表現が生命をはらむかどうかは、第一にそこに作者の深い思想、思念が込められているかどうかにかかっており、それを養うための条件については「Cultureガ肝要ニテ次ハ己レノ経験ナリ去レドモ己レノ経験ノ区域ノミニテハIdeaヲ得ル区域狭キ故Cultureノ方ガ要用ナリト申スナリ」と、前の引用部分につづく箇所で述べられている。

これを書いた時点における漱石の「Culture」はもっぱら『文学論』「序」で挙げられている「左国史漢」をはじめとする中国古典であり、そこに違和感とともに吸収されていくことになる英文学が加わっていくが、初期作品にしばしばちりばめられる難解な漢語による表現は、作者の「idea」を湧出させる基底としての「Culture」の在り処を示唆するものでもあった。けれどもそれらが日常世界を異化する修辞として機能していることは、「Culture」の吸収以前に漱石のなかに息づいていた、あるいはそれとともに明確化されていった自我の姿を垣間見せてもいる。すなわち少青年期から晩年に至るまで、漱石の精神的営為を貫くものは、近代の物質至上的な功利主義への嫌悪感ないしそれによって支配された俗世間への距離感であり、中国古典への親近はその距離をもたらす装置として作動していたからだ。

漱石については古くから西洋に学んだ「近代的自我」との格闘ということがいわれてきたが、[2]漱石のなかにある自我様態は西洋の思想や文学との出会い以前に、今述べた反俗の形で明確に存在していた。子規の文集である『七草集』に刺激された書かれた、房総地方への友人たちとの旅を綴った『木屑禄』に「同遊の士は、余を合わせて五人、風流韻事を解する者無し。或いは酒を被りて大呼し、或いは健啖にして食に侍する者を驚かす。浴後には輒《すなわ》ち棋を囲み、牌を闘わせて、以て消閑す。余、独り瞑思遐《か》捜《そう》し、時に或いは呻吟し、甚だ苦しむの状を為す。人皆非笑して以て奇癖と為すも、余は顧みざるなり」(読み下し文)と記されるように、余暇の旅行においても、飲酒や将棋、麻雀で消閑する友人たちと交わろうとしない姿勢を示しているのである。

　こうした狷介ともいえる自我は幼少期からのものであるようで、自伝的作品の『道草』には、退出した知人の女性の悪口を養母が口にしていたところ、彼女が再度家を訪問した際に、養母がそれまでとうって変わって「そら〳〵しい御世辞」を使うのを見て、主人公の健三が「あんな嘘吐いてらあ」とばらしてしまい、養母に激怒される挿話が語られるような、「一徹な小供の正直」を持った少年であった挿話が語られている。長じてからも虚偽や偽善を嫌い、功利主義に染まった俗世間を嫌悪する自我は、その後体得した「Culture」と「経験」の深化によって一層明確化され、多くの登場人物に託されることになる。反面漱石が神経症やノイローゼに悩まされることが多かったのも、譲りがたい矜持と自我意識を内に抱えていたために、それに逆行する環境や状況のなかに置かれた時に、強い違和感に苛まれることになるからであった。

「天然」を愛する子規

　一方子規には、漱石を特徴づけるような、俗世間に距離を取ろうとする狷介な自我はなく、むしろ少年期には「太政大臣」になろうとし、また宿痾となる結核に苦しめられるまでは、ベースボールに打ち込む日々を送るような、外向的な快活さを備えた青年であった。子規が最初の喀血をするのは明治二二（一八八九）年の五月初旬であり、喉から血を吐くまで鳴くといわれるホトトギス（時鳥、子規）にちなんで「子規」の号を用いるようになったことはよく知られている。最初の喀血をした夜にホトトギスを題材とする俳句を数十作っているが、冒頭に触れたように当時の子規はまだ俳句創作を手がけつつあった段階で、あたかも結核との闘いに宿命づけられることを契機として俳句の世界に入っていったようにも見える。最初の喀血の夜に作られた「卯の花の散るまで鳴くか子規」の句にも、すでに自身の死の予感が漂っているのである。

　もっともこの時点における子規の野心は俳句のみに限定されていたわけではなく、明治二三（一八九〇）年に『銀世界』、明治二五（一八九二）年に『月の都』の二編を執筆しているように、小説の作者として立つことへの願いも抱かれていた。とくに幸田露伴の『風流仏』の感化をうかがわせる後者には子規の熱情が注がれていたが、露伴に読んでもらった際の批評が冷淡であったこともあって、高浜虚子に宛てた書簡に「僕ハ小説家トナルヲ欲セズ詩人トナランコトヲ欲ス」（一八九二年五月四日付）と記すような断念を下さざるをえなかった。

小説への野心を絶たれたのは子規にとっては痛恨であっただろうが、それはおのずと自身の本来の資質に沿った表現世界にその矛先を向けさせる契機ともなった。書簡を受け取った虚子も、その際に事情について以下のように記している。

　居士は之を処女作として世に問ふ積りであつたらしいが、稿を終えて後ち、却て斯ういふ意味の事をその書信の中にもらして来た。「余は人間は嫌ひだ、余の好きなのは天然だ。余は小説家にはならぬ。余は詩人になる。」言葉は長かつたが意味はこの外に出なかつたと思ふ。殊に其詩人といふ字には二重圏点が施してあつたと記憶する。居士が其後一念に俳句革新に熱中したのは此時の決心が根底になつてゐることゝ思ふ。（『子規居士と余』[3]）

小説が評価されなかったことへの正当化とも取れなくはない口吻ではあるものの、「余は人間は嫌ひだ、余の好きなものは天然だ」というのは、確かに子規がみずから明確化した自己認識であっただろう。河東碧梧桐に宛てた書簡（一八九二年五月）でも子規は「人間よりハ花鳥風月がすき也」（圏点原文）と記している。もっとも子規は虚子や碧梧桐をはじめとする多くの後輩、弟子を持ち、次第に身体の自由が利かなくなる状況のなかでも、根岸の自宅に集う彼らを相手にすることを厭わなかったという点では〈人間嫌い〉ではない。この断言が意味するものは、人間の不透明な内面を掘り下げねば表現の厚みが出てこない小説よりも、感覚に直接的に訴えかける明快さを持った自然世界の様相を捉える短詩形式の方が自分に向いているという実感であろう。結核の進行からカリエスを発症し、激痛と闘いながら表現者として生きざるをえなくなる子規にとっては、創作に時間を要さない俳句という形式は、消極的な意味でも自己を生かすために残された数少ない領域であった。その点で小説家として立たなかったことは、結果的に子規を表現者として最大限に生かす前提ともなったといえよう。

　けれどももともと外向的な性格で、自然世界と交わることに愛着を持つ子規が「余の好きなのは天然だ」というのは嘘ではなく、自然や事物の姿を端的に写し取ることをもっぱらとする俳句という形式を主戦場としたのは合理的な選択でもあった。またその俳句の創作においても、主観を抑制しつつ外界を捉える写生という方法が理念として子規の内で明確化されていくのは必然的な成り行きであっただろう。

　そもそも俳句は外界の様相を一七文字によって端的に摑み取る叙事性ないし叙景性をその本来の性格としてもつ形式である。歴史的には俳句ないし俳諧は和歌の上の句が連歌における初発の句である発句という位置づけを経て独立したもので、連歌の隆盛した鎌倉・室町時代においてもすでに作られていた。二条良基が編んだ『つくば集』にも俳諧の部があるように、発句が独立しようとする傾向は連歌という形式自体のなかにはらまれていたとも考えられる。(4) 連歌は複数の人間がひとつの場を共有し、五七五と七七の句を詠み合うことによって成立するが、その作り手が独りで発句を浮かべる時には、とりあえず五七五で一旦完了する形を取ることになるはずだからだ。

そして連歌の原型である和歌において、上の句は下の句に込められた抒情を、自然の景観や季節の趣きによって比喩的に色づけする機能を担うことが多い。たとえば『万葉集』から例を引けば、「春日山朝立つ雲の居ぬ日なく　見まくの欲しき君にあるかも」という大伴坂上郎女《さかのうえのいらつめ》の歌では、上の句で春日山に雲がかかる様を示しながら、それが毎日のことであることが、思い人に会いたい思いの強さを形容するとともに、「居ぬ日なく」はより具体的に相手とともに居る時間への希求をほのめかしてもいる。またこの歌で作者の思い人として想定される大伴家持による有名な「うらうらに照れる春日に雲雀あがり　心悲しも独りし思へば」では、作者の抱えたメランコリックな気分を、うららかにと晴れた春の空に雲雀が舞い上がる光景ののどかさが対比的に強調している。それとともに、ここで舞い上がる雲雀はおそらく一羽であり、その地上の絆から解き放たれたような単独の鳥の姿が、憂鬱な気分を「独り」で抱えた作者の心性と対照をなしているだろう。

和歌の上の句がはらむことの多い叙景性が、作者の心性の比喩的な色づけであるとすれば、そのイメージ性に比重をかければ、下の句の抒情を欠いても暗喩としての機能によってそれを示唆することが可能になる。今挙げた家持の句にしても、「うらうらに照れる春日に雲雀あがり」だけでも、その基底にある作者の憂愁はある程度ほのめかされているのである。藤原定家のやはりよく知られた「見渡せば花も紅葉もなかりけり　浦の苫屋の秋の夕暮れ」も、上の句と下の句がともに叙景の内容でありながら、前者は〈ないもの〉の想起を軸として、作者が本来望んでいる自然の興趣が不在である欠如感を漂わせている点で、その心性を色濃く滲出させている。下の句の「秋の夕暮れ」が季節と時間を指し示しながら、それ自体が淋しさという情感の暗喩であることはいうまでもない。

叙景に作者の心性や情感を込めることができるならば、それらに染められた形でひとつの光景や人事を提示することを自己表現とすることも可能になる。そして人口に膾炙した俳句のなかには、そうしたいわば自己表出としての叙景によって成立している例が少なくない。たとえば芭蕉の「閑けさや岩にしみ入る蝉の声」にしても、「閑けさ」は、「蝉の声」のかまびすしさを際立たせるような周囲の環境を示唆すると同時に、それを受け止める自身の内心の落ち着きを垣間見せてもいる。同じ芭蕉の「夏草やつはものどもが夢の跡」は定家の「見渡せば」の歌と近似した構造をもつ句で、やはり〈ないもの〉としての「つはものども」を想起の対象として描きながら、この世の無常という宗教的ないし心性的な主題を浮上させているのである。

もちろん叙景のイメージが作者の心性の暗喩として機能するというのは、俳句の本質的な要件であるわけではない。また子規の俳句は、その性格を反映させた写生の理念によって、この暗喩としての機能が抑制される度合いが強いといえるだろう。子規が重んじたのは、視覚を中心とする五感が捉える外界の一局面の鮮やかさであり、それは次に挙げるような句からも容易にうかがわれる。

五月雨の晴間や屋根を直す音　（明治二二年）

菜の花の中に路あり一軒家　（明治二四年）

冬枯れや鳥に石打つ童あり　（明治二四年）

朝顔や紫しぼる朝の雨　（明治二八年）

水打ちて石灯籠の雫かな　（明治二八年）

稲刈りてにぶくなりたる蝗かな　（明治二九年）

もっともこれらの句は単純な外界の切り取りではなく、「五月雨の晴間――屋根を直す音」「菜の花――一軒家」「冬枯れ――童」「稲刈り――蝗」といった形で、空間的な拡がりを後景として具体的な事象が焦点化される構造があり、それが句の奥行きをつくっている。本来俳句には、一七文字によって切り取られた自然や事物の姿が、それを包摂する外界全体を彷彿させるという提喩的な機能があるが、こうした句にはその提喩性を明確にする全体性が同時に存在する二重的な構造がはらまれているといえるだろう。そこには一見素朴に映る句作に施された技巧が見て取られるが、一方では「旅人や馬から落す草の餅」「俎板に鱗ちりしく桜鯛」「ひら〳〵と風に流れて蝶一つ」（いずれも明治二六年）といった、眼に映る光景をほとんどカメラ的に捉えて一七文字にまとめた句も少なくない。おそらく子規にとっては、自身の五感は、自然や外界を言葉に写し取るためのアンテナだったのであり、それが感応する事物や事象は、その限りにおいて言葉で写し取られるだけの価値があるのである。実際子規は日本画における描写の方法を論じた「写生、写実」という評論で、描写される対象自体の価値を重んじる見解を示している。ここで子規は写実と精神の関係に触れて、ある種の日本画家が単に事物の姿を忠実に写し取るだけでなく、そこに精神を込めることが重要だと主張するのに対して、大作の場合は別として「普通の画は写生したばかりで多少の精神が加はるものである。例へば鳥一羽、花一枝画いても写生がうまくできれば其画に精神が出来る」という反論を与えている。(5)

この見方はほぼそのまま子規の俳句にも適用することができるだろう。前段落で挙げた平易に見える句はいわば「鳥一羽、花一枝」を写したものであり、その対象を的確に一七文字に転換することができれば、そこにおのずと「精神が加はる」ことが期待されるのである。たとえば「俎板に」の句では、自然の生命である「桜鯛」が人間によってその生命を奪われながらも、その手際の良い営みによって料理としていわば新しい生命を吹き込まれる様が彷彿としている。そこに自然の恵みと人間の営為の関係に対する作者の認識を見ることもできる。より素朴な味わいのある「旅人や」の句にしても、馬を乗りこなしつつ餅を食べようとする行為がうまくいかない様が描かれることで、馬という野生の生命と人為との調和と不調和が示唆されている。そこには作者の心性が浮かび上がってはいないものの、自然に対する認識に裏打ちされた眼差しの営みを見ることができるだろう。

文章表現の機構について論じた評論「叙事文」においても、子規は文飾に傾注することを戒め、対象を極力客観的に写し取ることを力説している。

或る景色または人事を見て面白しと思ひし時に、そを文章に直して読者をして己と同様に面白く感ぜしめんとするには、言葉を飾るべからず、誇張を加ふべからず只ありのまゝ見たるまゝに其事物を模写するを可とす

この評論の別の箇所では「或る景色又は或る人事を叙するに最も美なる処又は極めて感じたる処を中心として描けば其景其事自ら活動す可し」とも述べられているが、(6)子規の表現の論理においては、自然や外界に感応する自身の感受性自体がいわば美と精神の源泉として機能するのであり、それが直感的に選び取った対象を絵筆や言葉によって客観的に再現することができれば、そこに本来潜んでいた美質がおのずと立ち現れ、見る者読む者の琴線に触れることができるのである。(7)

「idea」を語る俳句

こうした子規の写生のあり方は、意識の志向性によって外界の対象を括り取る現象学の方法を想起させる。フッサールの現象学を踏まえて独特の知覚論を展開させたメルロ＝ポンティは論考『眼と精神』で、理性的な精神活動の比喩として

捉えられがちな視覚が、世界に住み込んだ身体の運動性と切り離して存在しえない機構を語っている。(8) たとえば我々が直接には見えていないはずの事物の「奥行き」を〈見る〉ことができるのは、生活空間に住み込んだ身体の体制のなかに視覚が組み込まれているからである。それはいいかえれば外部世界が身体の延長として存在するということであり、それをメルロ＝ポンティは「世界は、ほかならぬ身体という生地で仕立てられている」（木田元訳、以下同じ）といういい方で表現している。そこでは視覚は「物のただなかから取り出される、あるいはむしろ、物のただなかからみずから生起してくる」ことになるが、これはまさに子規の写生の理念に照応するといえるだろう。子規は自身の住み込んだ生活空間において、その身体と共鳴する外部世界のきらめきを、視覚を中心とした五感によって括り取るのであり、その営為は確かに「物のただなかからみずから生起してくる」といえるのである。

一方漱石は、より自覚的な次元で現象学的な考え方に辿り着いた側面を持っている。すなわちロンドンでの苦渋に満ちた研究は、英文学作品という対象を受け取る意識的営為の主体として、日本人とイギリス人の間に根本的な差違はなく、あるのは個人的な差違でしかないという地点に漱石を赴かせ、それが漱石的「個人主義」の基底となる。けれどももともと内的な「idea」を重んじる漱石にとって、外界の対象を意識によって括り取ろうとする志向は、同時にその基底をなす思念を作動させざるをえない。その結果、外部の具体的な事象を相手にする俳句の創作においても、「idea」とその源泉としての自我の感触を滲ませがちになるのである。それはたとえば次のような句からもうかがわれる。

秋の空名もなき山の愈高し　（明治二八年）
吾老いぬとは申すまじ更衣　（明治二九年）
静かさは竹折る雪に寝かねたり　（明治二九年）
いざや我虎穴に入らん雪の朝　（明治二九年）
世は貧し夕日破垣烏瓜　（明治二九年）
蟷螂の何を以てか立腹す　（明治三〇年）

これらの句では、五感によって自然や外界の対象が捉えられているというよりも、むしろ自身のある心的状態が対象に込められ、それによってそのイメージが前景化されている面の方が強いだろう。たとえば「秋の空名もなき山の愈高し」では、秋の晴れ渡った空の清澄さが平凡な山を天に向かって聳えさせているように見えさせる光景が語られるとともに、そこには松山という赴任地で一人の「名もなき」英語教員として世を送る漱石自身の自己認識と、そこに秘められた矜持の高さが感じ取られる。この〈無名性〉は小説の処女作である『吾輩は猫である』の冒頭部分に引き継がれることになるが、すでに指摘されているように[9]、語り手の「名もなき」猫とは幼時に捨て子同然に扱われ、この作品を書く時点では無名の小説作者であった漱石自身のことにほかならなかった。熊本時代の句である「蟷螂の何を以てか立腹す」にしても、前足を振り上げたかまきりの姿が何事かに「立腹」しているように映る様を描くと同時に、漱石自身のなかにある世の中への憤りがそこに映し出されているとも受け取られる。

「吾老いぬとは申すまじ更衣」「いざや我虎穴に入らん雪の朝」では生活のなかに生じた自身の心性が詠われている。前者では夏物の衣服をまとった際に自分が老けて感じられてしまう感覚が、それを否定する形で語られており、後者では外界に向かおうとする強い意志が、雪の降りた朝の身を切る寒さに抗する形で伝わってくる。いずれもまだ青年の域にあった漱石の、白地の未来に向けた密かな意気込みが感じられる句である。また「静かさは竹折る雪に寝かねたり」は後者の句と連続して詠まれたものだが、降り積もる雪が竹の枝を折る様が聴覚的光景として描かれながら、核となっているのはむしろその音が気になって「寝かね」ている自分自身である。もちろん子規に倣った写生的な句も漱石は多くつくっているが、「世は貧し夕日破垣烏瓜」のような句では、眼に映った光景を描きながら、そこに庶民の生活を覆っている貧しさという、外界を総体として捉える眼差しが作動していることが分かる。

わずかな数の句同士の比較であるにしても、子規と漱石という二人の表現者の個性の差違はうかがうことができるだろう。子規と比べると漱石の方が、自然や外界に向かう意識的主体としての自己を強く作動させており、その意識に染めることで対象を自己の分身として前景化するとともに、しばしば自己自身を句の表層に映し出している。それによって同じく自然や外界を詠いながら、漱石の句の方が写生の度合いは低く、あるいは別種の写生への志向が垣間見られるといえるだろう。

こうした両者の差違は、比喩的には蕪村と芭蕉の差違になぞらえられるかもしれない。子規は芭蕉と比較しつつ「蕪村は複雑的美を捉へ来りて俳句に新生命を与へたり」(『俳人蕪村』[10])と述べるように蕪村を信奉しており、子規の俳句に見られる絵画性は優れた文人画家でもあった蕪村を特徴づけるものでもあった。一方漱石が芭蕉に倣ったというわけではないが、眼前の光景を描きながらもそこに想像的な意識作用を織り交ぜる手法は、芭蕉がその先達をなしているともいえる。

たとえば同じ五月雨を詠んだ両者の有名な句を並べるだけでも、蕪村と芭蕉の個性の差違が見て取られる。

五月雨や大河を前に家二軒　（蕪村）

五月雨を集めて早し最上川　（芭蕉）

蕪村の句が、降りつづく五月雨によって水かさを増してきた「大河」の前に立つ二軒の家の心許なさを絵画的な構図で描き出しているのに対して、芭蕉の句は同じ状態の「最上川」を描きながら、「集めて早し」という擬人的な表現は、あたかも川が自身の意志をもって降り落ちる雨を収斂させることで、みずからより雄勁な急流に変貌していこうするかのような様相を浮かび上がらせている。そこには明らかにそうしたイメージで「最上川」という川の総体を捉えようとする芭蕉の想像力が看取されるのである。総じて「みじか夜や毛虫の上に露の玉」「四五人に月落ちかかるおどり哉」といった、視覚的な鮮やかさを身上とする蕪村の句と比べると、芭蕉の句は「閑かさや岩にしみ入る蝉の声」「夏草やつはものどもが夢の跡」などに見られるように、現実には見えない対象を幻像として含むことが多く、視覚的なものと想像的なものが巧みに融合するところにその魅力が存在する。子規の影響下で句作をおこなっていた漱石の作品には、芭蕉ほど明確に想像的なものを写生に織り交ぜてはいないものの、自己と対象が二重写しになる興趣をはらむ句は少なくなく、そうした形で漱石の俳句は、客観と主観が子規よりも意識的な次元で融合される世界として成り立っていたといえるだろう。

こうした漱石の俳句の作法が、思想的な「idea」と、その源泉としての自我を重んじる彼の表現観と強い連続性をもっていることは否定しがたい。『文学論』における「F＋f」の図式を、その俳句に遡及的に適用することも可能である。ここで挙げた子規や蕪村の句においては、句は描写の対象としてのFによって覆われており、表現者の感性的表出であるfは極小化されているか、Fのなかに潜在していることが多い。たとえば「五月雨や大河を前に家二軒」の句は、「五月雨」「大河」「家二軒」という連続のなかでFの収斂がおこなわれながら、全体としては「家二軒」という中心的なFを浮かび上がらせている。けれども作者は水かさを増す大河の前に立つ民家の心許なさに憂慮を覚えていることが察せられ、それがこの句が潜在させたfであるといえるだろう。同じ五月雨を詠った子規の句でいえば、「五月雨の晴間や屋根を直す音」は中心的なFとしての「音」と後景的なFとしての「五月雨の晴間」が重ねられているが、感性的表出としてのfは「晴間」が含意する気分の晴れやかさとしてやはりFのなかに滑り込まされている。

それに対して芭蕉の「五月雨を集めて早し最上川」は、表層の次元で「最上川」というFと「五月雨」というFを並列させ、前者が後者を「集めて早し」というイメージによって、自身の感性的認識としてのfを前景化している。漱石の句でいえば、「秋の空名もなき山の愈高し」では「山」というFが「名もなき」というfを伴って提示されており、「愈高し」というさらに感覚的なfがそこに重ねられている。「世は貧し夕日破垣烏瓜」のような句では、「世」という総体的なFとその具体化である「夕日破垣烏瓜」という身辺的なFが共鳴しつつ、「貧し」というfと結びつけられている。

もっとも漱石の理論では先に触れたように、Fは当初は「関心」という意味を与えられており、個人的関心にもFが充てられることが多いため、「貧し」という感慨は情感的である点でf的であると同時に、作者の社会的関心の表出である点ではFの次元に置くこともできる。こうした関心が、後年もたらされることになる『吾輩は猫である』をはじめとする小説群のモチーフをなすことになるのはいうまでもない。もともと功利主義的な近代の風潮に対する批判的な「我」を持ち、イギリス留学を契機に国際社会における日本の位置にも意識を喚起させられていた漱石にとって、季節感を盛り込みつつ一七文字の枠のなかに自然や外界の対象を捉える俳句は、制限の多い抑圧的な表現形式となっていったことが察せられる。逆に胸を病み、身体の自由も次第に奪われていった子規にとっては、身辺を素材として表現を完結させうる俳句は、自己の可能性を発揮しうる貴重な場であり、それを予感しつつ二〇代前半から句作にのめりこんでいったに違いない。

「非我」を「綜合」する文学

その点で漱石にとって俳句はやがて離脱することになる世界であったが、反面青年期にこの形式に深く関わったことは、漱石の表現者としての方向付けをもたらすことに力があったともいえる。つまり俳句は一七文字というわずかな分量の言葉のなかに対象を捉える文芸であり、それは外部世界の可視的、具体的な様相に忠実であろうとするリアリズムの基底となるとともに、漫然と対象を写し取るのではなく、その都度核ないし焦点をつくりつつ外界を捉える姿勢を漱石に養わせることになったと考えられる。現に漱石は『文学論』のなかで、科学的認識と文学的認識を比較しつつ、前者が対象の「解剖」を旨とするのに対して、後者は対象を「綜合」するところにその本質があると述べている。その例としてもともと談林派の俳人であった西鶴が「一筆にして情景を活躍せしむ」る「文章家」として挙げられているのは興味深い。俳句はまさに一七文字の「一筆」で対象を提示する形式であったが、先に触れた提喩的な機能によって、その断片的な表現がそれを含む自然や外界の総体を示唆することもできる。俳句に求められる「季語」はその総体性の表徴にほかならないといえよう。

この文学的認識における「綜合」は、いうまでもなく外界に向けられた作者の意識的営為の所産であり、俳句においても外界の一断片が表象されると同時に、それを捉え、一七文字に収斂させている作者の意識の運動が透かし見られる。とくに子規との比較のなかに置くと、先に挙げた句作に見られたように、漱石の俳句はその傾向が強いといえよう。漱石にとって俳句に写し出された事物や光景は、外界の一部であると同時に自己の外化でもあり、実際漱石の文学観においてはこの自他の反転的な関係が繰り返し指摘されている。講演「文芸の哲学的基礎」では「通俗の考へを離れて物我の世界を見た所では、物が自分から独立して現存して居ると云ふ事も云へず、自分が物を離れて生存して居ると云ふ事も申されない。換言して見ると己れを離れて物はない、又物を離れて己はない筈となります」と語られ、自己が外的内的に関わる外界の事物が、その関わりにおいて自己表出の現れにほかならないことが明言されている。

これは先に見た、視覚が外部世界を対象化しながら、同時にそれが「物のただなかからみずから生起する」という相互性をはらむ知覚であるというメルロ＝ポンティの議論を、さらに総合的な意識作用の次元に拡張したものとしても捉えられる。こうした自己意識と外部世界の対象が不即不離の関係にあるという現象学的な思考を漱石は持っていたが、自己と外界との関係を「我」と「非我」という対照性のなかに置き、前者の眼差しを通して後者が表現される機構を論じた講演「創作家の態度」でも、「非我」が「我」と別に存在するものではなく、描かれる「非我」はあくまでも「我」を浸透させたものであることが次のように語られている。

> 要するに象徴として使ふものは非我の世界中のものかも知れませんが、其暗示する所は　自己の気分であります。要するにおれの気分であつて、非常に厳密に言ふと他人の気分ではない、外物の気分では無論ない。（傍点原文）

一九〇七（明治四〇）年の東京朝日新聞社入社後におこなわれたこうした講演において、漱石が念頭に置いている表現の形式はもちろん小説だが、ここで語られる「物」と「我」、あるいは「非我」と「我」の不即不離の関係には、二〇代から三〇代にかけて積み重ねられていた俳句作者としての営為が連続していると見ることもできるだろう。すなわちもっぱら外部世界を焦点化する具体的な事象に眼を向けることを求められる俳句創作の姿勢が、小説作者となってからも漱石のなかで持続しており、さらに新聞社への入社によって〈ジャーナリスト〉となることによって、その姿勢が一層強められたと考えられる。実際漱石はこれ以降「非我」として眺められる外部世界の様相を、批判的眼差しによって「綜合」するという方法により比重をかけつつ作品を生みだしていくのである。

とくに漱石が作家として技法的に成熟を遂げていく明治四〇年代前半は、伊藤博文の暗殺を経て併合に至る韓国との関係が緊張していった時代であり、この日本の帝国主義的な拡張に対する批判的な眼差しが基底となって、『それから』や『門』、さらには『こゝろ』といった作品における人間関係の表象がおこなわれている。これについてはすでに何度か論じているのでここでは触れないが、端的にはライバルでもある友人を裏切ったり出し抜いたりすることで女性を手に入れながら、それによってもたらされる空虚感に事後的に苦しめられる男性主人公の姿に、日本の帝国主義的な拡張に対する批判が込められていた。

近代日本を生きる知識人のエゴイズムをえぐり出す世界として漱石文学を捉える見方は現在でも珍しくない。けれどもこのエゴイズムはむしろ隣国への侵略によって版図を拡大していこうとする近代日本のエゴイズムの反映であり、そう考えることによって「我」を通して「作家の見る世界」(「創作家の態度」)である外部世界としての「非我」を表現するという、漱石の創作理念が理解されるのである。それが批判的に表象されるのは、そこに漱石という主体の「おれの気分」が浸透しているからにほかならない。

こうした形で漱石の作家的な方法が確立されていくが、それは子規に宛てた書簡に「文章 is an idea which is expressed by means of words on paper」と記した学生時代の表現観を基本的に受け継ぐものであるといえるだろう。功利主義や帝国主義への批判的意識は、作品という「文章」の連なりに込められた「idea」であり、それを具体化すべく「words on paper」のなかに立ち上がってくる人物たちの表象がなされているのである。

その点で漱石が青年期に抱いていた文章表現の理念は、その後取り組まれることになる俳句の創作から、最終的な生業として選び取られた小説の執筆に至るまで、その基軸的な方法として形を変えつつ維持されていったことが分かる。そしてこれまで触れてこなかったが、漱石が俳句作者から散文作家に移行しつつあった時期における表現が「写生文」という形で実現されていったことは、あらためて考えるに値する問題として浮上してくる。反世俗的な自我を基底として生成されてくる「idea」に十全な形を与えるには、俳句よりも小説がよりふさわしい形式として意識されたはずであり、小説の執筆においても初期作品においては『草枕』や『二百十日』がそうであるように、物質主義的な俗世間に距離を取ろうとする自身の「idea」が直接的に前景化されていることが少なくない。興味深いのは、いずれも明治三九年に発表されたこれらの作品が「写生」的であるとはいえないことで、とくに『二百十日』では地の文が極端に少なく、功利社会を揶揄する豆腐屋の「圭さん」の発話に相棒の「禄さん」がもっぱら相づちを打つ発話のやり取りによって進んでいく。

おそらく処女作の『吾輩は猫である』の好評によって、小説作者として自信をつけた漱石が、自身の価値観や美意識を露わにしようとしたという動機がこうした作品から垣間見られる。それに対して『猫』を書く時点の漱石は無名の小説作者であり、〈名のない猫〉の語り手と怠惰な中学教師である飼い主の苦沙弥という二人の分身に託す形で自己を揶揄的に提示しつつ、同時にそこには巧みに近代日本の像が折り重ねられている。すなわちこれにつづくくだりでは猫と人間の対比がなされ、人間が「我儘」であり、「強力を頼んで吾人が食ひ得べきものを奪つて済して居る」と批判されているが、この猫に横暴を振るう「人間」とはとりもなおさず〈西洋人〉のことでもあり、「我等が見付けた御馳走は必ず彼等の為に略奪せらるゝ」という現実には起こり難い事態は、おそらく日清戦争後の三国干渉とその後の遼東半島へのロシア自身の進出を示唆している。冒頭の「どこで生まれたか頓と見当がつかぬ」という一文にしても、近代日本の出自の曖昧さを喚起する表現としても考えられるのである。

写生文の獲得

その点で処女作の冒頭の一節に、すでに近代日本を「綜合」的に捉えようとする眼差しが作動していることが見て取られるが、猫の姿に託して自己と自国を同時に寓意化する『猫』の前半部分の叙述は、やはり外界の客観的な姿を写し出す写生の方法とは異質である。興味深いのは、作品が書き進められていく過程で漱石と日本がともに〈無名の猫〉でなくなっていくことで、漱石は最初の数章の発表によってたちまち人気作家となり、ロシアと戦争中であった日本は戦前の予想を覆して各地で互角以上の戦いを展開していく。『猫』が連載中であった明治三八（一九〇五）年五月の日本海海戦では歴史的な勝利を収め、それとともに諸外国も日本という国に対する認識を改めざるをえなくなった。こうした変化を反映するように、最初の二章では他の猫たちとの交わりを交えつつ、自分たちと対峙する世界として人間世界の様相を語っていた「吾輩」は、「三」章以降では人間世界を斜交いから眺める皮肉な知識人的眼差しとして収斂されていき、同時に描出される人間世界は具体的な客観性を増していく。

すなわち『猫』の叙述は全体として写生文として成り立っているというよりも、叙述の進行とともに写生としての性格を強め、漱石自身が語っている写生文の理念にも合致する度合いを高めていくことになるのである。もっとも『猫』が獲得していく写生的な客観性、具体性にはいくつかの層があり、「七」章で展開される、「吾輩」が銭湯で目撃する人間の裸体の群れは、猫の世界にはありえない驚倒すべき光景として語られながら、冒頭に見られたような猫対人間の対峙的な関係ははらまれていない。むしろカーライルの言説を踏まえつつ、衣服を脱ぎ去った人間がすでに文明の生き物としての人間ではなくなっているとする視点は、衣服を文明人の要件とする近代の〈西洋人〉の眼差し、すなわち冒頭の構図と照らせば「人間」の眼差しとしての位相を帯びている。

そして作品の後半においては、「吾輩」はもっぱら飼い主の苦沙弥の家に集う人びとの振舞いやその饒舌を写し取る記述者に転じていき、写生のなかに込められる「吾輩」の「我」の表出は極小化されていく。「十」章に描かれる朝食の場面では、ユーモアと皮肉を交えて苦沙弥の娘たちの姿が活写されている。

坊ばが一大活躍を試みて箸を刎ね上げた時は、丁度とん子が飯をよそひ了つた時である。さすがに姉は姉だけで、坊ばの顔の如何にも乱雑なのを見かねて「あら坊ばちやん、大変よ、顔が御ぜん粒だらけよ」と云ひながら、早速坊ばの顔の掃除にとりかゝる。（中略）姉は丹念に一粒づゝ取つては食ひ、取つては食ひ、とう〳〵妹の顔中にある奴を一つ残らず食つてしまつた。此の時只今迄は大人しく沢庵をかぢつてゐたすん子が、急に盛り立ての味噌汁の中から薩摩芋のくづれたのをしやくひ出して、勢よく口の内へ抛り込んだ。諸君も御承知であらうが、汁にした薩摩芋の熱したの程口中に答へる者はない。大人ですら注意しないと火傷をした様な心持がする。ましてすん子の如き、薩摩芋に経験の乏しい者は無論狼狽する訳である。すん子はワッと云ひながら口中の芋を食卓の上へ吐き出した。その二三片がどう云ふ拍子か、坊ばの前まですべつて来て、丁度いゝ加減な距離でとまる。

坊ばは固より薩摩芋が大好きである。大好きな薩摩芋が眼の前へ飛んで来たのだから、早速箸を抛り出して、手攫みにしてむしやく／＼食つて仕舞つた。　（十）

ここで「諸君も御承知であらうが、汁にした薩摩芋の熱したの程口中に答える者はない。大人ですら注意しないと火傷をした様な心持がする」という補足を加える主体は、明らかに〈人間〉の一員として同輩である読者「諸君」に向けて語っており、子供たちの食事の様相は〈猫〉という外部世界からの眼差しによってというよりも、距離を取りつつ対象を眺める視点によって綴られている。漱石に「写生文」という評論があることはよく知られているが、そこで語られている漱石的写生とは、対象のなかに自己を溶かし込もうとする子規的な写生とは異なり、むしろ対象を捉える自己を失わず、余裕をもって描出するところに成り立つ方法であった。ここでは周知のように、漱石は「写生文家の人事に対する態度は貴人が賤者を視るの態度ではない。賢者が愚者を見るの態度でもない。君子が小人を視るの態度でもない。男が女を視、女が男を視るの態度でもない。つまり大人が小供を視るの態度である」と述べ、写生文の主体の眼差しを、子供を眺める大人のそれになぞらえている。今引用した『猫』「十」章の叙述は、まさに「大人が小供を視る」眼差しによってなされており、漱石が標榜した写生文の理念の実践例としても眺められる。

柄谷行人は漱石のジャンル意識を論じた「漱石とジャンル」という論考で、写生文においては対象に対する感情移入が相対化され、また筋が重視されないとされている点で「要するに、漱石は写生文を、「小説」に向かうべき萌芽としてでなく、積極的に「小説」に反するものとして自覚していたといってよい」と述べている。[11]けれどもこれまで眺めてきたように、『猫』においてはむしろ冒頭においては寓意的な図式が明確であったところから、次第に写生の性格を強くしていくことで「小説」としての様相を強めていったということができる。朝食の場面や、その後やって来た姪の雪江が苦沙弥の細君や子供たちを相手に会話をする場面の描写は生気に富んでおり、漱石がその写生的方法を確立して〈小説家〉としての技量を発揮していることが分かるのである。

確かに柄谷のいうように、アーサー王伝説を素材とする『幻影の盾』『薤露行』はロマネスクな世界であり、『坊っちゃん』『草枕』といった初期作品にしてもリアリズムの近代小説とは異質である。けれどもこれらの作品の叙述にしてもやはり写生文の実践であるとはいい難く、相対的にいえば『猫』の後半部分で確立されていく写生文的な叙述が、漱石を職業小説家として成熟させる技法の基底をなしていくと見られる。もっともその後漱石は一時的に、生来の物質至上の功利主義を嫌悪する心性を露出させた『二百十日』や『野分』や、生硬な道義性によって貫かれた『虞美人草』のような、小説としての熟成を欠いた作品を生み出してもいるが、これらの失敗を経て一九〇八（明治四一）年の『三四郎』では、叙述者の「我」を抑制した写生文的な叙述を取り戻している。

これ以降の作品においては、『猫』を彩っていたような皮肉や揶揄は目立たなくなり、リアリズムの基調で叙述がなされながらも、漱石的写生文の理念を引き継いだ眼差しによって、高等遊民的な人物たちと彼らが生きる日露戦争後の日本社会の様相が、愛着と批判を交えつつ描き出されていくことになる。そこでは作者の価値観の直接的な露出は避けられつつ、「創作家の態度」で語られるように、「非我」としての現実世界を、「綜合」的に捉える主体として作者の「我」は明確に作動している。その点で子規との交わりによって触発された描写の方法が、漱石的に咀嚼され、創作のための武器として機能しつづけていくことが分かるのである。

注

（1）むしろ漱石のなかではFは人間を動かす関心事として捉えられていた面が強く、『文学論』の原型となった、主にイギリス留学の最後の年となった明治三五（一九〇二）年に、下宿にこもって思索を書き付けたノート（『文学論ノート』）では、他者や社会との交わりのなかで変容していく人間の興味、関心に対して多くFの記号が使われ、fは社会の集合的関心を構成する個的な関心として位置づけられる性格が色濃い。このfに託されていた個人性の内実としての気分、感情的な側面がせり上がってくることによって、文章表現における修辞的要素としての意味を強めていくことになったといえるだろう。これらの漱石的記号をめぐる含意の変化については拙著『夏目漱石「われ」の行方』（世界思想社、二〇一五年）で詳述している。

（2）その代表的な論者である江藤淳によれば、漱石は西洋文学を通して個人の自我を学んだが、一方で培われてきた「儒学的世界像」とその近代における崩壊はそれを「悪」として眺めさせることになったという（「明治の一知識人」『決定版夏目漱石』新潮社、一九七四年）。けれども儒教的な素養によって個人の自我を理解し難くなっていたというのは、『妄想』などに語られるようにむしろ森鷗外の方に適合する図式である。

（3）虚子の『子規居士と余』は『ホトトギス』明治四四（一九一一）年一二月から大正四（一九一五）年二月まで断続連載されている。引用は『定本高浜虚子全集』（第十三巻、毎日新聞社、一九七一年）による。

（4）俳諧（俳句）と連歌の関係については主に小西甚一『俳句の世界——発生から現代まで』（研究社、一九五二年）に拠った。

（5）正岡子規「写生、写実」（『ホトトギス』一八九八年一二月）。

（6）正岡子規「叙事文」（『日本』一九〇〇年一月二九日、二月五日、三月一二日)。

(7) なお子規の写生の理念を引き継いだ高浜虚子は、やはり絵画と文章を連関させつつ、そこに込められた作者の「エキスプレッション」を重んじる見方を提示している。虚子は「一枝の桜花を画いた画」であっても、「其画家の秀でた、趣味深い、特別な頭が感得した秀でた、趣味深い、特別な感じも充分其画に現はれて居る」時には、この画には「深く高いエキスプレッションがあるといつてよい」とし、さらにこの考え方を文章にも援用することができると述べている(「俳話(四)」『ホトトギス』一九〇二年六月)。子規の見解と比べると、虚子の論は対象を描写する作者のスタイルを尊重しており、対象をもっぱら客観的に写し取ることを重視する子規よりも、「写生がうまくできれば」という条件を立てるように、対象を自身のスタイルに取り込んで独特の感触を付与する表現者としての個性に力点を置いている。その点では虚子の写生観はむしろ漱石のそれに近い面をもっているといえよう。

(8) M・メルロ=ポンティ『眼と精神』(滝浦静雄・木田元訳、みすず書房、一九六六年、原文は一九六四年)。

(9) 小森陽一『漱石を読みなおす』(ちくま新書、一九九五年)。ここで小森は「捨て猫」としての「吾輩」が「捨て子」であった漱石自身の記憶を写していると述べている。

(10) 『俳人蕪村』は『日本』『日本附録週報』(一八九七年四~一一月)に掲載され、のち加筆の上ほとゝぎす発行所より一八九九年に刊行されている。ここで子規は芭蕉と比べて蕪村の句が「積極的」で「客観的」な力強さを備えていることを称揚している。

(11) 柄谷行人「漱石とジャンル」(『漱石論集成』第三文明社、一九九二年)。

『竹乃里歌』にみる明治二十八年の子規

村尾誠一

むらお・せいいち――東京外国語大学国際日本学研究院教授。専門は中世和歌文学。主な著書に『中世和歌史論　新古今和歌集以後』、『竹乃里歌』などがある。

明治二十八年は、子規にとって事多き年であった。この年における子規の文学を、『竹乃里歌』にみられる短歌・新体詩から考えてみたい。原体験として最も重要であった従軍に関する作品を中心に、写実・写生に向かう方向とともに、述志、叙事、古典回帰といった側面も取り上げ、後の子規短歌の展開も視野に入れて論じたい。

はじめに

明治二十八（一八九五）年は正岡子規にとって事多き年であった。日清戦争への従軍、神戸・須磨での病気療養、故郷松山での漱石との同居、奈良旅行等々。文学の上では、この年は俳句改革に一つの結論をみる前年、短歌改革の狼煙として『歌よみに与ふる書』を書く直前ということになる。大きく言えば、伝統詩歌を、写実・写生の手法で近代の文学へ改革して行く前夜ということになる。その年の子規の文学を、子規の歌集『竹乃里歌』を中心に具体的に考えてみたいというのが本稿での目論見である。自ずと、写実・写生への途ということが視点となるが、直線的にそこへ向いて行く流れ以外にも注目したいと思う。(1)

そもそも『竹乃里歌』は自筆で記された子規の歌集である。(2)短歌が主体であることは当然だが、長歌や旋頭歌も含み、都々逸・端唄など俗謡の形式のもの、さらには、新体詩をも含んでいる。特に明治二十八年の年記を持つ部分には、多くの新体詩が含まれている。したがって、本稿では、子規の短歌とともに、新体詩も考察の対象とする。

子規の明治二八年

先ずは、先述した事多き年ということを、ふり返っておく。この年子規は数え年で二九歳であり、日本新聞社の社員であった。すでに現在の子規庵のある根岸の地に母と妹を呼び寄せ、一家として居住していた。

日清戦争が、前年明治二七年に始まっており、新聞報道の中心はそのことであった。子規も記者としての従軍の意志を固めた。周囲からの反対を押し切る形で志願し許可を受け、三月三日には出港地広島に出発する。出港待ちの間には、広島から郷里松山を往復する。四月一〇日、広島の宇品港を出港し、一五日には、中国の遼東半島に上陸し、金州に向かった。なお、戦闘自体はすでに終息しており、五月には講和条約がなる。そういう状況ではあれ、子規にとって戦地の経験は重要であり、また、彼にとって唯一の外国体験であった。しかし、軍部の記者への待遇は劣悪であり、五月一四日には帰国の途についている。

帰国の船中で喀血をしてしまい（子規の結核とのつき合いは明治二一年以来）、五月二三日、船は神戸港に着くが、担架での上陸となってしまう。直ちに神戸病院に収容され、七月二三日には退院にこぎつけ、須磨の保養所に移っている。須磨は『源氏物語』『平家物語』の舞台であるが、そもそもが歌枕であり、古典文学の故地であった。

八月二〇日には保養所も退所し、郷里松山へ帰った。そこで松山中学の英語教師に赴任していた夏目漱石と同居することになる。愚陀仏庵での日々である。この体験の意義は当然大きいのだが、『竹乃里歌』には、この時の作品はほぼ残されていない。

一〇月三一日には東京へ戻るが、途中奈良に寄っている。奈良はいうまでもなく「柿食へば鐘が鳴るなり法隆寺」の句を得た地であり、見逃せない体験と言えよう。帰京後は「リウマチウス」に悩まされ、歩行も困難となるが、翌年三月に、カリウスであることが判明し、ほぼ病臥の状態になるまでの最後のかろうじて身体の自由が確保された時間を過ごすことになる。

以上のように、生活の上でも明治二八年は子規にとって重要な一年であったが、文学の上でも重い年であった。

子規の俳句改革が、いつ達成をみたかは、軽々な問題ではないにせよ、子規自身の俳論的な著述に即して言うならば、明治三〇年に『日本』に連載された「明治二十九年の俳句界」という文章がそれを示していると考えてよいだろう。長文の評論であり、そこに含まれる問題は多岐にわたるのであるが、主として河東碧梧桐の作品を論じ、印象明瞭な写生的俳句を論じた部分の、俳句史における意味は大きいであろう。単純化すれば、写生的俳句の門下における達成が、明治二九年であり、二八年はその前夜ということになる。

短歌の場合、その改革の狼煙となるのが、明治三一年の「歌よみに与ふる書」の『日本』への連載である。『竹乃里歌』には明治二九年の歌は一首の収録もなく、他資料にも見ることはできない。明治三〇年のものとしては、『竹乃里歌』には、六首載せられている。この六首は、京都の天田愚庵から贈られた柿の礼状にしたためられた歌五首と、やはりその柿を詠んだ一首である。これ等の作品は、子規が短歌に本腰を入れた端緒として取り上げられることが多く、そうした観点からの作風の分析にもなじむ作品でもある。(3) それを除けば、明治二八年の短歌が、改革前夜の作品という位置を占めることになる。

総括して言えば、俳句改革に一定の成果を収め、さらに短歌改革へと向って行く前夜と子規の文学の展開上位置づけられる時代であり、その時代に子規にとって極めて大きな文学上の原体験となり得る体験を生活の上で持ったことになるのである。以下、子規の体験と絡めながら、具体的な作品の検討に入りたい。

従軍体験の短歌

子規の明治二八年の体験で、最も重要なのは従軍体験であろう。子規の全生涯ということでは、それに制限を加える契機としては、帰国の船上での喀血の重さは言うまでもないが、それは結果論であり、一応は治癒という当面の結末がある。したがって、文学上の原体験としての重さとして、先ずは、その従軍体験に基づいた短歌作品を三つの観点から考え(4)てみたい。

最初は、志を言う具としての短歌という観点である。『万葉集』以来、和歌には「述志」の伝統があった。平安朝の貴族社会では、その言い換えである「述懐」という用語を、沈淪、官位の上がらない嘆きに特化する傾向もあったが、志を述べる水脈は途切れることはなかった。南北朝時代の動乱期や、江戸末期の動乱期において、そうし表現が多く見られ、それが時代を映して目に付くというのは、第二次大戦までの近代日本国家におけるイデオロギー的把握を越えた事実である。子規の従軍体験の短歌にもそれは見られる。

例えば、「雑」の最初に置かれた(5)「従軍の首途《かどで》に」という詞書の、

かへらじとかけてぞちかふ梓弓《あづさゆみ》矢立《やたて》たばさみ首途《かどで》すわれ
は

は、端的に従軍の志が歌われた一首である。「かへらじ」という決意は、戦死することを名誉とする軍人のイデオロギーであるが、記者であれ、従軍する以上は、同様な決意を述べることは、明治国家においては、大仰な物言いではない。また、この歌は、『太平記』巻二六の楠木正行の「かへらじとかねて思へば梓弓なき数に入る名をぞとどむる」を強く意識した一首であるが、南朝の忠臣としての正成・正行父子への熱狂も、まさにこの時代の風潮であり、志の言明の上でも有効に機能している。

また、同じ「雑」の「金州にて、久松伯に別るゝ時暇を乞ひて」の詞書の、

常規《つねのり》は今帰りなんつねのりは君に別れて今帰りなん

も注目されてよい。『万葉集』における山上憶良の「憶良らは今はまからむ子泣くらむそれその母も我《わ》を待つらむぞ」（巻二・三三七）も念頭にあったかと想像され、帰国の挨拶として詠まれた一首である。「久松伯」は、旧松山藩主、伯爵松平定謨であり、金州に近衛師団長北白川宮の副官として滞在していた。「君に別れて今帰りなん」という印象的な繰り返しは、旧藩主への忠誠の思いが込められている。したがって、この歌も、明治期らしい志の表明と読めるのである。

「春」に見られる、やはり「従軍の首途《かどで》に」という詞書を持つ、

一枝はから国人に見せてましわが日のもとの花の桜を

の、日本独特の美しい桜を、中国の人にも見せてやりたいという、日本の風土を誇る気構えも、やはり志の表明の一つだと見てよいであろう。

述志は、和歌伝統の上にあるものだが、それはそのまま明治期における国家の大事に参画した子規の、その時代にふさわしい志の表現を可能にしている。そして、従軍は、短歌におけるそうした表現の伝統を顕在化させる好機であった。その表現は、当然現実的な世界に開けて行き、明治三一年以降の子規の短歌にも、しばしば見られるものであった。このあたりの機能は、俳句には担い得ないものであり、子規における短歌の位置を考える上でも見逃せない視点であると考える。

子規の短歌改革の方向は、第一には、写実主義・写生へ向って行くというのは、今更言うまでもない見取り図であろう。そう考えれば、金州体験の重さは、戦争の現実や異国の風土に直接触れたことだというのは自明であろう。作品においても、そこで触れたものをそのまま歌うということが、後の方向の先取りとして重要な意味を持つであろう。

例えば、「春」の、「金州城にて」の詞書で、

たゝかひの跡とぶらへば家をなみ道の辺にさくつま梨の花

などは、まさに日清戦争の金州攻防戦により、家は焼かれ、梨の木だけが残り花を付けているという、戦争の現実として実際に目にしたことを、そのまま詠じた作品と言えよう。写生というあり方が、すでに成立している作品であるとも言えよう。また、最後に「つま梨の花」として、焦点をそこに絞り込もうとしているのは、俳句に近い方法とも言えようか。実際この年の子規の俳句にも、「梨咲くやいくさのあとの崩れ家」というのが見える。

この歌の前に、同じ詞書で並ぶのが、次の一首である。

から山の風すさぶなり故《ふる》さとの隅田の桜今か散るらん

は、日本の気候と大陸の気候との差を、ほぼ実感のままに詠んだもので、望郷に近い感慨も込められている。同様な主題は「春」の最後に「金州」という詞書で、

から山に春風吹けば日のもとの冬の半《なかば》に似たる頃哉

と、ほぼ感じたままにそのまま歌われている。

このように、ほとんど説明の要もなく、戦争により引き起こされた現実や、異国の体験がそのまま詠まれ、写生がすでに実現しているとも言えるのだが、次節に述べるように、同様な体験を子規は新体詩でもって表現しようとしている。再びそこでも考えることにしたい。

金州体験の歌の中には、『万葉集』の影響の極めて顕著な作品が見られる。「春」の「金州へまかる船の中にてよめる」の詞書の、

舟にして家し思へば十重廿重五百重《とへはたへいほへ》の霞こえて来つらし

は、『万葉集』巻一〇・作者未詳の「白雲の五百重に隠り遠くとも夕《よひ》去らず見む妹があたりは」の影響が大きい。直接的には「五百重」という詞の摂取だが、船で遠ざかりながら懐かしい場所を思うという状況や、それに去来する思いも共通する。

また、同じ状況が詠まれた「雑」の歌だが、詞書も「金州へまかる舟の中にてよめる歌」とほぼ同一の、

舟にして家やはいづくわたつみの見ゆる限りは見るものなしも

は、『万葉集』巻三の石川卿、「ここにして家やもいづこ白雲のたなびく山を越えて来にけり」（西本願寺本の訓による）の影響が大きい。海路と山路の違いはあるが、「にして家やはいづこ」という形はほぼ共通しており、歌の基本的な構造は万葉歌に拠っているとも言えよう。

周知の通り、子規は『歌よみに与ふる書』で『古今集』と

その伝統を強く否定するのだが、短歌という詩型の連続性を保つよすがとしても、『万葉集』を尊重する。その場合、その歌は、実体験をそのまま歌うものであると認識される。それ故、似た状況の体験を歌う場合、『万葉集』の歌の表現に依拠することは、決して古典の模倣ではなく、同じ精神に基づく表現の積極的な活用だと考えたのだと、推測することが許されるであろう。この二首の積極的な摂取も、そうした在り方の先取り的なものと見てよいであろう。切実な体験が、切実な表現として『万葉集』の表現を呼び出したというような、心的な過程を想像してもよいのであろう。

以上、従軍体験の歌を見て来たが、体験の大きさに比べて、収められた作品が少ないということは確かであろう。が、それぞれの作品の意義は小さくはない。又、明治三一年以降にも、金州での体験に基づいた作品は、少なからず見えている。例えば、短歌改革の実践的な提示と位置づけられている「百中十首」においても、「金州城外所見」の詞書での、

もののゝふの屍をさむる人もなし菫花《すみれ》咲く春の山陰

また「金州」の詞書の、

人住まぬいくさのあとの崩れ家杏《あんず》の花の咲きてけるかな

など、金州を詠じた作品も見られる。後まで、この体験は回想され、歌に詠まれ続けたと考えてよいであろう。[6]

「百中十首」以外にも、明治三一年には、「金州従軍中作」という詞書を付し、文字通りに解すれば、従軍時に詠まれたと考えられそうな、

春寒み矛《ほこ》を枕に寝る夜半《よは》を古里の妹《いも》ぞ夢に見えつる

遼東《れうとう》にたゝかひやみて日の本の春の夜に似る海棠の月

などの作品も見られる。これも同様に体験の重さ故に、詠まれ続けた主題なのだと言えるであろう。

従軍体験の新体詩

『竹乃里歌』の明治二八年には、一四首の新体詩が収められている。うち七首は「金州雑詩」とされ「明治二十八年金州滞在中所観」と記され、金州体験の所産であるが、やはり興味深い問題を持つと思われる。[7]先の短歌のあり方から見れば、戦争・異国の現実を詠むということでは共通するが、詩型の自在さ、長い展開を可能にするという性格から、写実・写生という問題から、さらなる展開を見せていると思われる。

新体詩でも短いものは、同様な主題を詠んだ短歌とそれほど変わりはない。写実・写生としての性格が強い。例えば「金州城」と題する詩は、

わがすめろぎの　春四月、／金州城に　来てみれば、／
いくさのあとの　家荒れて、／杏《あんず》の花ぞ　さかりなる。

など、主題も素材も、さらには季節の提示の仕方も、金州の光景を詠んだ先に引いた短歌と大差はないと言えよう。

「髑髏」と題する、

三崎山を　打ちこえて／いくさのあとを　とめくれば、／こゝもかしこも　紫に／菫《すみれ》咲く野の　されかうべ。

についても、先に引いた「百中十首」の歌にも似ているであろう。引用はしないが「空村」と題する詩も同様である。何れも七五を四度繰り返す詩であり、物理的な字数も短歌と大幅に変わるわけでもない。短歌でも見たように、金州における俳句とも遠い世界が形成されているというわけでもない。

しかし、より多くの句からなる詩では、俳句・短歌では実現しがたい叙事的な性格が見えてくる。「空屋」の一首は、

半ば崩れし　道の辺の／家の檐端《のきば》に　うつくしく／さける杏《あんず》を　目じるしに／帰り来にけん、つばくれめ。／去年《こぞ》の古巣を　尋ねつゝ／家内覗けば　こはいかに、／竈《かまど》つめたく　風寒く、／主《あるじ》も児《ちご》も　影をみず。

は、目にした実景の写生的な作品ではあるが、後半で、燕の目を通す形で、戦争によって誰もいなくなった様を、叙事的に描いている。無論、叙事としては物足りない展開であるが、二〇行からなる「三崎山」には、叙事としての性格をより色濃く見ることができるであろう。

そもそも三崎山は、金州城外の丘であり、金州攻防戦において、真っ先に敵陣の偵察に赴き、情報を収集し、敵に捕らえられて処刑された鐘崎・山崎・藤崎の三人の通訳官を祀り、顕彰碑の建てられた場であった。詩の最初は、

通訳官と　そのはじめ／誰《た》があなどりし。国のため／君等が捨てし　命こそ／誠に忠義の　鑑なれ。

と子規の感想的な歌いぶりであり、それが全体を覆う調子ではあるが、歌われる内容は叙事的であり、通訳官の戦死が、この攻防戦の礎になったのだという事態が、十分に伝わる詩となっている。最後は、

金州城は　たちまちに／わが手に落ちぬ。これも亦《また》／君等が立てし　いさをなり。／ましてかしこき　恩命の／君等の上に　下りつゝ、／名を残したる　三崎山、／とこしなへに　一つ墓三基。

として閉じられる。全体的には叙事的な展開だと言ってよいであろう。

金州体験の新体詩で、最も長いものは「胡弓」という作品である。八行で一聯を構成し、八聯六四行からなる作品である。大きく見れば、前半四聯では、日本から徴用された軍夫二人の故郷に思いを馳せる対話が展開する。一人は東京から、もう一人は地方からという設定で、帰り得る日もわからない

まま、異国に連れて来られた軍夫の様が、ドラマ的構成で叙事的に語られている。

一人が言へば　又一人／『われも在所に残しおく／妻こそ子こそ　いかにして／この一冬を　凌《しの》ぎけめ。

というように、対話の形で進められている。

後半では、

折しも門に　かち〱と／鳴らすは誰ぞと　出て見れば、／乞食か知らず、門付《かどづけ》か／知らず、二人の　少年の

と、二人の居る所に、二人の少年（若者）の門付が現れる。その彼等も戦いの犠牲者だと思われる。胡弓を弾きながら、亡国の歌を歌う場面に展開する。最後の聯は、

あはれを尽《つく》す　音楽に／神の心も　動きけん、／黒雲低く　舞ひ落ちて、／まだ此頃を　冴え返る／渤海湾《ぼつかい》の　風寒く／一吹き吹けば、ちら〱と／胡弓取る手の　其上に／ふり来る梨の　花吹雪。

と、梨の花吹雪に収束するのは、俳句的とも言えるが、ドラマ的な叙事という総括が可能な作品となっている。

もう一首の新体詩として「若菜」があるが、この詩は一三行からなり、金州城外で若菜を摘む、おそらくは戦争により孤児となった少女を登場させ、その少女に語りかける形で展開する。『万葉集』巻頭の、雄略天皇が若菜を摘む少女に語りかけ求婚する長歌のパロディーとしての仕立て方なのだが、規模は小さいながら、ドラマ的な叙事をなしている作品だと言えるであろう。

『竹乃里歌』に収められた金州体験に基づく新体詩は、何れも戦地の臨地体験に基づいた作品であることは言うまでもない。俳句や短歌では、その見聞の写実や、述志を含む情感の表現にとどまるわけだが、新体詩では、叙事的な表現からドラマ的な表現と、短詩ではなし得ない領域に、表現を拡げたことになる。ドラマ的な表現指向は、やがて小説へと展開することは、考えられる可能性であるが、子規の場合は小説はすでに挫折を経験したものであった。[8] それ以前に、新体詩というジャンルの文芸指向をそこに直ちに結びつけることは慎むべきだが、金州での新体詩の、叙事的・ドラマ的な構成への指向はやはり注目しておいてもよいだろう。金州での従軍体験は、俳句や短歌だけでは、十分受け止められないものであったことも示すであろう。[9]

子規と新体詩

専ら、今までは金州体験の新体詩について見て来たが、『竹乃里歌』には、この年の作品として、他に、「園の秋」と題して五首、「音頭の瀬戸」と題して一首、合計六首の新体

詩を載せている。

「音頭の瀬戸」は、一七聯、八五句からなる長い作品である。音頭の瀬戸は、広島湾から瀬戸内海に出る狭い海峡で、潮流が極めて速い。平清盛により開かれたという伝承を持っている。そこを行く船の様子を描写した一首である。清盛がこの海峡を開いたことからはじまり、船が波に翻弄される様子を、叙事的そしてドラマ的に表現している。例えば、船内の様子は、

又もやかぶる横波に／船八分《はちぶん》に傾けば／鉄瓶、水をくつがへし、／荷物くづれつ、其中に／念仏唱ふる声すなり。さすが男の意地強く／色に見せねど、上臈《じやうらふ》の／泣きまどひつゝ今日を世の／限りとかこつさま見れば／心細さのまさるなる。

など、その場の様子をまざまざと想像させる構成である。

おそらくは、子規自身の航海の経験に基づくものであるが、歌い出しの「宇品《うじな》の港船出して／四国に渡る通ひ路《ち》の」から、宇品から松山への航路が推定される。喀血の療養後の松山への帰郷は、八月二四日にこのルートを辿っており、「頃は八月末つ方」とも一致する。金州の体験に比すれば、はるかに日常的な体験が基になっているわけだが、叙事的・ドラマ的なものへの指向は、ここにも見えている。

日常的な原体験を基にした作品としては、「園の秋」の五首は、より身近な世界であり、東京根岸の子規庵の庭の描写と考えられる作品である。

五首の中でも、夏から秋への時間の推移が印象的に描写し得ていて、比較的成功を収めた作品と目されるのは、「鶏頭」ではなかろうか。

朝顔開くあしたには／菜売豆売先《ま》ず到る。／おしろいの咲く夕には／豆腐屋の声かすかなり。／ある日野分の吹きしより／草倒れ花衰へて、／ひとり残りし鶏頭の／朝も夕も只赤し。／庭十歩秋風吹かぬ隈もなし

俳句や短歌の字数の制限を越えて時間の推移の叙述の可能性を示してはいよう。しかし、最後に付された俳句の完成度の高さに比べれば、極論すれば、本体となる新体詩の部分は、俳句のための詞書的な役割を果たしているにすぎないという評も可能であろう。つまりは、それほど高い達成度を、この新体詩に認めることはできないと思われる。新体詩という表現を選ばなくてはならない必然性は大きくないであろう。

ところで、この『竹乃里歌』に収められた新体詩は、「音頭の瀬戸」と「園の秋」が、明治二九年一〇月の『日本人』二八号に、「金州雑詩」が、やはり同年一〇月の『日本人』二九号に連続して載せられている。この二年には、『竹乃里

歌』に収録されていない多くの新体詩が雑誌に発表されている。二九年には二七首、三〇年には四七首に及んでいる。[10]

こうした新体詩についても、すでに論が重ねられており、共通した理解としては、新体詩は成功した試みではないとされている。例えば栗田靖は、新体詩の多作から明治三一年の短歌改革へ投じて行ったのは何故かという命題のもとに、子規の叙景的新体詩の限界と、押韻の問題の不毛、さらには藤村の『若菜集』の出現を、新体詩から離れた原因としてあげている。[11]『若菜集』との対比では、坪内稔典が、藤村詩の「おぞましき苦悩」の不在をあげるが、[12]山田有策は、藤村詩が新体詩を抒情詩の方向に導くことにより、子規の指向する劇詩・叙事詩の方向が行き場を失ったことを指摘する。[13]

特に叙事的な方向やドラマ的な構成は、これら発表された詩編にも顕著な特色であり、子規がこの詩型に求めた一つの方向であろう。例えば、明治三〇年二月『日本人』に発表された「子の愛」は、四〇聯、一六〇句からなるが、「音頭の瀬戸」のドラマをさらに進めたような作品で、荒波にもまれて難破した船における母子の物語として、ドラマ的な叙事詩として構想されている。しかし、

抱きつけ母に、母の肌、／抱きつけ母にしかと只。／離れそ母を、死するにも／可愛き憎き汝と共。

というドラマであり、母子の絆とは言え、当時においても陳腐と言う他ないであろう。

『日本』明治三〇年正月に載せられた「明治二十九年」は、中村不折の画も添えられ、旧年一年に起きた社会的な事件を、詩により回顧する興味深い試みではあるが、例えば「内閣新成」の、

偽り多き媚び多き／前内閣は倒れたり。／縦し明日に倒るゝも／新内閣は誠なれ。／四つに組んで見事に勝ちし角力かな

と、総括の俳句も含めて、短文による散文との相違を認めることも難しい、詩で表現することの必然性を考えるのが難しいと言う他ないであろう。

こうして見て来ると、子規の新体詩については、全体的に判断するならば、成功作としての評価を加えることは困難だとすべきであろう。しかしながら、すでに見て来たように、金州での従軍体験という局面では、一定の働きをしたものと考えてよいであろう。大きく見るならば、子規の意識としては、俳句も短歌もその中に取り込まれるべきである、近代の文学としての写実主義へと、より眼を開くための貴重なよすがとして働いたということは否定すべくもないであろう。こうした意味からも「金州雑詩」の存在の重さを受けとめてお

きたいと考える。

なお、子規の叙事的なものやドラマ的なものの指向はどこへ向かうのであろうか。先には、小説の方向を述べたが、すでに挫折した試みであった。親友の漱石により実現されたという言い方もできるかもしれない。しかし、子規の内部で考えるならば、短歌における連作は、一つの手段であろう。

『歌よみに与ふる書』を書き、「百中十首」の試みをみせた明治三一年以降の子規の短歌の連作である。明治三一年でも「足たゝば」「わが庭」「われは」など、名作と評される連作が続々と作られている。こうした連作の叙事やドラマは、子規自らの生、ほぼ結核という不治の病のもとにある生、それ故に、他とは共有できない特別な体験としての生を生きる「我」の問題に収束する。それがむしろ子規の短歌における近代性を引き立てるのであるが、子規の連作は、そのような世界だけにはとどまらない。

「猟官声高くして炎熱いよ〳〵加はる。戯れに蒼蠅の歌を作る」と題する連作は、政党による猟官を諷刺した作品だし、「太神宮炎上の事」は、まさにこの年の五月二日に起こった伊勢神宮の炎上事件を歌った連作である。また、「桃太郎」とする連作は、日清戦争を機にして、国定教科書にも収録されるようになった、この武勇伝をドラマとして仕立てた連作である。子規の新体詩に試みようとしたことの行く末を、このような展開の中で捉えることも可能ではないだろうか。

須磨・松山・奈良・東京

新体詩との関連でやや越境をして来たが、金州からの帰国の船で大きな喀血を起こした子規は、五月二三日、担架で神戸病院に収容された。かなり危険な状況にもなるが、何とか回復を得た。『竹乃里歌』の中では、「雑」の、詞書を「病やゝいえし頃」とする、

一たびはつなぎとめたる玉の緒のいつかは絶えんあすかあさてか

は、神戸での作の可能性はある。「あすかあさてか」の切実な不安をユーモラスな音調で示す所が眼目となろうが、上下句に配した、命をあらわす「玉の緒」の縁語「つなぎ」「絶えん」を基にした古典和歌的な組み立てにも注意されよう。

七月二三日には退院し、そのまま須磨の保養所に移る。須磨は言うまでもなく、『源氏物語』『平家物語』の舞台であり、それ以前から歌枕の地であった。歌枕としては、海人が製塩のために焼く藻塩焼きの煙が典型的な景物であり、古典和歌では繰り返し詠まれている。子規も、

もしほやく烟もたえて須磨の浦にたゞすみのぼる秋の夜

の月

と、藻塩の煙といい、下句に「烟」の縁語「のぼる」を配する組み立て方といい、ほとんど古典和歌といってもよい作品を詠んでいる。[14]

自らの体験をそのまま詠んだような、

須磨の浦に旅寝しをれば夏衣うら吹きかへす秋の初風

も、下句の表現は、「神なびの三室の山の葛かづら裏吹き返す秋は来にけり」（新古今集、秋上、大伴家持）に依拠したものであり、そもそもが古典的発想である。和歌の持つ古典的伝統の重さを改めて実感させられる。

また、この地では『源氏物語』にも親しんでおり、明治三二年の作では、

おのづからあはれ身にしみて覚えけり須磨のやどりに須磨の巻を読む

と詠んでいる。『平家物語』に関連する歌は『竹乃里歌』には見られないが、西芳菲への書簡中には、

夏の日のあつもり塚に涼み居て病気なほさねばいなじとぞ思ふ

のような、同物語の一七歳の平敦盛が、須磨で熊谷直実に討たれるという場面を、須磨寺の敦盛塚で、ざれ歌風に詠んでいる。

古典の故地であり、歌枕の地でもあり、作品も古典的であり、古典回帰という面も強く見せている。しかし、そうした中でも、

夕立の今かくるらんすまの浦の小舟にさわぐ沖つ白波

は、「すまの浦」に続く下句の古典的な色合いが印象的だが、上二句は実景的である。さらに、自筆本には「紀の国は夕立すらし」と、列島の地理を大きく捉えるような表現も傍記されており、海外体験により地理を大きく捉える感覚のようなものが養われたかとも想像させる。

そうして見るならば、並んだ次の歌、

夜の戸をさゝぬ伏屋の蚊帳《かや》の上に風吹きわたり蛍飛ぶなり

も、全体に用語も古く、古典和歌の景物で固められた印象だが、これも決して平安朝の風景ではなく、明治期の漁村の実景だと考えてよいであろう。俳句においてはすでに成熟している、写実的な描写のあり方が、一見古典的な作品の中にも見えていると言えないだろうか。

八月二四日、子規は保養を終えて、郷里松山に帰郷している。すでに一家は東京に本拠を構えており、子規は漱石の下宿に同居し、愚陀仏庵と称し、一〇月一七日に出港地三津に移るまで、足掛け三ヶ月を過ごすことになる。近代文学史上

では事件とも言える期間であるが、『竹乃里歌』では、この時期の作品と思われるのは、次の一首のみである。

　舟つなぐ三津のみなとの夕されば苫《とま》の上近く飛ぶ千鳥かも

　これも、自筆本では、広島の港である「鞆」を墨滅訂正して「三津」としたものであり、作品の内容も特に言及すべきものはないであろう。

　他の資料からも、この時期の短歌を見出すことはできず、知られる限りでは、短歌の面では見るべきものがない。俳句における豊かな成果と比べれば、やはり不思議というべきであろう。松山での子規は、短歌にはそれほど熱心ではなかったのであろうか。

　付言すれば、漱石との関連にしても、直接漱石に関わる作品は、『竹乃里歌』には見出すことができない。書簡の中では、明治三三年六月にロンドン留学を前にした漱石に贈った、

　年を経て君し帰らば山陰のわがおくつきに草むしをらむ

また、あづま菊の画とともに贈った、

　あづま菊いけて置きけり火の国に住みける君の帰りくるがね

と、深い交流を前提とした歌は見られる。

子規は、三津を出発し、広島・須磨・大阪を経て、一〇月二六日に奈良に到っている。『竹乃里歌』には、奈良に着いた喜びを歌った、

　青丹よし奈良の都に着きにけり今こそ見ゆれ奈良の都は

の一首が見られる。

　この歌には、特に下句には、見たくてたまらない奈良に、ようやく着き得た喜びが素直に表出されている。この歌は「雑」に「はじめて奈良に行きて」という詞書で載るが、「秋」には、

　青丹よし奈良の都に着きにけり牡鹿鳴《なく》てふ奈良の都に

という上句を同じくする一首が見える。八月に須磨に見舞いに訪れた中村不折の奈良到着を歌ったものだが、すでに自分が到着したような一首である。この歌と合わせて考えるなら、子規の奈良への期待はそのころから抱かれていたとも推測され、奈良体験の大きさも想像されよう。しかしながら、奈良を具体的に詠んだ短歌は見られず、このことも俳句に譲ることになろう。

　子規が東京に帰着したのは一〇月三一日であった。根岸の子規庵は、すでに拠点となって長い。この年、その東京で詠んだと特定できそうな作品は、先に見た従軍の首途とした作品位であるが、東京を詠んだ作品は見られる。

「秋」に収められた、

見ればたゞ尾花風吹くむさしのの月入る方や限りなるらん

は、武蔵野の古典的な風景である。例えば、『続古今和歌集』秋上所収の源通方の「武蔵野は月の入るべき峯もなし尾花が末にかかる白雲」のように、薄が茂り、山ではなく平原の中に月が沈んで行くという地理的把握は、古典作品ではいくらでも見いだせる。須磨という地の体験以外にも、古典和歌との連続はまだまだ見られるわけである。明治期の武蔵野の風景自体平安時代からの連続は想像されるにしても、江戸時代の新田開発により、雑木林も形成された風景は、草の茂る原野では最早ないであろう。

一方、「冬」に収められた、

むさし野をわれゆき居れば上《かみ》つ毛や赤城の山に雪ふれる見ゆ

などは、「われゆき居れば」と、景を見る自身も表現されており、武蔵野の北方から実際に眺められる赤城山を捉えた写実的な表現だと言えよう。この年の年譜に、埼玉方面への外出の記録はなく、第一に「リウマチウス」により、外出も不如意な状況も始まっている。過去の体験に基づく作品であるが、写実的な把握の作品だと言えよう。

この年の作品の中には、実際の見聞であるかは措くにしても、今まであげた以外にも写実的で印象明瞭な作品も見られる。例えば、「冬」の、

筒の音のこだますさまじ山路行けば血しほにしを《ほ》る紅の雪

などは、説明を要しないほどに、それが実現されていると言ってよいであろう。その前に置かれた、

古葉皆落ちてものなき梢より星吹きちらす木枯の風

は、下句の、落葉と縁語関係を持つ「吹きちらす」という言葉は、やや古典的な趣向であるが、全体で提示された風景は印象明瞭であると言えよう。

こうして見て来ると、この年の金州体験に基づく以外の作品も、興味深い位相を持っていると言えよう。詠作時点を特定し難い作品も含まれているが、取り上げた多くが、それ以後と言うことになろう。金州以後という観点で見るとしても、そこでの現実の重みに基づく創作体験が、総てを変えてしまったというわけではない。須磨においては、その歴史的風土の重みから、古典回帰的な現象も示していたことは、繰り返すまでもない。

おわりに

『竹乃里歌』の中に展開する明治二八年の子規の世界は、

確かに単純ではない。しかし、金州における原体験の重さ、戦いそのものではないにしても、その戦いのあった現場での体験の重さ、それに基づく写実・写生へ向かう表現の世界に、後の子規の達成に繋がる大きな意味があることは言うまでもない。

その中でも、新体詩を作ること、新体詩という、叙事やドラマ的な展開を可能にするジャンルへの挑戦も見逃せない文学体験であった。新体詩自体は、必ずしも子規が成功を収め得たジャンルではなく、その挑戦も二、三年で終わってしまうが、そこに見られる表現指向は、後の短歌における連作にもつながると考え、子規の表現史への展望も示してみた。

また、金州における原体験との関わりでは、述志の伝統についても見て来た。後の子規の短歌の中にも、そうした述志の系譜につながる作品も少なくない（それ以前の子規の歌にもそれは見られるが）。さらに、古典回帰も片隅の問題ではない。短歌とはいえ、和歌の伝統から無縁ではないからである。

子規にとって事多き年であった明治二八年は、『竹乃里歌』にとっても、子規の内なる短歌史という構想をたてるにしても、重い一年だったのである。

注

（1） 村尾誠一「正岡子規短歌における「写生」試論」（『総合文化研究』二〇号、東京外国語大学、二〇一七年）においては、この年の『竹乃里歌』の作品を、専ら「写生」への途という観点から考えた。

（2） 『竹乃里歌』は自筆で記された冊子だが、そのままの形では、生前にも死後にも活字化されたものとしては刊行されていない（一九七七年に講談社から複製本が刊行されている）。土屋文明・五味保義編『正岡子規全歌集竹乃里歌』（岩波書店、一九六五年）は、自筆本を忠実に活字で再現した上で、他資料から増補を加えたものである。村尾誠一著・久保田淳監修『竹乃里歌』（和歌文学大系、明治書院、二〇一六年）も、自筆本を参照しつつ、岩波版を底本にしたものである。本稿では『竹乃里歌』は自筆本を指し、本文は特に断わらない限り拙著によ る。なお、（　）を付したルビは、拙著で私に付したものである。

（3） 子規の歌集が最初に活字化された書物として刊行されたのは、一九〇四（明治三七）年俳書堂から弟子達の手により「子規遺稿」として刊行された『竹乃里歌』だが、この明治三〇年の歌以降の作品が収められている（それ以前の作品は収められていない）。子規短歌評釈の原点ともいえる斎藤茂吉・土屋文明編『子規短歌合評』（青磁社、一九四八年）でも「歌の方に力を入れられたのはこの柿の歌あたり以降である」（岡麓の発言）として、六首すべてが取り上げられ、行き届いた論評がなされている。

（4） 子規の三十一字の作品を「短歌」と呼ぶべきか「和歌」と呼ぶべきかは一筋縄ではない問題があると思われる。「歌」といえば一定の正確性は保てるが、ここでは基本的に「短歌」と称しておく。

(5)『竹乃里歌』の明治二八年の作品は、春・夏・秋・冬・雑と部立され、四一首の短歌が載せられ、その後、一四首の新体詩が載せられている。岩波版では、さらに七首が他書から集成されている。

(6) 例えば今西幹一『正岡子規短歌の世界――『竹乃里歌』の成立と本質』(有精堂、一九九〇年)でも、「百中十首」の金州詠は金州の現場での作ではなく、明治三一年の作と考えている。

(7) 他に、「金州城」と題する一首がある。

(8) 明治二五年、自信作の小説『月の都』を幸田露伴に見せ、出版をあきらめている。但し、この作品は、明治二七年『小日本』に掲載されている。

(9) 子規の従軍体験は、そもそもの目的である『日本』に掲載された「従軍記事」という散文作品を生んでいるが、この作品は、戦場の報告というよりは、記者の待遇に関する問題に集中しており、意見文としての性格が強く出ている。また、子規の従軍体験を扱った末延芳晴『正岡子規、従軍す』(平凡社、二〇一一年)では、新体詩と漢詩との関わりについて論じている。

(10)『子規全集』(講談社版)の第八巻は「漢詩・新体詩」であるが、明治二一年一首、二三年四首、二四年一首、二八年一首、二九年二七首、三〇年四七首、三一年七首、三二年一首、三四年三首、年次不明が四首となっている。

(11) 栗田靖「正岡子規の新体詩――俳句改革から短歌改革への過程」(『語文』四〇号、一九七五年)。

(12) 坪内稔典「子規の新体詩」(国東望太郎博士古稀記念論集刊行会編『日本文学の重層性』桜楓社、一九八〇年)。

(13) 山田有策「正岡子規の新体詩」(『解釈と鑑賞』六六巻一二号、二〇〇一年)。

(14) この年の俳句に、「須磨」として「名所に秋風吹きぬ歌よまん」がある。

付記 本稿は、二〇一七年二月一一日、東京外国語大学で行われた、「生誕百五十周年記念　漱石/子規シンポジウム　言葉・物・世界」におけるパネラー発表を基にしたものである。「四、子規と新体詩」は、当日時間の関係で触れ得なかった内容である。当日、コメンテーターであった牧村健一郎氏から、金州で森鷗外と出会っているが、そのことは、子規にとって、どのような意味を持ったかという質問があったが、短歌というジャンルに直接関わる中でも、子規の死後とはいえ観潮楼歌会との関連など、その意味は小さくないと思う。今後の課題としたい。

文学する武器——子規の俳句革新

菅長理恵

すがなが・りえ——東京外国語大学大学院国際日本学研究院教授。専門は日本語、日本文学・日本語教育。主な著書・論文に、句集『天真』、「検証・戦後俳句——中尾寿美子論」、「俳句による日本語・日本文化教育の実践と考察——総合科目〈HAIKU・俳句〉」などがある。

正岡子規の俳句革新は、「俳句」や「月並」といった新しい用語の設定や、俳聖と仰がれる芭蕉に対する挑発的な批評などが特徴的である。これらは、俳句を「文学」たらしめんとする戦いの戦術であり武器であった。子規は『俳句分類』という偉業を土台に、この戦いに勝利したのである。

はじめに

正岡子規は明治における短歌、俳句の革新者としてよく知られている。このうち、子規の俳句革新(1)について、それが、どのような背景のもとに、誰に向けて、どのように行われたのかという文脈からとらえてみようというのが、本論の趣旨である。

言葉が発せられるとき、そこには必ず、文脈が存在する。つまり、どんな背景のもとに、誰に向かって、どのように発せられたのか、ということである。子規の俳句革新にかかわる言説の文脈を考えるにあたり、特に、以下の三つの側面に焦点をあててみようと思う。一つは明治という時代の文脈であり、二つ目は子規という人物の人となりと彼にインプットされた様々な思想である。そして、最後に、誰に向かってその言葉が発せられたのか、想定される聞き手、受け取り手を考えてみたい。この三つを踏まえ、子規の俳句革新にかかわる言説が、何を目指すものだったのか、そして、その有効性と限界について、明らかにしていきたいと思う。

また、正岡子規という人物を考える際、決して忘れてはならないのが、夏目漱石の存在である。この二人の出会いと交流がもたらしたものは、今日振り返ってみても、まさに驚嘆すべき大きさである。漱石の存在は、先に挙げた三つの側面全てにおいて、子規と関わってくる。二人の生誕一五〇周年を機に、その足跡の交わるところを、改めて確認しつつ、子規の俳句革新に迫ってみたい。

明治という時代と子規の生い立ち

漱石、子規の生まれた一八六七年、慶応三年には、徳川幕府による大政奉還が行われ、翌年には明治と改元された。まさに、大きな時代の変わり目に、二人はそろって生を受けた。明治初期という時代のエネルギーの大きさについては論を待たないであろう。子規自身の言葉によれば、

余が初めて浮世の正月に逢ひたるは慶應四年なれば明治の新時代はまさに旧時代の胎内を出でんとする時なりき
(新年二九度「日本人」[2]明治二九年一月五日号)

という状況であった。明治政府は、欧米に追いつくことを急務とし、「旧来ノ陋習ヲ破リ天地ノ公道ニ基クヘシ(五箇条の御誓文)」との理念を掲げて、廃藩置県を断行、子規の生まれた松山藩は、明治四年に松山県(同年のうちに最上、小松、今治と統合)となった。翌明治五年には学制が発布される。ただし、まだまだ旧時代の名残もあった。子規の父、正岡常尚は松山藩の御馬廻番であったが、明治五年一月には早々に子規に家督を譲り、同年三月に亡くなっている。幼くして正岡家当主となった子規は、藩主へのお目見えに備えて[3]髷を結ったという。また、母、八重の父は松山藩の藩校明教館の教授をつとめた儒者、大原観山であった。この祖父の薫陶を受けられたことは子規の才を大いに伸ばした。が、一方で、

十の歳は初めて髷のなき新年に逢へり。この時まで余は髷を結び脇指を横たえたり。
(同上)

とあるように、この祖父により、断髪を固く禁じられて、周囲から浮いていたようである。

明治五年の学制頒布により、松山にも小学校が置かれた。子規が初めに通った末広小学校は、法龍寺[4]という寺の本堂が校舎であり、寺子屋と変わらなかったという。明治八年には、明教館を改築した勝山学校に通うようになる。子規は、小学校に通う傍ら、祖父観山の私塾にも通って漢籍を学んだ。観山は、子規の才を愛し、自ら素読を教えたが、明治八年には病の床に就き、明教館助教授だった土屋久明に孫への漢学教授を託した。明治一一年にこの土屋久明のもとで子規が初めて作った漢詩が「聞子規(しきをきく)」である。後に喀血し

て号を「子規」と定めたことと、この最初の詩作とが直接結びついているとはいえないまでも、何かしら因縁を感じさせる。子規は、数ヶ月の間、五言絶句を毎日ひとつずつ作り、久明に見てもらったという。

学制のもとに作られた小学校教育を受けた[5]とはいえ、まだ十分に教科内容が整っていたとは言い難く、子規の受けた教育は、基本的に旧来の武士の素養であった漢学を中心としたものだったと言えるだろう。子規は、早くに父を亡くしたため経済的には不遇であり、また、ひ弱で弱虫な少年だったが、観山の私塾や藩校の書籍を自由に読むことが許されており、教育の環境には、恵まれていた。武士の子であり、観山の孫であるという矜持もあったであろう。その一方で、明治九年の廃刀令、明治一〇年の西南の役により、少年子規の脳裏には、武士の世の終わりが強く印象付けられたと思われる。

明治一二年、小学校の最上級生となった子規は、回覧雑誌『桜亭雑誌』を発行する。桜亭とは、当時の子規の雅号である。これは、愛媛県で発行されていた地方紙「海南新聞」[6]を手本としたもので、ニュースのほか、論説、漢詩、書画、なぞなぞなどの内容を、四つ折りの半紙で綴じたものであった。栴檀は双葉より芳しというが、後のジャーナリスト子規の面目躍如といったところであろうか。貸本屋にも足しげく通ったという。ただ読むだけではなく、書き写すのが子規の読み方だった。馬琴の読本や北斎の画帳などを写本したものが残っており、筆をとることを苦にしなかった子ども時代がうかがえる。

明治一三年、子規は松山中学に進学する。折しも、自由民権運動の二つ目の波が高まっていた。高知の立志社や自由党の志士たちが松山にもたびたび演説に来ており、子規も演説会に入り浸っていたようである。

余は在郷の頃、明治十五、十六の二年は何も学問せず、只政談演説の如きものをなして愉快となしたることあり。
(「演説の効能」『筆まかせ』[7])

当時の運動の中心は国会開設請願にあり、明治政府は集会条例などを布告して運動を取り締まった。松山中学にも「談心会」という弁論部があったが、演説会には監督が目を光らせていたようである。

明治一六年一月、演壇に立った子規は黒板に「黒塊」と記し、「天将ニ黒塊ヲ現サントス」という演説を行った。これが政談とみなされ、演説途中で中止を命じられる。そのまま職員室に連行されて厳重注意を受けたという。聴衆の一人であった柳原極堂は、子規がまさか政談を、それも国会開設要望をやるとは思わなかったとすっかり感心し、それから友人となったという（柳原極堂『友人子規』）。

上京、漱石との出会い

明治一六年六月、子規は、叔父加藤恒忠（拓川）[8]の許しを得て、念願の上京を果たす。この時点での志は、立身出世にあった。

叔は戯れに余に向て「汝は朝にありては太政大臣となり野にありては国会議長となるや」と笑はれしに、余は半ば微笑しながら半ばまじめに「しかり」と答へたり。

（「哲学の発足」『筆まかせ』）

これは、子規一人のことではなく、明治という時代の若者に共通する志だっただろう。上京するということ自体が、学問を修め、世に出たいという意志の表れであった。拓川は、旧藩主久松家からの給費によるフランス留学を控える身であったため、子規を身近に置くことはできなかった。それゆえ、あとを託すという意味もあったのだろう、後に子規の人生に大きく関わる陸羯南と子規を対面させている。羯南は、拓川の司法省法学校の同級生であった。

一〇月、子規は共立学校に入り、東京大学予備門を目指して勉強を始める。

明治一七年は子規にとって嬉しいことが重なる。まず、三月に、旧藩主久松家の育英事業である常磐会の給費生に選ばれた。九月には、試しにという程度の気持ちで受験した東京大学予備門[9]に合格する。同期に、夏目漱石、南方熊楠、芳賀矢一、山田美妙、米山保三郎[10]らがいた。子規は、嬉しくてにこにこせずにいられなかった三つのこととして、上京の許しをもらったこと、給費生に選ばれたこと、予備門に入学したこと、をあげている（「半生の喜悲」『筆まかせ』）。

ただ、合格はしたものの、英語の勉強[11]は不十分だったようである。英語が苦手だった子規は、英語で授業を行う数学に手こずり、一八年、幾何学や三角関数を落として落第する。漱石も一九年に落第[12]したため、二人は再び同学年となった。

この一九年に、帝国大学令が交付され、東京大学は帝国大学となり、法科、理科、工科、文科、医科の五分科が置かれた。これに伴い、予備門も、中学校令に基づき、第一高等中学校と改称[13]された。したがって、子規、漱石は、東京大学予備門[14]に入学し、第一高等中学校を卒業し、帝国大学文科大学に進学することになる。

二人が親しく交わるようになったのは、明治二二年のことである。寄席通いという共通の趣味が二人を近づけたということだが、真の交わりは、やはり、文学を通じてであったと言えるだろう。明治二二年、子規は向島に籠もって、漢詩、漢文、和歌、俳句、謡曲、小説、地誌からなる『七草集』を著す。翌二二年、漱石はこれに漢文による批評と七言絶句[15]を書き、更に、房総への旅行記を漢文で綴った『木屑録』を見せて、漢詩漢文に絶対の自信を持っていた子規を驚かせた。

或時僕が房州に行った時の紀行文を漢文で書いて其中に下らない詩などを入れて置いた、それを見せた事がある。処が大将頼みもしないのに跋を書いてよこした。何でも其中に、英書を読む者は漢籍が出来ず、漢籍の出来るものは英書は読めん、我兄の如きは千万人中の一人なりとか何とか書いて居った。処が其大将の漢文たるや甚だまずいもので、新聞の論説の仮名を抜いた様なものであった。けれども詩になると彼は僕よりも沢山作って居り平仄も沢山知って居る。僕のは整わんが、彼のは整って居る。漢文は僕の方に自信があったが、詩は彼の方が旨かった。

（夏目漱石「正岡子規」）

子規も漱石も、幼い頃から漢文学を学び、漢詩漢文は血肉となっていたのであろう。子規が毎日五言絶句を一つずつ作るほど詩に傾倒していたのに対し、漱石が好んでいたのは荻生徂徠をはじめとする雄勁な文体の日本漢文だったという。

明治二二年は、子規が大きな喀血をし、初めて俳句に「子規」という号[16]を用いた年でもあった。子規は『筆まかせ』の中で、「俳句を作るは明治二十年大原其戎宗匠の許に行きしを始めとす（「哲学の発足」）」と書いている。この時見てもらった句稿にあった「虫の音を踏わけ行や野の小道」という句が『真砂の志良辺』に掲載されたのが、子規の俳句デビュー[17]であり、明治二三年まで同誌に投句を続けていた。

卯の花をめがけてきたか時鳥　子規
卯の花の散るまで泣くか子規

喀血直後、これらの句をはじめ、子規は、何十句も時鳥（子規）[18]の句を作っている。これに対し、漱石からも、

帰ろふと泣かずに笑へ時鳥　漱石
聞かふとて誰も待たぬに時鳥

という句が贈られている。また、二人が往復書簡で、文学の思想（idea）と修辞について議論を戦わせたのもこの年だった。漱石は、子規に、やたらに書きちらしていないで勉強しろ、もっと本を読め、と言っている。これに対する子規の返信は残っていないが、子規が近世の俳書を手当たり次第に集めて読み始めたのは、この漱石の言葉に奮起したのも一因ではないかと思われる。この俳書研究が、やがて、「俳句分類」の偉業へとつながっていく。

「文学」の潮流

明治二三年、政治家志望だった子規と建築家志望だった漱石は、二人とも、帝国大学の文科大学に進んだ。子規は哲学科、漱石は英文学科であったが、翌二四年には、子規は哲学科から国文学科へ転科する。ここにおいて、二人の志が、ともに、「文学」に向けられることが定まったのである。

当時、彼らが学んでいたことはもちろん、多岐にわたるが、大きく影響を受けていたものとして挙げられるのは、まず、スペンサーによるソーシャル・ダーウィニズムであろう。いわゆる進化論を社会的な現象にも当てはめようとする考え方であり、明治期の「改良」「改革」という気運は、この思想的潮流と深い結びつきがあった。文学的な「改良」の一つが、言文一致運動であり、坪内逍遥の「当世書生気質」には、子規も、大きな影響を受けた。

その一方で、西欧化、欧化主義に対抗する流れとして、国粋主義的な動きも生まれる。ここでおさえておきたいのは、明治二二年二月、陸羯南の創刊した新聞「日本」と、松尾芭蕉の神格化の二つである。

新聞「日本」はその名の示すごとく、「日本」の国民に向け、「日本」の精神を発揚することを目指していた。陸羯南の創刊の辞には、

我が『日本』は固より現今の政党に関係あるにあらず。然れども亦た商品を以て自ら甘ずるものにもあらず。吾輩の採る所既に一定の義あり。(中略)先づ日本の一旦忘失せる『国民精神』を回復し且つ之を発揚せんことを以て自ら任ず。

とあり、いずれかの党利や経済的な利益を図るものではないことを明示し、西欧化の波の中で失われつつある「国民精神」の回復と発揚をうたっている。また、これに続けて、

『日本』は国民精神の回復発揚を自任すと雖も、泰西文明の善美は之を知らざるにあらず。其の権利自由及平等の説は之を重んじ、其哲学道義の理は之を敬し、其風俗習慣も或る点は之を愛し、特に、理学、経済、実業の事は最を欣慕す。

とあって、国民精神の回復発揚を目的とするとはいえ、西欧化を排除するものではなく、良い点は採り入れるべきであることが断ってある。

一八九三(明治二六)年は、松尾芭蕉の二〇〇年忌にあたる年である。先駆けて、明治二〇年に義仲寺で芭蕉二〇〇年忌取越法要が営まれ、各地で句碑建立が続いたという。[19] 二〇〇年忌に因んだ行事も多く企画され、明治二六年に向けて俳

聖ブームが高まっていたことは想像に難くない。明治初期に、政府が、神官、僧侶、俳諧師や講談師などを教導職に任じて国民の倫理的教化を企図したことも、この俳聖ブームに寄与した。芭蕉だけでなく、西鶴や近松など、近世文学への復古意識も高まっていたということである。[20]

そして、「文学」や「日本文学」という言葉そのものをめぐり、欧化主義的な考え方と国粋主義的な考え方との間で、様々な動きや取り組みが行われる。まず、明治二〇年、帝国大学文科大学の学科として、哲学（第一）、史学（第四）、博言（第五）に加え、和文学科（第二）、漢文学科（第三）、そして英文学科（第六）、独逸文学科（第七）の七つが並立された。明治二三年には、『日本文学史』『日本文学全書』等があいついで発行されたが、その編集姿勢は大きく異なっている。『日本文学史』では漢文、日本漢文の作品が含まれているのに対し、『日本文学全書』には和文作品のみが収められている。そして、明治二四年に創刊された『早稲田文学』では、「和漢洋、三つの文学の調和」が掲げられた。「日本」文学とは何か、という問いが、鮮明に意識される時代であったと言える。

このような潮流の中で、子規は国文学（和文学）を、そして漱石は、英文学を研究対象にしていくのである。

子規の俳句論の出発

明治二五年、子規は大きな転機を迎える。

一月、部屋にこもって中編小説「月の都」を書き上げる。翌月、幸田露伴に見てもらい、出版の周旋を願うが、結局は断念するに至る。[21]露伴の『風流仏』に心酔した挙げ句、自ら筆を執った子規は、挫折を味わった。五月四日付けの高浜虚子宛書簡には「僕ハ小説家トナルヲ欲セズ、詩人トナランコトヲ欲ス」という記述が見られる。

六月には帝国大学の学年末試験に落第。試験勉強をしようとすると俳句が浮かんできてしようがなく、ランプの傘に書きつけたというエピソードが残っている。その前年にも、試験を受けずに帰省してしまい、追試験が受けられるように級友の芳賀矢一、夏目漱石らが奔走するという一幕があった。子規の心は、すでに、大学での勉学から離れてしまっていたようである。あと一年が待てず、子規はそのまま退学してしまう。それに伴い、常磐会の給費も一〇月で終わる。

子規が頼ったのは、新聞「日本」の陸羯南であった。編集主任の古島一雄は、子規を面接した際のことを次のように語っている。

君は一体日本新聞に入社したいといふが今何をしてゐる、

と聞くと、大学へ行つてゐる。何年だといふと、まだあと一年あると言ふ。あいつは試験のために学問するのは嫌になつた。井上哲次郎の哲学なんか聞いてをれんと言ふんだ。こいつ面白い奴と思つた。君、新聞社に入つて何をするんだ。芭蕉以来堕落してゐる俳句を研究したいと、しきりに講釈するんだ。おれは「古池や」くらゐは知つてゐる、が俳句といふものは碌に知つとらん。あいつは、身体が弱いと自覚してをつた。早く新聞に拠つて、この志を急いで発表し度い。一年が待てんといふのだ。その、試験のために学問するのは嫌ひだといふのがおれのやうな者に気に入つたんだ。（「古島一雄翁の子規談」(22)）

一年が待てない、早く発表したい、というのは、子規が自らの命の長くないことを悟っていたからでもあっただろう。正式な入社は明治二五年一二月になってからであったが、それ以前から、子規は「日本」に寄稿している。新聞「日本」に載った最初の子規の作品は、木曽への旅行記「かけはしの記」（五月二七日から六月四日まで六回の連載）である。これは、「更級紀行」「奥の細道」を範とし、紀行文に和歌俳句を織り交ぜた作品であり、旅立ちのはなむけとして古白(23)、碧梧桐(24)から贈られた句も入れられている。

六月二六日からは新たに「獺祭書屋俳話」の連載が始まる。これが、子規の俳論が世間に打ち出された第一弾である。この連載は一〇月二〇日まで三八回に及んだ。連載開始時には「俳諧」「発句」という語を用いていたが、途中、五回目からは、「俳句」という語を用いるようになる。「俳句の前途」と題した一文には、

和歌も俳句もまさにその死期に近づきつつあるものなり。（中略）世の下るに従い平凡宗匠平凡歌人のみ多く現るは罪その人にありとはいえ、一は和歌または俳句そのものの区域の狭隘なるによらずんばあらざるなり。

とあり、当時の俳句（俳諧、発句）の在り方とその前途に対して懐疑を投げかけている。また、連載の終わりに近い「『俳諧麓の栞』の評」には、

『俳諧麓の栞』の末に「拾遺金玉」なる一節あり。けだし方今大家の名句を拾い集めたるの意なるべし。けれども余輩の愚見をもつてすれば箸にも棒にもかからぬというべきもの少なからず。

とあり、拙劣な句を評する際に、

この類の句は月並集中常に見るところなり。ゆえに余は私にこれを称して月並流といふ。

と述べ、「月並」という語を類句類想の多い凡庸な句を評するものとして用いている。

これらの言こそは、古島一雄に対して語った「芭蕉以来堕落してゐる俳句」への挑戦であった。新聞という発表の場を得た子規は、まず、「俳句」「月並」という造語[25]により、論陣を整えていったのである。

この明治二五年は、子規が作句に本格的に取り組み始めた年としても注目される。それは、子規自身が自分の句をまとめた句集『寒山落木』の句数を見ても明らかである。明治一八年から二四年までは、それぞれ、七、一、二三、三一、三二、五三、二三一句と推移していたものが、二五年には急に一六六五句にのぼっている。

このころ、子規は、『早稲田文学』(三一号、明治二六年一月)に「文学雑談」を発表する。その冒頭の一節(「一、国詩と欧詩」)は以下の通りである。

> 天下の事物之を分ちて二とす自然と人事是れなり。自然とは人工を用ひずして生成存在する事物を謂ひ、人事とは人間の作用を以て作為し志向する事物を謂ふ。随つて詩家が取りて以て吟詠の材料となすべきもの亦此二者の外に出でず。而して欧米諸国の詩歌は主として人事を叙し、和漢二国の詩歌は主として自然を叙す。人事を叙する者は錯雑混乱せるが為に長篇の詩歌と成り易く、自然を叙する者は簡単純粋なるが為に短篇の詩歌を生じ易し。(中略)西詩の複雑と国詩の簡潔は両立して不可なかるべし。何ぞ長篇を尊で短篇を陋むの理あらんや。

子規は、スペンサーの『文体論(フィロソフィー・オブ・スタイル)』の「簡潔な表現こそが優れている」という考え方に大きな影響を受けていた。一方、帝国大学博言学の教授チェンバレンは、芭蕉の英訳など、日本文学を広く世界に紹介しながらも、日本の詩歌はどれも短く、思想を語るに足るものではないと評していた。また、前述のソーシャル・ダーウィニズムを文学に当てはめようとすると、詩歌は、より複雑なものへと進化していくべきという考え方にならざるを得ない。では、世界で一番短い詩、俳句は、進化から取り残された文学であると考えるべきなのであろうか。簡潔であることの価値と、詩歌文学の進化と、二つの対立する考え方の間で、子規は、悩み、そして、一つの結論を導き出した。それが、引用した一節に結実している。

子規は、ここで、西欧の詩歌は人事を扱っているから複雑で長くなるのだ。日本の詩歌は自然を扱っているから簡単純粋で短いのだ、と言っている。つまり、扱う対象が異なっていることから生じる違いであり、優劣はないのだという主張である。

これにより、子規は、俳句が「文学」であることの根拠を示した。これ以後、「文学」として俳句を扱い、取り組んでいくという宣言として、また、子規の俳句論の立脚点として、注目すべき論文であると考えられる。

明治二六年二月には、新聞「日本」に俳句欄が設けられた。編集主幹の古島は、子規に紙面のうち二〇行を自由に使ってよいとして与えたという。子規は、俳句を募集し、自ら選を行って紙面に載せた。これが後の〝日本派〟の出発点である。

七月からは東北への旅行記「はてしらずの記」を連載。芭蕉の「奥の細道」を念頭に置いた旅であったことは想像に難くない。旅行も連載も一ヶ月に及んだ。帰京後の子規は、俳句分類の作業に没頭する。

また、一一月からは「芭蕉雑談」の連載が始まる。折しも芭蕉二〇〇年忌の年、「俳聖」「神」として祀られ讃えられる[26]芭蕉に対し、

芭蕉の俳句は過半悪句駄句をもって埋められ、上乗と称すべきものは何十分の一たる少数に過ぎず。

と言ってのけたのは、挑発以外の何ものでもなかった。ただし、この、「芭蕉をけなした」というセンセーショナルな一事だけが一人歩きするきらいがあるが、全体をきちんと読めば、悪口ばかりではなく、芭蕉の功績はきちんと認め、優れた作品についての評価もしていることがわかる。

芭蕉の勃興して貞享元禄の間に一旗幟を樹てたるは独り俳諧の面目を一新したるに止まらずして、実に万葉以後日本韻文学の面目を一新したるなり。いわんや雄健放大のところに至りては、芭蕉以前絶えてこれなきのみならず芭蕉以後にもまた絶えてこれなきをや。

とし、雄壮な句として「夏草や」以下一〇句を採り上げて鑑賞し、高く評価している。要は、神格化された芭蕉像に基づいて盲目的に作品をありがたがるのではなく、文学作品として扱い、評価すべきだ、という主張なのである。また、良い作品は何十分の一しかないと述べた後で、芭蕉が蕉風に目覚めたのは晩年のことだからいたしかたない、と理由付けもしている。作品に教条的、教訓的な色合いをまとわせずに鑑賞する態度を示したという面から見れば、芭蕉の再評価だったという解釈も可能であろう。

ジャーナリスト子規

明治二七年二月一一日には、新聞「小日本」が創刊される。伝統文化を重んじ、文芸や家庭教育に力点を置いた一般家庭向けの絵入り新聞という位置づけであった。子規は全面的にこの新聞の編集を任され、腕をふるった。周囲が目を見張るほどの精力的な仕事ぶりだったようである。

その創刊号には子規の小説、「月の都」が掲載された。一旦出版をあきらめた小説が、改稿され、ここで日の目をみたのである。もちろん、第一面には俳句欄もあった。また、子規は、竹の里人の号で短歌も発表している。編集作業をほぼ一手に引き受けていた子規はその作業に忙殺されていたが、その傍ら、俳句分類の作業も着々と進めていた。その果実の一つが、「小日本」に連載された「俳諧一口話」[27]に見られる。

俳諧は元禄以後全く地に堕ちて徒に卑しき俗なるものとなりしを、安永、天明に至りて中興したるなり。此間に出でたる五傑あり。即ち夜半亭蕪村　暮雨庵暁臺　半化坊闌更　春秋庵白雄　雪中庵蓼太なり。（中略）五人各々巧拙あり。されど終に天明の五傑たるに恥ぢざるなり

という天明調の賞揚である。これが、後の「俳人蕪村」（明治三〇年）での蕪村評価の下地となる。

この新聞は、本紙である「日本」がしばしば発行停止処分[28]を受けることから、政治色のないものを出して安定した収入を得ることを狙いとして発行されたものだったが、「日本」が発行停止の間に社説発表の場として使われることもしばしばで、同じく発行停止処分にあう。その結果、わずか五ヶ月余りで経営危機に陥り、共倒れを防ぐため、明治二七年七月一五日廃刊となってしまった。子規の落胆は察するに余りあるが、「小日本」に携わった間の収穫は大きかった。まずは、挿絵画家として迎えた中村不折の知己を得たことである。子規は、この不折の影響のもと、「写生論」を深めていくこととなる。また、「小日本」の小説欄に森鷗外の寄稿を仰ぐなど、文学界における人脈も広げている。

「小日本」廃刊後、子規はもとの新聞「日本」に戻り、すぐに「文学漫言」の連載（明治二七年七月一八日から八月一日まで）を始めた。編集仕事から解放されて空いた時間は俳句分類に注ぎこまれることとなる。その折も折、明治二八年八月一日、清国への宣戦布告がなされた。郷里の松山からも歩兵連隊が出征し、もと「小日本」記者であった五百木瓢亭も従軍する。子規は、瓢亭に従軍日記を依頼し、「日本」に掲載する。陣中への手紙には、子規自身の従軍希望がつづられていた。

この希望は翌年二八年に実現の運びとなる。二月、従軍に先立ち、虚子、碧梧桐の両名に宛てた書簡には、

戦捷ノ及ブ所徒ニ兵勢益振ヒ愛国心愈固キノミナラズ殖産富ミ工業起リ学問進ミ美術新ナラントス　吾人文学ニ志ス者亦之ニ適応シ之ヲ発達スルノ準備ナカルベケンヤ僕適觚ヲ新聞ニ操ル或ハ以テ新聞記者トシテ軍ニ従フを

得ベシ　而シテ若シ此ノ機ヲ徒過スルアランカ　懶ニ非レバ則チ愚ノミ傲ニ非レバ則チ怯ノミ　是ニ於テ意ヲ決シ軍ニ従フ

と綴られていた。新聞記者として従軍する可能性があるのにそれを無為に見過ごすのは懶惰でないとすれば愚かであり、傲慢でないとすれば怯懦である、とする子規の並々ならぬ覚悟を知らされ、虚子、碧梧桐は粛然としたという。子規の覚悟は、文学を振興させる志を持つ者として、傍観者ではなくこの戦争に立ち会いたいという熱意であり、病身をおしての従軍を諫める周囲の声も、これを止めることはできなかったのである。

明治二八年の子規、漱石

明治二八年という年は、子規と漱石の二人にとって、大きな意味のある年であった。

まずは、子規の従軍である。三月三日、日本新聞社での壮行会を終え、新橋から広島へ向けて出立した。広島で従軍許可と近衛団の到着を待つ間に、三月三〇日、下関で日清休戦条約が結ばれる。ちょうど時を同じくして、漱石の松山中学赴任が決まる。子規が実際に清国へ出立したのは四月一〇日(29)であり、漱石の着任辞令も奇しくも同じ四月一〇日であった。

四月二八日、子規の最初の従軍記である「陣中日記」が「日本」に掲載されるが、休戦条約により実際の戦闘は行われておらず、金州、旅順での記述は、戦地、陣地の視察、情景描写の紀行文的趣に止まる。四月二四日、金州城内で、従軍記者の劣悪な待遇について参謀管理部長と口論となり、翌二五日、子規は参謀本部に帰国を申し出る。従軍記者という職務への無理解と侮辱に耐えられなかった模様である。その後、帰国の手だてがつかなかったり、慰留されたりで、最終的に帰国の途についたのは五月一〇日のことだった。(30)

病身の子規にとって、劣悪な条件下の従軍はやはり無理があった。五月一七日、帰国途中の船中で大量に喀血。病状は深刻だったが、船内でコレラによる死者が出たため下船が停止され、神戸に上陸できたのは二三日になってからだった。そのまま県立神戸病院に入院する。

五月二六日付けの漱石からの手紙は、

拝呈　首尾よく大連湾よりご帰国は奉賀候へども神戸県立病院はちと寒心致候

長途の遠征旧患を喚起致候訳にや心元なく存候

という書き出しで始まり、近況を綴る。松山の人について「小理屈を言う」「ノロマの癖に不親切」などと書き、「大兄の生国を悪く云ては済まず失敬々々」と謝っている。また、

道後温泉には三回入ったとあり、後の小説『坊つちやん』を彷彿とさせる。そして、

小子近頃俳門に入らんと存候　御閑暇の節は御高示を仰ぎ度候

と書き、更に、自作の漢詩の添削を請うている。病床の子規には、何よりの励ましだったことだろう。

この神戸病院入院中には虚子がつきそい、看護にあたったが、[31]一時期は危篤に陥り、親族が集められた。その後、快方に向かい、七月二三日に須磨保養院に転院する。死地を脱した喜びを胸に故郷の松山に帰って来たのは、八月二五日だった。

正岡の家はすでに引き払ってしまっていたため、子規は、漱石の下宿先に居候することになった。二人の同居は五二日間に及ぶ。二人が住まっていた建物は、漱石の俳号にちなんで愚陀仏庵と呼ばれ、松山の文化財として長く愛されている。当時、そこには、松風会[32]という松山の俳人たちが毎日のように訪れてきて、しばしば句会が開かれていた。

句集「散策集」[33]には、外に出られるようになった子規が、杖にすがりながら市内を散策して、のびのびとした写生句を作っている様子が書き留められている。

明治二十八年九月二十日午後　　子規子

今日はいつになく心地よければ折柄来合せたる碌堂[34]を催してはじめて散歩せんとて愚陀仏庵を立ち出づる程秋の風のそゞろに背を吹てあつからず玉川町より郊外には出でける見るもの皆心行くさまなり

杖によりて町をいづれば稲の花

秋高し鳶舞ひしつむ城の上

この日の散策の同行者であった柳原極堂の側から見たこの時の子規の様子が、『友人子規』に次のようにつづられている。

途上の俳趣を拾ひつゝ句作することは即ち吟行で、作句習練上大切なことである。松風会員はこれまで主として課題作句をやったもので即景写実の習練はまだ出来てゐない。僕も一昨年頃から漸く其妙味を知り、俳句の要諦は実に写生に在りと悟った位のことである。君よろしく手帳と鉛筆を用意して僕に従い来れといふ。

ここにはまさに、子規の唱えた「写生（即景写実）」が、実際に行われる瞬間が描かれている。「僕も一昨年頃から漸く其妙味を知り、俳句の要諦は実に写生に在りと悟った」という子規の実践の姿である。課題作句、題詠というやり方で作るのではなく、外に出て吟行するという姿勢は、「松のことは松に習へ」という芭蕉の言葉を彷彿とさせる。

漱石と二人での散策の記録もある。

明治廿八年十月六日　子規子

今日ハ日曜なり。天気は快晴なり。病気は軽快なり。遊志勃然漱石と共に道後に遊ぶ三層楼中天に聳えて来浴の旅人ひきもきらず

温泉楼上眺望

柿の木にとりまかれたる温泉哉

一〇月一二日、子規の帰京が決まり、送別会が開かれる。子規が実際に出立する一九日の前日まで、毎日のように句会が開かれた。

漱石から子規へ贈られた送別の句が、

御立ちやるか御立ちやれ新酒菊の花

であり、子規から漱石への返事が、

行く我にとどまる汝に秋二つ

という句である。東京への旅費は、漱石が出した。東京に向かう途中、子規は、奈良に立ち寄り、「柿食えば鐘が鳴るなり法隆寺」を作っている。

子規がまだ帰京の途上にあった一〇月二二日から、「日本」紙上で『俳諧大要』連載[35]が始まる。ということは、原稿そのものは、愚陀仏庵で書かれたものであっただろう。同居していた五二日間に二人が交わした会話が二人の文学の礎となったのだろうという想像は、胸を熱くさせるものがある。

第一　俳句の標準

一、俳句は文学の一部なり。文学は美術の一部なり。故に美の標準は文学の標準なり。文学の標準は俳句の標準なり。即ち絵画も彫刻も音楽も演劇も詩歌小説も皆同一の標準を以て論評し得べし。

第二　俳句と他の文学

一、一般に俳句と他の文学とを比して優劣あるなし。漢詩を作る者は漢詩を以て最上の文学と為し、和歌を作る者は和歌を以て最上の文学と為し、戯曲小説を好む者は戯曲小説を以て最上の文学と為す。しかれどもこれ一家言のみ。俳句を以て最上の文学と為す者は同じく一家言なりといへども、俳句もまた文学の一部を占めて敢て他の文学に劣るなし。これ概括的標準に照らして自から然るを覚ゆ。

この「俳句の標準」「俳句と他の文学」において、子規は、あらためて「俳句は文学である」といい、そこには客観的な標準が存在する、と主張している。

第三　俳句の種類

一、俳句の種類は文学の種類とほぼ相同じ。

一、俳句の種類は種々なる点より類別し得べし。

この「俳句の種類」について、子規は、具体的な分類として「意匠、言語の巧拙」をはじめ、意匠の様々（優柔、壮大、細繊、荘重、軽快、等々）、その意匠に沿った言語の様々を挙げている。『俳諧大要』は、

第四　俳句と四季
第五　修学第一期
第六　修学第二期
第七　修学第三期
第八　俳諧連歌

と続き、一二月三一日まで連載される。

修学第一期とは初心の頃であり、初学者のための心得を丁寧に綴っている。古句の解説を含め、実に七〇箇条を超える。そして、修学第二期として、賢い学生であれば五〇〇〇首、普通の人でも学問のある人ならば一万首以上を作れば第二期に入るだろうとする。第二期にある者はすでに一人前の俳人であるが、第三期は俳諧の大家になろうとする者のみが進む道であり、励精、篤学でなければ入れないとする。興味深いのは、

一、第二期は知らず知らずの間に入りをることあり。第三期は自ら入らんと決心する者に非れば入るべからず。
一、文学専門の人といへども自ら誇り他を侮り研究琢磨の意なき者は第二期を出づる能はず。

と述べていることである。第三期は相当の覚悟をもって臨む境地と定められている。また、

一、俳句以外の文学にも大体通暁せざるべからず。第一和歌、第二和文、第三小説、謡曲、演劇類、第四支那文学、第五欧米文学等なるべし。
一、文学を作為するは専門家に非れば能はず。和歌を能くして俳句を能くせず、国文を能くして漢文を能くせざるが如き、強ち咎むべきに非ず。しかれども文学の標準は各体において各地において相異あるべからず。故に和歌の標準を知りて俳句の標準を知らずといふ者は和歌の標準をも知らざる者なり。俳句の標準を知りて小説の標準を知らずといふ者は俳句の標準をも知らざる者なり。標準は文学全般に通じて同一なるを要するは論を俟またず。

と述べ、さらに、

一、極美の文学を作りていまだ足れりとすべからず、極美の文学を作るますます多からんことを欲す。
一、一俳句のみ力を用うること此の如くならば則ち俳句あり、俳句あり則ち日本文学あり。

と結ぶ。これは、第一、第二で述べた「俳句は文学である」

ということに加えてさらに一歩踏み込み、俳句を大成することは日本文学の大成に他ならないことを唱えたものであろう。

この連載の終了する年の暮れ、子規は、

漱石が来て虚子が来て大三十日

という句を作っている。何気ない句に見えるが、この二人の名前が併置される裏には、大変な葛藤があった。その間の事情は、漱石からの次の書簡(36)に見て取れる。

御紙面拝誦仕候　虚子の事にて御心配の趣御尤に存候　先日虚子よりも大兄との談判の模様相報じ来り申候（中略）色々の事情もあるべけれど先づ堪忍して今迄の如く御交際あり度と希望す（中略）或は大兄今迄虚子に対して分外の事を望みて成らざるが為め失望の反動現今は虚子実際の位地より九層の底に落ちたる如く思ひハせぬや　何にせよ今度の事に就き別に御介意なく虚子と御交誼あり度小生の至望に候　小生よりも虚子へは色々申し遣はすべく候（後略）

愚陀仏

一旦死地を脱したとはいえ、命の長くないことを痛感した子規は、虚子に自分の後継者として勉強するようにと諭すが、虚子は肯わない。子規の言葉によれば、「一言にしてつゞめなば文学者にならんとは思へどもいやでいやでたまらぬ学問までして文学者にならうとは思はずとの答」だったのである。

今迄も必死なりされども小生は孤立すると同時にいよ〳〵自立の心つよくなれり　死はます〳〵近きぬ　文学はやうやく佳境に入りぬ（明治二八年一二月付五百木瓢亭宛書簡）

子規は、自分の文学思想が絶えてしまうという絶望にかられる。漱石が二人の間にたってとりなす様が見えるが、この頃の子規は、自分の命のあるうちに、文学論を完成させなければならない、と覚悟を決めるほかなかったのである。

子規の俳句革新の決着

明治二九年に入って、子規は、腰の痛みがひどくなり、身動きができなくなる。

いくたびも雪の深さを尋ねけり

は、この頃の作である。三月には、その痛みがリウマチではなく脊椎カリエスによるものであることを医師から告げられ、言葉を失う。

余は驚きたり（中略）医師に対していふべき言葉の五秒間おくれたるなり（中略）
世間野心多き者多し　然れども余レ程野心多きはあらじ
世間大望を抱きたるまゝにて地下に葬らるゝ者多し　されども余レ程の大望を抱きて地下に逝く者はあらじ　余は俳句の上に於てのみ多少野心を漏らしたり　されどそ

れさへも未だ十分ならず　縦し俳句に於て思ふまゝに望を遂げたりともそは余の大望の殆んど無窮大なるに比して僅かに零を値するのみ　（三月一七日付虚子宛書簡）

五月からは「日本」紙上に「俳句問答」の連載が始まる。彼我の俳句の違いについて、

第一、我は感情に訴へんと欲し彼は往々知識に訴へんと欲す。（中略）

我は意匠の陳腐なるを嫌へども彼は意匠の陳腐を嫌ふこと我よりも少なし。寧ろ彼は陳腐を好み新奇を嫌ふ傾向あり。（中略）

我は言語の懈弛を嫌ひ彼は言語の懈弛を嫌ふ事我よりも少なし、寧ろ彼は懈弛を好み緊密を嫌ふ傾向あり。（中略）

我れは音調の調和する限りに於て雅語俗語漢語洋語を嫌はず、彼は洋語を排斥し漢語は自己が用ひなれたる狭き範囲を出づべからずとし雅語も多くは用ゐず。

のように述べ、その一つ一つについて「例えば」と例句を挙げて解説している。そして、俳諧の系統、流派を重んじる者は、人を尊敬し、その人の作品すべてを価値あるものとするが、自分は誰の作品であっても佳いものは佳いとし、悪いものは悪いとするのだと述べる。

ここにきて子規がこのようにいわゆる〝日本派〟の旗幟を鮮明にしているのは、新俳句が旧派にとって無視できない勢力になってきたことの現れでもある。

翌三〇年に入り、子規は、虚子、碧梧桐をはじめ、日本派俳人たちの活躍、特徴を批評した「明治二十九年の俳句界」の連載（一月二日から三月二一日まで）を開始し、続いて「俳人蕪村」を四月から一三日から一一月二九日まで、一九回にわたって連載した。この間に、松山では柳原極堂が俳句雑誌「ほととぎす」を創刊、子規に指導を仰いでいる。

「明治二十九年の俳句界」では、俳句の文学的価値をうたいあげ、「一個人には一個人の特色あり、一時代には一時代の特色あり。」として、虚子、碧梧桐の俳句の特色を分析したほか、漱石、極堂らの俳人の活躍を賞揚している。「俳人蕪村」では、美の種類の分類、句法その他の分類と例証を通して、蕪村が芭蕉に匹敵し、凌駕するゆえんを説いている。

ここにおいて、子規の俳句革新は一応の完成をみたと言える。翌明治三一年には、「日本」紙に「歌よみに与ふる書」が掲載され、短歌革新が始まるのである。

ここで、今まで見てきたことを整理して、最初の問いに戻ることにしよう。子規の俳句革新が、どのような背景のもとに、誰に向けて、どのように行われたかという問いである。

背景としての明治の潮流、子規の歩んできた道は、大まかにではあるが紹介できたであろう。

では、「誰に向けて」という問いの答えはどうであろうか。子規は、新聞「日本」を主たる発表の場とした。「日本」は、前述のように、西欧の良い点は採り入れつつ、日本精神を回復せんとする国家主義的な大新聞であり、その編集方針や価格設定により、読者層は知識人に限られていた。地方の豪農地主層に愛読者が多かったということである。発行部数は最高で二万部、明治三〇年の年間発行部数は五〇〇万部を超えていた。日本精神の発揚において、文学の果たす役割は小さくない。子規が「文学」としての俳句改革を掲げることは、「日本」の趣旨に沿うものであり、子規の論は、進んで「日本」を講読しようとする知識人層に向けて発せられてきたのである。明治三一年、「ほととぎす」は極堂から虚子の手に移り、拠点を東京に移す。これ以降、子規の俳論は主に「ほととぎす」誌上で展開される。読み手が俳人に限定されるという点で、大きな変化であった。

次に、「どのように」という問いに対する答えをまとめておきたい。

本稿の題を「文学する武器――子規の俳句革新」としたのは、子規の俳句革新が、俳句を文学として推し立てる戦いであったとみたものである。では、子規は、どのように戦ったのか。まず、子規は、俳句は文学である、ということを、繰り返し、高く掲げた。そして、文学である以上、俳句だけに通用する狭隘な言説ではなく、より一般に開かれた論理をもって語ろうとした。俳諧の連歌であるところの「俳諧」や、脇句、第三以下の付句を待つ「発句」という用語を避け、完全に独立した一句のみを指すものとして「俳句」という用語を設定したことも、戦いの準備であった。また、旧来の因習をひきずるような、文学的に価値が認められない作品を指す用語として「月並」を設定したことも、戦いの場を整えるのに役割を果たした。

そして、最も強力な武器となり得たものは、知識人層に訴えかけ説得できるだけの「論理性」と「明証性」であった。「明治二十九年の俳句界」において、子規は問答の形式を採用して、一つずつ疑義を論破していく手法をとっている。また、余韻多き句と印象明瞭なる句の優劣を論じる際には、印象と余韻の和という数式を用いてみせている。さらに、句法、句調について語る際には、自在に例句を挙げてみせている。単なる論ではなく、例句という裏付けを示すことで、「明証性」を増しているのである。この「明証性」の土台となったものは、膨大な近世俳書を繙き、素材、構成、言語により分類した「俳句分類」の作業である。この地道で労多き作業を通して、子規は、凡百の句と抜きんでた句との違いを見分ける目を養い、俳諧の文学史的な推移に気づき[44]、さらに、論を裏付ける豊富な例証という手だてを得たのである。

また、子規の選んだ戦法の特徴として、挑発的な言説が挙げられる。「芭蕉雑談」で「芭蕉の俳句は過半悪句駄句」と言ったのがその最たるものであろう[45]。喧嘩を売っているとしか思えないが、相手を子規の土俵に引き込むための戦法であっただろう。「なにを!?」と目くじらを立てた時点で、もう、子規の術中にはまっているのである。相手を自分の土俵に引き込み、論点を突きつけ、一つずつ論破し説き伏せていくやり方は、まさに戦いであった。それも、戦いの場を限定した局地戦である。

子規の俳句革新の有効性と限界

ここで、子規の俳論の中で、現在、我々俳句を作る者が「拳拳服膺」してやまない「写生」について見ておこう。初学、初心者はまず、頭の中で考えるのではなく、実際に自然をよく見て作りなさい、と言われる。それは、対象、実物を良く見て、見たままを写し取ろうとすること、と考えられる。即ち、写実である。しかし、子規の言説を読んでいると、何より大切なのは「印象明瞭」であることだとされている。つまり、読み手に景が伝わるかどうかということの部分までが含まれている、と考えられる。「何を」だけでなく、「どのように」まで気を配って初めて、「写生」は完成するのである。ところが、子規の言説の中の「ありのまま」という語句はしばしばこの「写生」の「何を」の部分だけに焦点化される。例えば、「芭蕉雑談」において、子規は、古池の句について、ありのままを詠んだものであり、「古池や」は場所を述べたにすぎない、と片づけている。後の「俳諧大要」においても、「古池に蛙が飛びこんでキヤブンと音のしたのを聞きて芭蕉がかく詠みしものなり」としている。確かに、この句は、目の前の事物をありのままに詠んだものと解釈しても十分に味わえる。しかし、一方、同じ「俳諧大要」の中で、子規は、「菊の香や奈良には古き仏たち」の句について、菊と仏には場所の関係はなく、この二つを取り合わせたところが手柄だと述べている。実は、古池の句についても同じことが言えるはずである。すなわち、「蛙飛び込む水の音」という現実の一瞬と、古池とを取り合わせたからこそ、そこに何かが生じ、読み手に感動を与えるわけである。そのような句の奥行きと写生の関係を論じることについては、子規以降の俳人たちが、その役割を担っていくことになる。

従来の「俳諧」が約束事に捕らわれたり、芭蕉の俳句について教訓的、教導的な意味を付与するような読み方をしたりすることを切り捨て、純粋に文学のテキストとして俳句を読み解こうというのが、子規の芭蕉論の核心であった。それは、俳句を「文学」として立てようという子規の志にとって必然だったのである。あまりにもばっさりと句の背後に読み込まれる様々なものを切り落としてしまったがために、和歌、連歌、俳諧の伝統の中で育まれてきた様々な奥行きも削ぎ落とされてしまったという批判はあり得るだろう。伝統的な文学を背景として生じる「本歌取り」的な奥行きをはじめ、切れ字や季語により生まれる句の立体感など、いわゆるインターテクスチャリティが切り落とされてしまったのは残念なことであった。しかし、それは、子規が戦場を局地とするためにあえてそうしたのだと言えるかもしれない。

おわりに

子規は、明治という文脈の中で、身を立て名を上げる道として「文学」を選んだ。そして、「文学する」ための「武器」として、「俳句」を選び、「俳句革新」という局地戦を戦った。そこでの仮想敵が「月並」であり、神格化された芭蕉像であった。神としての芭蕉像を否定しながらも、同時に文学作品としての再評価を行った子規は、さらに、近世俳諧の分類という一大事業を土台として、俳句の美的価値の証明を成し遂げた。俳句を「文学」の一角に押し上げるという戦いに、子規は、見事に勝利してみせたと言えるだろう。

注

(1) ここでは明治三〇年までの範囲で扱うこととする。
(2) 「日本人」は、明治二一年四月から明治三九年一二月まで発行された、政教社の政治評論雑誌である。子規の勤めた日本新聞社とは一時期社屋を共にするなど、縁が深い。
(3) 当時、旧藩主久松定昭は松山城下を離れており、同年七月に没したため、拝謁は実現しなかった。
(4) 松山市立子規記念博物館の竹田美喜館長は、「柿食へば」の句について、東大寺門前で作られたのにもかかわらず子規が「鐘が鳴るなり法隆寺」としたのは、幼いころ学んだこの法龍寺に因んでいるのではないかと言われた。字は異なるが音の響きが同じであることから、頷ける説である。
(5) 教材教具は、西欧の小学校の教材教具を翻案したものを用いるよう指定されていた。
(6) 明治九年「愛媛新聞」創刊、翌明治一〇年「海南新聞」と改称。
(7) 『筆まかせ』は、子規が松山から上京した翌年の明治一七年から新聞「日本」に入社する明治二五年まで八年間にわたって書きつづられた随筆集である。その日の日記から、来し方を振り返って綴られた回想、人物評、その他、まさに筆にまかせてといった趣がある。

(8) 大原観山の三男で、加藤家を継いだ。明治八年に上京、フランス法を学ぶ。明治一六年一一月フランスに留学、在外公館に採用され外交官となる。ベルギー公使などをつとめた後、大阪北浜銀行取締役、衆議院議員、貴族院勅選議員、松山市長を歴任。

(9) 東京大学に入学するための予備教育機関。ここで四年間学業を修めた者は、東京大学の法学部、理学部、文学部のいずれかに進学することができた。

(10) 漱石の「我輩は猫である」の〝天然居士〟のモデルとなった哲学科学生。漱石が専攻を建築から文学に変えたのは、この米山保三郎に感化されたためである。また、当初哲学科だった子規が後に文学科に転科したのも、哲学では、この米山保三郎に適わないと思ったためと言われている。

(11) 受験直前の八月に進文学舎に通い、坪内逍遥に英語(ユニオン読本四)を習っている。

(12) 腹膜炎のため試験が受けられなかったのであるが、不勉強を省みてあえて追試験を受けず、留年してもう一年やり直したのである。この間のことを漱石は「この落第は非常に薬になった」(「落第」)と書いている。

(13) 高等学校令に基づき、第一高等学校と改称されるのは、明治二七年である。

(14) 明治三〇年に京都帝国大学が創立されたのに伴い、東京帝国大学と改称される。

(15) この時に初めて用いたのが「漱石」という号であった。

(16) ここまで、子規の用いた号は「老桜」「香雲」をはじめ、「獺祭漁夫」「免毒斎」など、四〇以上にのぼる。

(17) ただし、子規の私家集『寒山落木』には、明治一八年に七句、一九年に一句、二〇年に二三句が記されており、其戎に会う以前にも習作の時期があったことがうかがえる。

(18) ほととぎすには時鳥、子規をはじめ不如帰、杜鵑、郭公など多くの書き方がある。口の中が赤いことから、「啼いて血を吐く時鳥」のように言われ、肺病喀血の象徴とされる。

(19) 青木稔弥「芭蕉翁二百年忌前後――坪内逍遙と俳諧」(『文林』二三号、神戸松蔭女子学院大学紀要、一九八八年)。

(20) 同上。

(21) 露伴は実際に複数の出版関係者に打診しており、一応の周旋は試みたようである。

(22) 松山市立子規記念博物館 第六〇回特別企画展「子規と「小日本」――新聞界の旋風」図録(二〇一四年)より。

(23) 子規の従弟、藤野古白。子規は古白の俳句の才能を高く評価していた。小説、劇作の道に進むが、明治二八年に自殺。その三回忌に子規は『古白遺稿』を刊行している。

(24) 河東碧梧桐。子規と同郷で後輩。同級生の高浜虚子と共に子規に俳句を学び、子規の従軍中、および、没後に新聞「日本」俳句欄の選者を引き継いだ。

(25) 「俳句」も「月並」も、すでにあった言葉ではあるが、現在用いられているような意味で用いることを始めたのは子規であるため、「造語」としておく。

(26) 青木亮人「俳諧宗匠、春秋庵幹雄――多くの俳人の先祖として」(『その眼、俳人につき 正岡子規、高浜虚子から平成まで』邑書林、二〇一三年)によれば、俳諧教導職についた三森幹夫は、特に芭蕉を「祖神」と崇め、芭蕉の句を教訓的に解釈し、俳諧は人倫の道へ導くものとして広めていたという。ただし、この教導職自体は明治一七年に廃止となっている。

(27) 近世の作品について論じる場合には「俳諧」という語を使用している。

(28) 創刊から一〇年の間に二二回の発行停止処分を受けている。
(29) 前日の四月九日、子規のもとに藤野古白が自殺を図ったという知らせが届く。虚子、碧梧桐らの看護のかいもなく、古白は一二日に逝去。
(30) この間、子規は陣中の森鷗外のもとを訪れている。
(31) 虚子は、神戸病院では、碧梧桐と二人で欠かさず「病床日誌」をつけていた。子規から自分の後継者にと告げられたのは須磨に移った時のことであった。
(32) 明治二七年に松山で結成。子規派（日本派）初の地方結社とされている。
(33) この「散策集」は、友人の近藤我観に借り出されたまま、昭和八年に柳原極堂に見いだされるまで同家に埋もれていて、昭和四年刊の「子規全集」（改造社）から漏れていた。
(34) 松風会の一員、柳原極堂のこと。
(35) 一〇月二七日から「海南新聞」にも転載。
(36) 明治二九年六月六日の消印。子規が虚子の拒絶にあったのは明治二八年一二月九日のことであったため、かなりのタイムラグがあるが、その後も押し問答（談判）が続いていたものと思われる。
(37) 政治論説を主とし、文章が難解でふりがながないのに加え、いわゆる三面記事がない。
(38) 一部二円という価格設定は、「万朝報」の倍であり、「時事新報」の二円五〇銭に次いで高い。
(39) 山本武利「明治三十年代前半の新聞読者層」（『新聞学評論』一六巻、一九六七年）九八―一一三頁。
(40) 発行部数一位の「万朝報」は二六四〇万部である。
(41) 連歌は、一句で独立せず、規則（式目）にしたがって複数で編まれる作品。
(42) 「俳人蕪村」以降、子規は「ほととぎす」誌上で、読者から寄せられた一つ一つの疑問に答えていきながら、自説を調節していく。この調節により、以前の言説と以後の言説には揺れが見られるため、時系列を無視して一緒にしてしまうとしばしば混乱をきたす。本稿ではこの混乱を避けるため、子規の俳句革新を明治三〇年の「俳人蕪村」までとした。
(43) 漱石の「文学論」における〈F＋f〉を想起させる。
(44) 元禄調と天明調の違いなど。
(45) 後の「再び歌よみに与ふる書」での「貫之は下手な歌よみにて『古今集』はくだらぬ集に有之候」も同様である。

付記　本稿は、松山市立子規記念博物館の展示、図録、所蔵図書等を参考にさせていただいた部分が大きい。また、子規選集（一四）「子規の一生」（増進会出版社、二〇〇三年）が大きな助けとなった。記して感謝する。

子規と漱石の拓いた近代文学

——◆座談会

柴田勝二
村尾誠一
菅長理恵
友常　勉

◉ふたりの個性

反射神経の良い子規

友常　本日は漱石と子規における「近代」ついて、お話しいただこうと思います。まずは二人の個性の違いからはじめましょう。

柴田　漱石と子規の、俳句作者としての個性の違いですが、その根底にあるのは、二人の表現者、あるいは生活者としての違いだと思います。

子規の俳句を読んで感じるのは、彼が反射神経、あるいは運動神経のいい人だなということです。子規は壮健だったころはスポーツ愛好家で、ベースボール好きの青年であったわけですが、その側面は彼の個性、表現者としての個性ともつながっていくのではないかなと考えています。彼が愛好したベースボールつまり野球は、飛んでくるボールを打ち、捕らえなくてはいけないわけですが、子規はそういう能力に秀でていたようです。人間の五感の活動の基底にあるものは、身体の体制ということになると思いますが、それに支えられた、活き活きとした感覚活動が、子規の、特に俳句の基底にあります。子規の俳句を読むと、感覚によって切り取られた、光景の鮮やかさが、非常に印象的です。自分の論文に引いたものもありますが、例を挙げると、

五月雨の晴間や屋根を直す音
菜の花の中に道あり一軒家
冬枯れや鳥に石打つ童あり
ひらひらと風に流れて蝶一つ

といった句からは、いずれも鮮やかな五感、特に視覚によって切り取られた光景の鮮やかさが浮かんできます。こうした、外界を自分の五感によって切り取る鮮やかさが、子規の俳句を特徴づける一つの個性であり、その根底にあるものが、彼の運動神経とも結びつき、身体を介して外界と交わる神経の良さ、あるいはそれに支えられた感覚活動の鋭さではないかと思います。

子規は和歌も多く残していますが、彼のある種の反射神経の良さというものが発揮されるのは、俳句のほうではなかったかなと考えています。叙事と叙情が巧みに交錯していくところに、和歌の面白さというのがあるように私は思います。けれども、そういう世界を構築することは子規の場合あまり得意ではなく、むしろ今言ったような、外界を切り取る鮮やかさにこそ彼の本領があり、また彼の写生の理念にもつながってくるのではないかと思います。

そうした身体を介して外界とダイナミックに交わる、ある種の運動能力、反射神経というのは、子規を貫くものであったようです。もっとも病によってそうした能力が失われていくわけですが、それは彼の資質として残りつづけたと思います。

自意識の強い漱石

柴田　一方、漱石はあまりそういった球技に親しんだという挿話は残っていないですね。弓を愛好し、器械体操がある程度は得意だったという逸話も残っていますが、子規のほうが外界と交わる運動が得意であったし、秀でていたのだろうと思います。子規と比べると、漱石の俳句は、少し不透明な感じがします。もちろん、俳句はたくさん作られますので、子規的、写生的な俳句も多々挙げることはできますが、漱石にしばしば見られる特徴的なものは、自分の中にある不透明な意識、あるいは、自分の抱えた自分自身に対する自意識というものを、強く感じさせる俳句です。具体的には、描いている光景だけではなくて、それを見ている自分の存在が、むしろせり上がってくる句が、少なからず見られます。例えば、

吾老いぬとは申すまじ更衣
いざや我虎穴に入らん雪の朝
どこやらで我名よぶなり春の山

というような「我」を、作中に織り込んだ俳句ですね。そして、外界を詠む場合も、子規の作品と比べると、やや抽象度

の高い表現がなされる句が見かけられます。例えば、

行年や刹那を急ぐ水の音
鳴く事を鶯思ひ立つ日哉
天と地の打ち解けりな初霞

といった句では、一つの季節や一つの時空を、言わば総括的にくくり取ろうとする意識の動きが見られます。これは漱石の個性、生活者としての個性であると同時に、表現者としての個性の反映でもあるのではないかと思います。

漱石は、二〇代前半の子規とのやりとりの中で、「文章というものはアイデアが主である。言葉によって表現されたアイデアこそが文章である」というようなことを言っていますが、漱石はやはり、二〇代前半から一貫して、外界をとらえるアイデア、思念というものにこだわり続けた表現者ではないかと思います。そのため五七五によって外界をとらえようとする場合も、そのとらえている自分の思念を、どうしてもにじませてしまうのだろうと思います。

一方、より具体的で、明晰なイメージ性という点では、子規のほうに軍配が上がるところがあるようです。子規の句には、ひとつのテーマで、速射砲のように次々と詠んでいくというものがしばしばあります。例えば、明治二六年の作で「あつさかな」で終わる句の連作があります。

犬の子の草に寝ねたる暑さ哉
（※「熱さ」の字を充てる解釈もあり）
昼顔の花に皺見るあつさかな
やるせなき夕立前のあつさかな
雨折々あつさをなぶる山家かな

このように、暑さを盛り込んだ句が矢継ぎ早に詠まれていきます。これを続けて読んでいくと、ひとつの日本の夏の光景が鮮やかに浮かび上がってきます。俳句は季語という形で、季節感が必ず織り込まれますが、ひとつの季節でまとめられた句を続けて読んでいくと、そうした季節の中で、人々が生き、呼吸している、日本の光景、日本人の生活の姿というものが立ち上がってくる。そういうイメージ的な鮮やかさは子規ならではのものではないかなと思います。

漱石の俳句は、続けて読んでみても、まとまったひとつの自然の姿が立ち上がってくるという側面は乏しくて、むしろそれを詠んでいる漱石自身の思念やアイデアの動きというものが強く浮かび上がってくる。それが漱石の俳句の特色であり、また漱石という表現者の基本的な個性ではなかったか。それが後に漱石を小説家にする条件となりますが、その原点、その萌芽が、二〇代から三〇代にかけての漱石の俳句に見られるように思います。

友常　柴田さんの言葉を借りれば、速射砲のように外的世界を記述していくような俳句を実践した子規と、内的世界に対してイデアのほうを表現の核に置いた漱石といったところでしょうか。しかし、実際には、漱石と子規は非常に緊張関係

を持ち合いながら俳句実践をし、そしてやがて漱石文学もそこから生まれるという関係性がありますね。

俳句修練の方法

友常　もう少し文学史的な、あるいは背景のほうも辿りましょう。菅長さんは論文で、かなり明晰に、俳句作品における論理性と明証性の限界を記述されていました。その俳句の始まりと限界がきれいに切り取られた論法になっているので、それを踏まえて、今度は子規の俳句そのものの個性というよりは、その内実を検討していきたいですね。そこから見た、漱石俳句の評価ということも出てくると思います。小説から俳句という流れを経て、漱石との出会いを経て、そして子規と漱石の相互の関係性を経て、俳句革新が進んでいく。子規の俳句革新の実践について、菅長さんにもお話をいただきましょう。

柴田勝二

菅長　柴田さんのおっしゃる「速射砲のように」というのは、本当にそのとおりです。子規と漱石の往復書簡の中にも、西鶴のやろうとしたことをまねするのはいいけど「古人のよだれをなめるんじゃ駄目だよ」といったことを漱石が書いている箇所があります。西鶴の「矢数俳諧」（一日に何句作れるか数を競うもの。西鶴には二万三五〇〇句の記録がある）のように子規が句を作っていたことを少したしなめるわけです。反射神経がよかったというのはその通りだなと思いました。

日本派（新聞「日本」の俳句欄で活躍した新傾向の俳人たちを指す）で初めてできた松山の俳人たちの集まりである「松風会」でも、題詠と言いますか、お題を出して、その題で皆が句を作るという俳句修練のやり方をしていたようです。今、私の参加している句会でも、その場で出された題（席題）を読み込んだ句を皆が作るというやり方をします（テレビや雑誌などで予め出された題にそって作るのは兼題という）同じ題で作り合うと、選句の際に比べやすいということもあると思います。

俳句修練をしている姿というのは、速射砲のように一つの題で一気呵成に作るわけです。子規は、こういったことが初学のころにすべき修練であると『俳諧大要』で述べています。今でも俳人たちは、一つの題でたくさん作っては捨てるということをします。子規の俳句について、あまり上手でない俳句も残っているという批判もあるのですが、その修練の中で作られたものも数多くあります。そういう意味で、柴田さんが、全部ずっと通して読んでいくと、全体として日本の夏が浮かび上がってくるとおっしゃったのは、すごく好意的な見方だと思います。一つひとつの俳句の善し悪しではなく、いろいろな角度から日本の夏をとらえて、暑さを描こうとしている。これが俳句の一つの良さでもあるし、子規の俳句の味になっているというのは、評価として大変肯定的で、前向きに評価してくださっているなと思いました。

菅長理恵

子規の俳句の多くは、本当に素直と言いますか、見たままと言えば言えます。それは、深く考えるというより、出てきたものを、そのまま即吟していることの良さだと思います。松山では、いまも小学生の子どもたちが子規の俳句をまねして、一生懸命俳句を作っていますが、子どもたちでもすっとまねできるような筆法です。見たものをそのまま言葉にするという、俳句のすごく開かれたところを体現しているのが、子規の俳句だと思います。

まねのできない漱石俳句

菅長 それに対して漱石の俳句は、なかなかまねできない。これも往復書簡に出てきますが、若いころに、子規が漱石『木屑録』の漢詩に対して、「こういう発想というのは、まねのできるものじゃない」と言っています。この発想力は、やはり漱石の独壇場だったのだろうなと思いますね。これは漢詩を作るときの発想法です。世界のとらえ方や、意外な発想というものは、漢詩、漢文の世界からきているだろうと思います。

柴田 漱石には、漢詩的な漢語を使った俳句もあります。例えば、

碧譚に木の葉の沈む寒哉
行く春や瓊觴山を流れ出る

といった句です。聞いただけでは意味がわからない。「碧譚」は、青く深く、水が淀んでいるところ。「瓊觴」は美しい盃という意味のようですが、こういう難しい漢語をわざわざ使うことで、俳句を言わば観念化してしまうんですね。

菅長 それは小学生にはまねできませんね。柴田さんのおっしゃられた、自然をとらえるのではなくて「我」というものを中心にして詠んでいくというやり方で

すが、漱石は、兄嫁が亡くなったときに俳句を志したということを、子規に送った手紙に書いていています。その中に、兄嫁に対する気持ちをどう俳句にするかという思いが書かれている。やはり自分の主観、気持ちを句にするというところから、俳句に入っているんですね。子規がひどい喀血をして、ホトトギスの句を何十句も作ったときに、お返しとして、漱石もホトトギスの句を詠んで送っています。そこでも、自然を詠むという俳句ではなくて、挨拶と言いますか、心情的なところから入っています。それを、季語を使って俳句にするためにはどうすればいいかと、子規に聞いている。

愚陀仏庵の松風会に、漱石が混じって句会が開かれるときも、「漱石の作っている句はなんて読むの?」という感じだったようです。でも、仲間内ではみんな、ちゃんとそれを読んでいるんです。松風会では、そういう句もあるし、子規は子規で、すごく情景がよくわかるような句を詠んでいる。そこに虚子が入って、みんなの票を集める。そういった図式があって、現代にまでつながる句会の流れみたいなものが見える気がします。

「俳句形式に選ばれた」子規

菅長　文学史的な二人の立脚点ですが、子規が最初に『七草集』を書いたときには、もう既に俳句も短歌、漢詩も、いろいろなものがジャンルとして入っていましたので、彼がどこに一番重きを置こうとしていたのかは、その時点ではまだあまり見えてこない気がします。ただ、正式に俳門に入ったのは『七草集』のもうちょっとあとのことだと本人が言っているので、そのころまでは自分が俳句によって立つ、というつもりはなかったのかなと思います。落第する直前くらいからは、俳句が浮かんできてしょうがない、書くものがないからランプの傘に書き付けたといったエピソードもありますね。

やはり、表現者の性《さが》と言いますか、即吟できるもので自分を表す、自分の中から出てくるものを外に現すときに出てくるのが俳句だった。俳句をやっている人間は、「俳句形式に選ばれた」とよく言うのですが、子規もまた、俳句に出会ってしまった。その形式が、自分の中から出てくるものとぴたりと合っていた。そういう感覚が原点にあったんだろうなと思いますね。

◉新しい文学をつくる

子規の俳句分類

友常　文学というジャンルが形成される過程で、近世文学に対する復興意識というものが、ある程度あったと思います。しかし、その時代の中での子規の実践は、菅長さんの整理の中では、ある種の伝統の切り捨てが行われたとされている。ある俳句の方向をつくっていった際、子規の自然な部分、体質的な部分と、意識的な部分というのは、腑分けできるのでしょうか?

菅長　子規の仕事の中で一番大きなものは「俳句分類」だと思います。子規は古俳諧を片っ端から読んで分類しますが、「どうしたら新しいものができるかを知るためには、従来のものがなんであったかということを、まず自分できちっと把握していないと、それは何が新しいかを言えない」ということを意識しながら、その作業を進めたと思うんです。何が陳腐かということを言うためには、これだけの類句、類想があるから、今さらこれはないだろうと言うしかない。いわゆる宗匠と言われる人たちは、多くの弟子たちの俳句を見ていて、類句類想を選別する目が肥えていく。子規はそれを、自分で俳書を集めて読んでいく中で体得していく。レベルの低いものだけでなく、いわゆる宗匠と言われる人の作品で俳書としてちゃんと残っているものの中にも、類句、類想、陳腐と言えるものがある。そう指摘できるだけの、月並みと言うべきものを集めていった。その作業なくしては、子規は自分の論を広げていくことはできなかっただろうと思います。例えば、「柿食えば鐘が鳴るなり法隆寺」では、柿と法隆寺の鐘の音、という取り合わせは新しい。なぜそう言えるかと言うと、今まで自分が分類してきた俳諧の中に、そういう句がないからだ。そういう論法が、根拠をもって使えるわけです。

西洋の文学、東洋の文学

友常　文学というジャンルが形成される中で、西洋文学の翻訳が導入されます。翻訳を通しての文学の導入があって、それがものすごく発達、吸収されていくわけですね。たとえば、日露戦争後、上田敏の翻訳作品『海潮音』が出版されて、ロマン主義が一方であらわれてきます。それは、伝統の復古ではなくて、新しいものをつくるという試みだった。

菅長　「西洋ばっかりありがたがっているのはどうなんだ、日本にだっていいものがたくさんあるじゃないか」と、子規に言われ、漱石は「恐れ入ります」と書いています。踏まえるべきものを踏まえないと、新しいものは生まれない、ということもある。無批判に外国のものをありがたがっちゃいけない。ただ面白いのは、蕪村の作品を評するときに「これはもうちょっと行けば新体詩になるのに」といったことも言っている。外国の文学を学びながら、日本の文学を見る、そういう目を、子規はちゃんと持っていたんだろうと思いますね。

柴田　子規の句はひねった部分がなくて、外界を素直に捉えているということと、陳腐さを廃するということは、どう両立していたんでしょうか。素直な句作はともすると月並みの陳腐に堕しがちになりますよね。

菅長　ふたつの方法が採られていると思います。ひとつは、いわゆる知識を元に句を発想するのではなくて、実際に見たもの、実感を元に見たままを詠むということです。松のことは松にならう。松に関する知識ではなく、松を見た自分の視覚、観察力を信じて作る。それは写生につながっていく。もうひとつは、取り合わせです。俳句分類の中で、どういう取り合わせがあるのかを、いろいろな角度から分類しています。それをもとに、今自分が作っている俳句は、そこには入っていないから、新しいものなんだ、と自信を持って言えると。

柴田 一種の枚挙主義ですね。

友常 好事家ですね。なんでも集める。ジャンルを作り直すことですからね。

村尾誠一

明治三〇年「柿の歌」

村尾 今までにない新しさ、という点ですが、例えば短歌の中にもいえますね。明治三三年に、松の葉の露を歌った連作があります。その中に、

松の葉の葉さきを細み置く露のたまりもあへず白玉散るも

という歌がある。「松の葉の露」というのは先例があるけど、松の葉は先のほうが細くなっているから落ちてくる、と観察したのは、自分が初めてだと、子規は言っている。子規には、細かく分類して、細かく観察して、自分のプライオリティーを主張できる頭の良さ、といったものがあると思う。

友常 村尾さんは論文で、『竹乃里歌』という自筆の歌集の可能性と側面を丁寧に解きほぐされています。新体詩の実践も、その歌集の中にあるのだといえますが、あらためて子規の試みを追うと、いろいろな可能性が見えてきます。

村尾 子規と漱石の俳句の違いというところにも関する話ですが、子規の俳句の改革は、明治二九年にひとつの結論を得ます。明治三〇年に「明治二十九年の俳句界」という長い評論があるのですが、そこで漱石について、「意匠に於いて、句法に於いて、特色を見《あらは》せり」と書いています。「極めて斬新なる者、奇想天外より来りし者多し」、それから「滑稽思想を有す」といったことも書かれていますね。漢語には特色があって、それは勇健なもの、真面目なものともされています。こうした特色を持ちながらも全体的には印象明瞭ということだと思います。この明治二九年の俳句界で一番大事なのは、印象明瞭な写生句が完成したということです。その中で、漱石についても言及がある。

その成果の上に、明治三〇年の「柿の歌」があります。天田愚庵という京都の

友常　勉

特色のある人物から柿が贈られ、それを詠んだものです。柿をめぐる六首の歌、詳しく言うと、愚庵への礼状に添えた歌が五首、もらった柿を詠んだ歌が一首です。この辺りから、和歌に本格的に力を入れるようになったと言われている。

　子規の歌集が最初に活字化されたのが、没後の『子規遺稿集』です。明治三七年には、『竹の里歌』が刊行されています。しかし、自筆本の『竹乃里歌』に見える、明治二九年以前の、約五〇〇首の歌は全部無視されている。斎藤茂吉・土屋文明編の『子規短歌合評』という素晴らしい本があります。そこに、歌に力を入れたのは、「柿の歌」以降であるという子規の直弟子岡麓の発言があります。この「柿の歌」が、俳人的で、万葉調がある、ということです。俳人的というのは、恐らく事や物をそのまま詠っているということなのだろうと思います。

世の人はさかしらをすと酒飲みぬあれは柿くひて猿にかも似る

御仏にそなへし柿ののこれるをわれにぞたびし十《とお》まりいつつ

籠にもりて柿おくりきぬ古里の高尾の楓色づきにけん

柿の実のあまきもありぬ柿の実のしぶきもありぬしぶきぞうまき

おろかちふ庵のあるじのあれにたびし柿のうまさの忘らえなくに

あまりうまさに文書くことぞわすれつる心あるごとな思ひ吾師

この六首です。この辺りから、和歌に本腰を入れたと言われている。何をもって「本腰」というのか難しいですが、それを考えるためにも、明治三〇年以前の五〇〇弱の歌は無視できないだろうと思います。論文では日清戦争の従軍体験の歌などに焦点を当てました。

子規の文学修行

村尾　子規の文学修行は漢詩から始まって、和歌と俳句はほぼ同時です。どっちが先かわからない。菅長さんのお話になった『七草集』は明治二一年ですので、そのころすでに俳句一本でいくというつもりがあったかどうか、わからないですね。とはいえ、『歌よみに与ふる書』以後の子規の理論を見ると、俳句的な写生の方がせり上がってきてしまう。そのときに問題になるのが、俳句の場合、芭蕉と写生が結びついてしまうが、和歌の場合は、古典和歌と写生は直ちには結びつかない点です。古典和歌の世界をどう捉えるかは難しいけれども、少なくとも子規の段階で見えてくる古典和歌の世界は、基本的には題詠の世界です。題詠は、題が与えられると、自然に本意《ほい》に沿って、「こう詠まなければいけない」というのがはっきりしているわけです。それは写生とはかなり異なってくる。俳句の写生は伝統とつながってくるのですが、短歌の場合、そうではない。さらには、写生はもともと、西洋の理論を持ってきたところがあります。

　短歌における写生は、その後茂吉の「実相観入」につながっていきます。この辺で変質があると思います。茂吉の場合は、東洋絵画論との照合を本気でやります。彼は実証癖があり、勉強については本気の人なのです。そうすると、東洋精神主義的な写生というのも見えてくる。さらに時代が進むと、「東洋」が「日本」にすり違えられる。子規の和歌に関する理論、子規がやろうとしたことは、結構難しいことだったと思うんです。

　柴田さんがおっしゃった俊敏性というのは面白いなと思ったのですが、子規の歌が深まってくるころは、ほとんど病臥の状態ですよね。

柴田　そうですね。もともと運動能力に秀でていた人が、身体的な動きを剥奪されていく過程で、表現者としての熟成が起こるというのは皮肉な運命ですが、そこにも子規の表現者としての個性があるということでしょうね。

村尾　短歌のほうは、言ってみれば、病臥している現実のほうにどんどん引かれていきます。そのほうが、ある意味では和歌になじみやすかったのだろうと思いますね。やや強引に子規の写生論に結びつけていけば、生の真実みたいなものを写生していくという形で、成熟していく。俳句だとどうでしょうか？

菅長　そういう心情を詠うのには、やはり和歌のほうが適している、というのが正直な実感です。俳句という形式で何をするかというときに、例えば恋愛の手段としての和歌というものは、俳句ではやりにくい。俳句初心の頃、先輩の俳人に、そういうことをやりたければ、俳句形式は選ばない。心情を詠おうと思ったら、五七五七七のほうを選ぶだろうと言われました。いわゆる俳句らしい俳句というのは、心情はあえて言わず、モノに語らせる。つまり形容詞を使わない俳句がいい俳句、というところもあります。もちろん、境界線上のものはいくらでもありますし、恋愛を歌った俳句も少なくないのですが、単純化していえば、そうなります。

柴田　図式的な言い方をすれば、五七五七七の場合は、万葉集の歌に一番見られるように、五七五が叙景で、それが比喩となって、七七の叙情を導き出すという構造のものが多いですね。だから、短歌において写生を重んじれば、そこにどうしても入り込んでくる叙情的なものを、どういうふうに排除するかということが問題になるように思います。写生を純化すれば、どうしても形式的には俳句に向かってしまうんじゃないかと思います。

「写生」の可能性

村尾　「松の葉」の歌も一見すると、心情が排されているように見える。ところが「五月二十一日朝、雨中庭前の松を見て作る」という詞書きが付いていて、子規の視点は寝た体勢だと分かります。病床から庭を眺めていることが前提になっている。

柴田　有名な「鶏頭の十四五本もありぬべし」にも当てはまりますね。「べし」というのは、子規には見えてないので、当為のべしが使われている。運動性が奪われていることで、写生がだんだん厳しくなっていくのですが、それによって、見えるものと見えないもののせめぎ合いが起こってくる。運動能力に秀でていた子規が、その身体的な運動性を奪われてくることによって、言わば新しい境地に導かれていくというのは、本人にとっては気の毒だけれども、読む側としては、やはり面白い展開だと思います。

村尾　私小説の世界に近づいてくるんじゃないかなという気がするんです。

友常　先ほど村尾さんもおっしゃっておりましたが、取り合わせの妙といったら茂吉だと思うんです。そこに行くためには、古典和歌は写生に結びつかないという自覚の上で、「実相観入」があって、ある種の猛勉強をした。そしてやっと実現したわけですよね。その時間は、子規にはなかった。だから、子規は伝統を、ある種切り捨てた。

菅長　子規が言っている「写生」とは、読んだ人に明瞭に伝わるかというところまでを含んでいると思うんですね。「目の前のものをよく見る」「材料をほかから持ってくるな」というのが写生の第一歩ではあるのですが、そこで終わってはいけないはずなんです。それをちゃんと読み手まで届かせる、そこまで入って初めて「写生」になる。じゃあ、届かせるためにどんなことをするか、というところにいろいろな技法がある。その一つが取り合わせであり、「二物衝撃」（一句の中に全く異質な二つのものをぶつけることにより、新しい意味を喚起する作句法）と言われるものであったりする。もちろん、「一物仕立て」（一つのモノの描写に集中し、別のモノを並置しない作句法）でも、言葉の選び方によって、届くか届かないかは、やっぱり大きく変わってくる。

子規の俳句は、素直だと言いましたが、きちっと届いているかどうかという意味で、成功しているものとそうでないものは、もちろん混じっていると思うんです。ただ、その姿勢は一貫している。子規は一生懸命、いろいろな工夫をしています。だからこそ、たくさんの句を作って、実践している。そこに工夫の跡を見ることができるだろうと思います。

◉ナショナリズムと文学

季語という共通感覚

友常　古典和歌と写生がうまく結びつか

ないという一方で、題詠なり席題というのは、現在の俳句の中にも残るわけですよね。

菅長　残っていますね。例えば、季語と呼ぶか、季題と呼ぶかは大きな問題です。本意本情といったものを持っているのが季題で、単に季節の言葉じゃないんだ、というような根強い俳句観があります。本意本情をいかにうまく使うかで、俳句の効果、いい俳句かどうかが決まってくる。それは題詠の時代から続くものが背後にあるからこそ成り立つ世界ですし、それを子規は、ある意味、一回リセットしようとしたと言えます。

村尾　題詠の「題」を取ってしまえば、縛りがなくなる。その縛りから自由になる度合いは、もしかすると短歌のほうが強いかもしれないですね。

柴田　題意を踏まえてやる際は、その題の中に季節感は込められているわけですか？

菅長　俳句の場合はそうですね。季題ではないお題が出される場合もありますが、多くの場合、季語・季題が題となります。

柴田　その季節感は、ある意味で共通感覚ですよね。共同体の人々が共有し得る感覚というものを踏まえて、詠むことになる。その共通感覚は、ある意味では国民国家論的なもの、ナショナリズムとはやはり連続する面がある。子規が俳句という形式を重んじて、題詠という伝統を踏まえて詠み続けたということは、彼の中に国民が共有する共通感覚に対する重視があったのかもしれませんね。それは、本書の後半で展開される一つの問題、国民国家論、あるいはナショナリズムの問題とも連続していきますね。

友常　題詠・題意も季語も、ともに共通感覚的基盤がありますが、季語のほうがある種のICチップというか、感情の集積回路ですので、なんだって引き出せる。縛りという意味では、和歌、短歌の方が自由なのかもしれないですね。

漱石が子規から受け取ったもの

友常　近代には、明治には、文学が社会性を孕んでいく大きな流れがありました。その流れには、ある種、古典と現代をつなぐ文学的表現のさまざまな可能性と方向性、蓄積とかが見えていた。その中で、それぞれの文学者たちは、表現を選択するわけです。こういう現実を恐らく直観していたであろう漱石は、結局、子規から何を学ぶことになったのか。本書の中でキース・ヴィンセントさんは「クィアな実践」としてまとめていますが、そこでは漱石と子規の違いというより、共同作業としての実践と論じています。共同作業としてであれ、漱石は子規からいろいろなものを受け取りながら、作品を、物語化ではなく、文学化していったのだと思うんです。

柴田　漱石が子規から受け取った一番のものは、外部世界を描くということだったと思います。漱石は当初、漢文的世界を生きていました。漢文というのは観念の世界ですから、漱石はそこに耽溺すればするほど、現実のリアルな世界から離れていった。あるいは、離れていく手立てとして、漢文的、漢詩的世界を求めていた面があります。そういう世界だけに耽溺していたら、彼は現実世界と距離をつくり続けたと思うんです。最初期に書かれた『木屑録』はその端的な例です。『木屑録』は漢文で書かれた旅行記ですが、友だちと一緒に房総半島を旅行していながら、みんなは楽しく遊んでるのに、自分は一人で沈思黙考して、周囲の人間と同調しないというようなことが書かれています。漱石の中には反俗的なものが、少・青年期から強くありました。それを保全するツールとして、漢詩、漢文の世界があった。もしその中に居続けたなら、小説家にならなかったかもしれないし、なっても『草枕』的作品を、繰り返し生み出すだけだったかもしれない。やはり自然を始めとする外部世界があって、そこに目を開かないと、表現者たり得ないということを、漱石は子規の写生の理念から学んだのだと思います。

もちろん、そこには差異があって、漱石は自分の中の思念やアイデアをとても大事にする人ですので、基本的に、外部世界を「我」の色合いで染め上げ、くくり取ろうとする。これは小説家になってから、より明確になっていきます。図式的な言い方になりますが、漱石は外部世界と相携わる姿勢やまなざしを子規から学びながらも、自身のアイデア、内面の思念を基点にするという、漱石的な拠りどころは、終生失うことがなかった。このあたりが、漱石が子規との交わりにおける重要な点ではなかったかなと思います。

村尾　外部的世界で言うと、子規の病臥時代の短歌というのは、実は社会の出来事に対しも、敏感なんです。子規は病床にあっても『日本』という新聞社の社員です。筆禍事件で寒川鼠骨という人が入獄するのですが、それを極めて大きな主題として詠っている。他にも、伊勢神宮が焼けたとか、要するに「時事詠」みたいなものが結構あります。外部に対しても目が開かれているんですね。

子規・漱石と愛国心

柴田　子規も漱石もともに愛国者ですが、子規のほうがその側面は強かったように思います。例えば明治二六年の俳句ですが、

十万の常備軍あり国の春

というものがあります。他にも明治二八年には、日清戦争で台湾が領有されたことに対して、

新しき地図も出来たり国の春

と詠んでいたり、同時期に、

日本の国ありがたき青田哉

といった句を詠んでいる。とても素朴な句ですが、国民の間に流れている感情を共有する面は、子規のほうが強かった。これは私見ですが、漱石は日清戦争に対して、ある意味では失望したのではない

かと思います。何と言っても、少年期から愛着の対象であった中国の地位下落を顕著にもたらした戦争ですからね。漱石が松山に来るのは明治二八年ですが、彼が東京を捨てて松山に来る一つの切っ掛けが、日清戦争にあるんじゃないかなという気がしています。

これは以前自分の本に引用した漱石の漢詩の一部ですが、「漠々たる痴心世情に負《そむ》く」とか「青天独り詩人の憤りを解す」というような漢詩があります。「詩人の憤り」が何の憤りかということは明示されませんが、その中には、それまで文化的な先達として、尊敬の対象であった中国が負けることによって、チャンチャンとかチャンコロとか言われるような対象になっていくことに対する憤りというのも、含まれていたのではないでしょうか。もちろん、松山にいったところで、状況はあまり変わらなかったわけですが。こういった国民感情的なものを相対化するまなざしは、漱石のほうが強かった。

村尾　日清戦争で台湾が日本の領土になります。そこで子規は「足たたば」という有名な連作で、

足たたば新高山の山もとにいほり結びてバナナ植ゑましを

なんて詠んだりしている。これは随分、楽観的ですよね。「新高山」はほかの歌でも詠んでいますし、もう富士山以上の山になっている。台湾への強い憧れというのが、子規にはあったみたいですね。

菅長　子規は、日本の国威発揚というか、国民感情みたいなものにストレートに乗っかっていった。むしろ、どちらかというとアジテーションする側だったと思います。漱石はそれを、ちょっと斜めから見ているという図式はあったと思います。

子規・漱石と江戸時代

菅長　二人が友だちになった切っ掛けは、寄席通いだという話がありますよね。漢詩、漢文は二人の中心にありますが、一方で、二人の文学的素養を育てた土壌として、寄席、近世の口承的な文芸の場というのがあったと思います。子規は子どものころから講談を聴きに行って怒られたといったエピソードが残っていますし、漱石もそうです。子規は「円朝を見本にしろ」といったことも言っています。二人の文体を育てたもう一つの栄養源ともいえると思うのです。寄席の、耳から入ってくる、文体のシャワーみたいなものですね。あまり明示的に残っていませんので、多分、二人の無意識の中に沈んでいて、あまり明確にはされていなかった部分だろうと思うんですね。

友常　口承文芸もまた、共通感覚的なものを共有するものですね。

村尾　子規は江戸の音曲《おんぎょく》がものすごく好きなんですよね。僕が前に明治書院の和歌文学大系で『竹乃里歌』を注釈したとき、監修の久保田淳先生からかなり教わった。久保田先生は「子規と近世の音曲演劇」という論文をその本の月報に書

かれています。

口承文芸とはまた異なりますが、子規には、江戸の遊芸的な世界からの影響もあります。子規は恋とは無縁とよく言われますが、遊郭は知っているわけで、遊郭の歌も詠んでいます。遊郭の風景を「艶麗体」という形で、歌のあるべき形の一つのようにもしている。このあたりも、漱石との違いでしょうか。

柴田 漱石は確かに俳句が好きでしたし、落語も好きでしたが、江戸時代に対する評価は低いですね。漱石は佐幕派だとする平岡敏夫さんなどの説もありますが、必ずしも、そうではない。あと、漱石は能は好きですが、歌舞伎は好きではないですね。歌舞伎狂言に対しては、「幼稚で、野蛮人の芸術だ。あんなものを生み出すから徳川の天下は幼稚に、馬鹿に御維新までつづいたのだ」とか日記に書いてます（笑）。漱石は、ある意味では非常に政治的な意識が強かった人です。江戸という時代を、日本が近代国家になるためには乗り越えなければならない時代として見る意識のほうが強い。だから「維新の志士に感謝せざるべからず」というようなことを、文学論ノートにも書いています。

ただ、無意識のレベルで江戸的なものが浸透しているところがあって、それが『坊っちゃん』のような作品の語り口ににじみ出てくるともいえる。もっとも、散文作家として確立されて以降の漱石の文体は別に江戸的というわけではないし、その点で、漱石が江戸を肯定的に捉えていたとは思われないです。

友常 強いて言えば、それは江戸的諧謔というよりは、東洋的諧謔でしょうか。

柴田 そうですね。漱石と一番近しい世界は、中国古典的な世界。むしろそこにはまり込んでしまわないように自戒していたのが、小説家になってからの漱石でしょうね。

友常 本書の王志松さんの論文では漱石と世界文学が論じられていますが、資本主義批判というよりは、諧謔的で風刺的なところが海外でも評価されていると指摘していますね。そういうものを、漱石は一つの個性として持っていた。その根底には江戸大衆、口承文学があるかもしれないけど、漱石はそれをはっきりは出さない。

柴田 むしろそれを相対化するところに、漱石の拠り所があったと思います。

菅長 学生時代の子規にはまだ士族意識があって、それを漱石に強烈にやっつけられていますよね。出発点は近くても、二人は逆に行っている。

友常 まさにそこに、アンビバレントな相互作用がある。

菅長 お互いの違うものを、お互いに面白がっていたんでしょうね。だからこそ、愚陀仏庵で一緒に生活をしていた五二日間に、二人がどんな批判をしあっていたのかが知りたいですね。離れている時は往復書簡の形でやりとりが残されていますが、同居していた間のやりとりは何も残っていません。

村尾　愚陀仏庵時代の歌が一首あると論文には書きましたが、松山の「三津の浦」という地名は、もともと広島の「鞆の浦」だった。それが自筆本で墨滅訂正されているのですが、直していなかったら、愚陀仏庵時代を詠んだものは一首もなかったということになる。

菅長　俳句は松風会での句会で、たくさん残しています。『散策集』もありますし、『俳諧大要』は、ほぼ愚陀仏庵時代に書かれていると思われます。そこには、二人の議論がものすごく取り込まれているとは思うのですが……　どの部分なのか知りたいですね。

翻訳と新体詩

村尾　江戸の話がでましたが、同時代には、一方で西洋があるわけですよね。子規も西洋文学は気にしているし、漱石は専門家です。ただ、同じ時代にまた違った西洋受容の流れがあったように思えるんです。

子規は新体詩を盛んに作っています。さらに明治二一年には、ブルースという詩人の詩の翻訳もやっている。島崎藤村はほぼ同じ時代に活躍しています。彼は明治学院でキリスト教、それから西洋に接して、明治三〇年に『若菜集』を刊行しています。これが平行していることが面白い。子規が新体詩を諦めた原因は『若菜集』にある、と指摘する研究者もいます。子規は劇詩や叙事詩に向かっていたけれども、藤村によって新体詩が叙情詩として確立してしまった。それゆえ、詩人たることを諦めた、という指摘です。ただ、藤村の詩人の時期というのは短くて、三四年に『落梅集』を出して、それで終わりです。明治三九年に『破戒』を刊行し、また『千曲川スケッチ』のように散文へ進みます。

もう一人、さきほど友常さんが名前を出していましたが、上田敏です。彼は漱石が卒業した翌年、明治二七年に東京帝国大学英文科に入っています。彼は明治二九年にヴェルレーヌを紹介していますし、三一年にはフランスの詩壇の動向についてレポートをしています。そして、三八年には『海潮音』が出るわけです。漱石の『猫』の年です。『海潮音』の中には、例えば、ボードレール、ヴェルレーヌ、ロセッティ、ローゼンバッハ、そしてなんと言ってもマラルメが訳されています。

友常　その時点で、象徴詩まで導入されているわけですね。

村尾　そうです。そしてそれから蒲原有明が出てくる。さらに、北原白秋の『邪宗門』が明治四二年ですので、『猫』の四年後です。『桐の花』は大正二年です。象徴詩の動きがほぼ同時代にあったということをどう考えたらいいのか。

友常　恐らく、それを全部見据えていたのは森鷗外でしょうね。鷗外はヨーロッパの文学動向も全部把握していたと思います。とりわけ、フランス、ドイツですよね。

◉同時代の文学史

島崎藤村と森鷗外

柴田　明治三〇年代から四〇年代にかけては、ロマン主義と自然主義が交錯する時代です。島崎藤村は自然主義の作家であると同時にロマン主義の詩人だったわけですし、自然主義が勃興してくる日露戦争後も、ロマン主義が死んだわけではない。ロマン主義的なまなざしは残存していて、漱石自身もまた、その両方を兼ねている面がありました。現実をシニカルに描く『吾輩は猫である』が書かれるのと平行して、「薤露行」や「幻影の盾」や「趣味の遺伝」といったロマンチックな作品が生み出されます。しかしながら、漱石も藤村も、明治四〇年代に入ると次第に現実志向が主軸になっていきます。

村尾　歌のほうで言うと、鷗外は明治四〇～四三年まで、観潮楼歌会というのを開いています。与謝野鉄幹の新詩社と子規の弟子達の根岸派との融合を図っています。鷗外の歌も、新詩社系というか、ロマン主義的といえなくもない。象徴主義的、とも言えるかもしれません。例えば、明治四二年の『沙羅の木』の中の「我百首」で、

　雪のあと東京といふ大沼の上に雨ふる鼠色の日

という、随分しゃれた歌を作っている。

柴田　日露戦争から明治四二年ぐらいにかけて、鷗外は軍医としての仕事が忙しかったからか、あまり小説を書いていない。『半日』を書いたのが明治四二年で、『ヰタ・セクスアリス』も明治四二年ですが、日露戦争時は、軍医部長として奉天に行っています。明治四〇年に観潮楼歌会をするわけですが、目立った作品は『半日』、『ヰタ・セクスアリス』までないようです。この辺りは、ちょっとした空白期間ですね。

文学と歴史

友常　鷗外は、その後の未来派、世界文学的なスケールでいうと一九二〇～三〇年代につながる文学動向をいち早く察知して、翻訳して、紹介するという、次世代への橋渡しをしています。加えて、私の専門から言えば、歴史ですね。散文の世界は、日露戦争以降、ある意味で韻文の世界と互角か、あるいは上回るような作品がたくさん生産され始めます。それと平行しながら鷗外は、歴史小説を書き始める。歴史というのは、できごとがある種決まり切った世界で語られます。でも書くことでそういうものに抗うわけですが、そういう試み、反時代的な仕事を、鷗外が始める。漱石はもちろん、我と非我という、自分の中に抱えた葛藤を通して近代と対決しますが、鷗外は鷗外なりに、国家的な物語と対抗していきます。

柴田　鷗外の場合、一番ロマン的な時代はドイツ三部作の時代です。『舞姫』が出たのが明治二三年で、日本のロマン主義文学の先駆にもなるわけです。ただ面白いのは、鷗外の場合、そういうロマン

的なもの、つまり本来文学や芸術創作の原動力となるべきものを断念するところから始まっていることですね。『舞姫』という作品自体が、ロマン的な夢を断念して日本の官僚社会に帰ってくる人間を描いているわけで、これは象徴的な意味があると思います。鷗外という作家自体が、こういった矛盾をはらんだ存在で、そういう人間がなぜ表現者であり得たのかということのほうが、むしろ興味深い。

彼は基本的に武士気質の持ち主で、それが彼に、後に渋江抽斎や伊沢蘭軒、大塩平八郎といった、江戸時代の人々を描くことに向かわせる下地になったと思います。まずここが、漱石と大いに違います。漱石には、江戸時代を舞台にする作品は一つもないわけですから。それはさっき言った、江戸時代に対する評価の低さの反映ですね。

乃木希典が死んだときに、漱石と鷗外はそれぞれレスポンスをしますが、その仕方も対照的です。漱石は『こころ』を書き、鷗外は『興津弥五右衛門の遺書』『阿部一族』を書く。『こころ』はもちろん江戸時代が舞台ではないですが、鷗外が書いたのは江戸時代を舞台にした作品でした。両者とも乃木は、ある意味では明治の日本の象徴として受け取られていたと思いますが、漱石はそこからむしろ、乃木によって象徴されていた明治日本を葬る方向に行き、鷗外は逆に乃木的なものを育んでいたものとして、江戸時代を見出していく。

鷗外の興津弥五右衛門は明らかに乃木と重ね合わされ、またさらに自分ともアイデンティファイされています。そういったアイデンティファイの仕方に、漱石と鷗外の非常に大きな距離というか、対照性を見ることができると思いますね。

村尾　ドイツ三部作は明治二三年からですが、その前の明治二二年には訳詩集の『於母影』を出している。『海潮音』と比

べると、採られている詩人も古いし、詩体なんかも古い。でも、「ミニヨンの歌」などは非常に有名ですし、影響力もあったんだろうと思います。言葉も随分こなれていますよね。

友常　散文か韻文かという選択が、森鷗外にはないですよね。そこで葛藤をあまりしていない。

菅長　武士気質とおっしゃいましたけど、鷗外は何かあると漢詩を作りますよね。子規も、日清戦争の従軍をしたとき、暇になると漢詩を作っている。戦地で鷗外を訪ねた子規が連句の話をすると、「それは面白い」と言って、次の日から早速やってみるとか、その柔軟性が面白いです。

友常　鷗外には、漱石にとっての子規がいなかった、子規にとっての漱石という存在がいなかったのかもしれないですね。

イデアとレトリック

菅長　子規と漱石の往復書簡で一番有名なのは、「イデアのことが中心だ。レトリックは二の次」と漱石が言っている箇所です。でも、漱石が寺田寅彦に「俳句ってどういうものですか」と訊かれたら、「レトリックの煎じ詰めたものなり」と答えている。ここにも柔軟性が見いだせます（笑）。

柴田　漱石はレトリックを使おうと思えばいくらでも使えたんですよ。だから逆に、はじめにふれたように、そこに埋没してしまわないように、自分の思念、アイデアというものを軸としないといけないと考えていたようです。彼の場合は、ヨーロッパ文学のレトリックも、漢文学のレトリックも、江戸文学のレトリックも、使おうと思えば使えたわけです。

村尾　逆に、子規がどれほどヨーロッパのものを読んでいたのかというと、あやしいところがありますよね。漱石はすごく読んでいる。

柴田　専門家ですからね。漱石の場合は、好きだったのはスウィフトやスティーヴンソンです。ジェーン・オースティンも評価していますが、オースティンは恐らく漱石が作家になってから、遡及的に関心をもっているところがあります。興味深いのは、漱石が二〇代、三〇代に好きだったスウィフトとスティーヴンソンが、ともにアレゴリー色の強い作家だったということです。『ガリバー旅行記』や『ジキル博士とハイド氏』の作者ですからね。このことは後の漱石文学の性格を予示するものがあるように思います。

◉小説家としての夏目漱石

漱石『猫』を書く

柴田　そして漱石は『吾輩は猫である』を発表します。『猫』の登場の前提となるのは、ロンドンに留学した漱石の精神状態の悪化ですね。二〇一七年のNHKドラマでも描かれていましたが、明治三六年から三七年にかけて、漱石は家族に対してDVを振るっています。奥さんの鏡子さんが実家に戻って、離婚の話が出たりする。鏡子さんは、「夏目の精神状態が好転したのは、明治三七年の四五月ごろでした」というふうに書いています。明治三七年の春に何があったかというと、日露開戦なんですね。それまでの明治三六～三七年は、日本人全体が非常にフラストレーションの状態に置かれていました。つまり、義和団事変後、ロシア軍が満洲に居座ってしまい、撤退を何度も勧告しますが、無視されてしまう。それが日本全体にフラストレーションを与えていて、二葉亭四迷なども、坪内逍遙に当てた手紙に「明治政府にダイナマイトをぶつけてやりたく候」といったことを書いていています。いらだっていたのは漱石だけではなかったんですね。日露戦争が開戦すると、「従軍行」という、漱石らしからぬ悪評高い新体詩を書いたりするわけで、かなり高揚したんだと思います。

そうした形である程度、精神状態がハイになったところに、虚子の勧めがあって『猫』が書かれます。そういった一連のナショナリズム的な流れの中で、あの作品が生まれたということは、やはり忘れてはいけない。漱石はもちろん非常にユニークな表現者ではありますけれども、常にそういう、国民感情的なものを共有する面があります。だからこそ国民作家になるわけですね。もちろんその一方ではそれを批判的に眺めていて、それが作品の主題を形成していく。

創作の共同体

菅長　人嫌いだった漱石がサロン的なものを獲得していきますよね。その前段として、句会の存在は大きかったのかなという気がします。漱石と子規のつながりが、子規の俳句の弟子たちとの句会という空間を生み、その中で議論をいろいろやりとりしていくという空気に漱石がなじんでいった。

柴田　創作の共同体というのを考えるときには、この時点ではまだ存在しませんが、明治三九年からの木曜会というサロンの主宰がありますね。そこに森田草平や小宮豊隆、芥川龍之介らが集ってくる。彼らはなかなか辛辣な読者でした。森田草平などはとくに手厳しく、師匠である漱石を批判したりします。

漱石は、朝日新聞社の小説記者として、大衆読者に向けて書いていくわけですが、一方では、具体的な自分の周りにいる、なかなか厳しい批判者である弟子たちを意識しながら書いている面もある。子規もまた、病気のためですが、お母さんや妹と暮らし、さらに多くの弟子たちが周りにいました。そういった、ある種の共同体の中で創作を行ったという点では、子規と漱石は共通項がある。共同体については、友常さんの論文でも言及がありますね。

友常　病臥における苦痛と痛みの共同体ということを、論文ではまとめました。まず、写生ということ自体が、一九世紀からの歴史や哲学の中で言うと、国民主義的なものを前提にしないと生まれない。

つまり、自分の感覚を絶対的に信用できる、という感覚です。その影響下に、子規の「写生論」は位置づけられると思います。その前提にお墨付きを与えられた感覚、ある種の痛みを、子規は研ぎ澄ましていって、記述していく。大江健三郎が正岡子規の全集の中で書いているのですが、その記述はすごくデモクラティックです。つまり、開かれている。それは句会の開かれ方と、多分同じであるとも言えます。デモクラティックの語源はデモス、大衆です。人々との間の、権力のない関係性みたいなものを、彼はおそらく句会でみつけた。それが痛みの共同体をつくるということにおいても、実践されたのだろうと言えます。読者はすごく興味津々だったと思うんです。

　ほんとに不遜な言い方で言えば、「いつ死ぬんだろう、こいつは」という見方です。『病牀六尺』は、二万人の読者が読んでいたわけです。この稀有な記述は一体何なのか。ひとつは、自分自身を作品にしてしまうという考え方だったのだと思います。言葉の働きと自分自身が不可分で、言葉の実験とも言えるような実践例が示されている。戦場でけがをした傷痍軍人たちがその経験を記したモノグラフは、ヨーロッパでも第一次世界大戦後に生まれ、その後たくさん書かれるようになりますが、子規はそのかなり先駆的な仕事をしたと思います。歴史的な文脈を踏まえた上でも、あれは個性的な表出であると位置づけたいなと思いますね。

痛みと創作

柴田　漱石もやはり、痛みとともに生きた人です。胃痛をずっと抱えていて、『猫』を書く前は、神経症的な時期もある。これは作家になってからある程度、鎮静していきますが、代わって胃痛を抱えながら創作を行う。漱石は、外界とかかわろうとしながらも、胃の痛みがあると、それが一つの障碍になってしまう。言わば胃の痛みというものが、一つの信号として、外界を相対化していくツールになっている。あるいはそれが、逆に外界が歪んでいることの、信号として彼に受け取られているところがあると思います。

　漱石のいわゆる「修善寺の大吐血」が起こるのは明治四三年の八月二四日です。それは日韓併合条約が成った二日後です。漱石の神経状態が悪化する、あるいは胃の状態が悪化するときというのは、多くの場合、日本をめぐる国際関係に大きな問題が起きているときなんです。だから、そういった外界の歪みを、彼は言わば身体的に感受していた、その信号として、一つの方向付けとして、自分の身体的な痛みを受け取っていたと言えるのではないかなと思います。

友常　痛みそのものが主語、主体になるような言語表現は、私が読んできた歴史とか哲学の中で位置づけると、第一次大戦後に生まれ始めます。ベルグソン的な時代潮流を知っていた漱石には、まだ実感はできなかったかもしれませんが、ヨーロッパでも始まってはいたのだと思うんです。

柴田　漱石はマックス・ノルダウの『退化論』を知っていました。いわゆる神経症患者の群れということが言われ始めるのは、一九世紀後半のマックス・ノルダウの時代です。その辺りは、漱石はよく読んでいたと思います。

友常　ニーチェもそうですね。ニーチェも含めて、キリスト教社会に対する反省が一九世紀の終わりごろにあり、フロイトやベルグソンが生まれてくる。そういった流れの中で、文学においては、子規が半歩引っかけている印象があるのです。その意味で、子規はベルグソンを読まなくても、世界文学の潮流に少し足が引っかかっている。漱石の場合、柴田さんのお話を聞くと、その痛みは自分の中の他者ですよね。「西洋」という他者が自分の中に住み着いていて、それがしょっちゅう漱石を痛めつけている。

柴田　ドナルド・キーン氏は、「もし漱石がそのまま中国文学を専門にして、ロンドンでなく北京に留学していたら、あんな神経症にはならなかったろう」ということを言っていますね。

友常　自分の中に抱えてしまった、西洋的他者との葛藤というのが、漱石自身を痛めつけ、また彼の寿命も縮めてしまったということですね。

『猫』はなぜ面白い?

柴田　『猫』が面白いのは、書きながら視点や文体が変わっていくことですね。前半の「吾輩」は猫の代表として出てきて、シロちゃんとかクロ君とか、猫の仲間も登場します。ところが、第三章あたりから猫としての姿はほとんど消えて、一つのまなざしに還元されていきます。つまり世の中を斜交いから、皮肉なまなざしで眺める視点として、純化されていきます。その背後には、漱石が『猫』を書きながら、またたくまに有名作家になっていくポジションの変化、さらには日露戦争で日本がなんとか勝利を収めるという状況があります。名もない猫というのは、自分でもあると同時に、名もない日本のことでもあったわけです。けれども、自分が無名ではなくなり、また日本もロシアに勝つことによって、名もないという状態が解消されていく。

『猫』の最後では、苦沙弥や迷亭や寒月の話が延々と続きますが、「吾輩」はひたすらそのやりとりを写しているだけです。けれども、写していきながら、「写生」のまなざしとして、視点が明確化されていきます。論文にも書きましたが、後半の苦沙弥先生のとん子、すん子といった子供たちの朝食の場面は、それこそ漱石が言う、大人が子どもを見るまなざしによって非常に生き生きと描かれています。だから、『吾輩は猫である』が写生文の実践だという見方をされることがしばしばあります。しかし、私はむしろ、書きながら写生文というものを、漱石が漱石なりに咀嚼して、確立していくのが『吾輩は猫である』の世界だと思います。それは漱石が、書きながら小説家として成長していく姿でもあるわけで、そのプロセスが、作品の中に映し出されているという、興味深い例です。

菅長　虚子による『ホトトギス』の成功も、漱石を小説家としてデビューさせるという意味で、ものすごく大きなことだったのでしょうね。

柴田　漱石にとって小説家としての自覚を深めることと、彼の言う「写生文」の実践家になるということは、大体パラレルだったわけです。でも出だしの部分は、漱石的な写生文とは言いにくいですね。大人が子どもを見るのではなくて、逆に、捨てられた猫が、大人のような人間を見上げている世界ですから。そういうところからまなざしの変化が、後半にかけて表れてくるのが面白いですね。

女性嫌いの小説

村尾　『猫』の世界は、世俗的な世界とも言えるし、もう一つ、女嫌いの小説のような気がします。非常にホモソーシャルな世界ですよね。漱石の集団は男ばかり。

友常　本書でキースさんが「クィアー」という言葉を使っています。彼の論考では、ホモソーシャルという言葉は、人種主義とか政策主義とは少し違う意味を持ちます。漱石をとりまく集団は、クリエイティブなソーシャリティーとも言いうる。その集団内においては、ヒエラルキーがないというか、ある種の、エリート男性たちのユートピアです。そこには、実はいま言うところの「癒やし」の意味も持っていたと思います。もちろん、女性に対して差別的なところもあるのですが、二〇世紀中盤、後半以降の、軍隊がもっているようなホモソーシャルな集団とは区別したほうがいいだろう、というのが彼の論点ですね。

柴田　ただ、区別はできないけど連続はしていますよね。漱石の世界の背後にあるのは帝国主義ですから、そういう軍隊のホモソーシャリティーともちろんつながっている部分もあります。

村尾　知識人の世界は制度的にもそうですね。高等学校は女性を排除してましたし、帝国大学も男性だけ。

菅長　近世の俳諧であれば、尼さんとか、そういう人たちはほんとに同じ権限で参加しているんです。ですので、明治に入って、女性が入り込む隙が一時期なくなっていたのかなとも思います。

柴田　『三四郎』が書かれたのは明治四一年ですが、そこに出てくるセリフのとおり、女性が今後強くなるということは予感されていて、それは作品全体に、も流れています。野々宮にしても、美禰子と結婚するよりも、妹のよし子と親密でいるほうを選ぶわけです。

近代的家族を描く小説

友常　国民的な共感共同体みたいなものを子規と共有しつつ作りつつ、漱石は散文にたどり着いた。だから、物語を書く以上は、現実の人間関係のいろいろなぶつかり合いや、感情の機微といったものを取り込まないといけない。それを表現できるものが、彼にとって家庭だったという感じですよね。『猫』の舞台はずっと家庭ですから。

家庭という点では田山花袋『蒲団』は皮肉な話で、あれは家庭を守る話ですよね。主人公は女の弟子に執着を覚えますが、一線を踏み外すわけでない。むしろ友だちの妻を奪い取ってしまうわけですから、一線を踏み外しているのは『それから』の代助です。花袋は自然主義的な欲望への忠実さと、家庭という制度を守ることの狭間の中に生きていた人で、『蒲団』はある意味では非常に保守的な作品です。自分の欲望を断念して、家庭を守る話ですから。そういう意味でも、家庭というものは、日露戦争後にせり上がってきたものと言える。

日露戦後はいわゆる社会改良運動があって、風俗や習慣、日常的な生活を自分で律しなければいけない社会です。社会改革の目的は、農村自治をどうするかにありました。疲弊した農村をどういうふうに立ち上げて、ちゃんと税金を納める国民をつくるかです。そういう道徳的な圧迫は、中流なり、知識人になれば、家長として家庭をどのようにマネージするかということになる。

これもまた、子規から漱石が与えられた宿題なのかもしれないですね。漱石は多くの人と討論をしたかもしれませんが、一番したのは子規です。子規との間で交わされた文学論議というのは、ずっと彼の中で生きていたはずです。漱石にとって子規は生涯、俳句の先生でもあり、文学の先生でもあったのでしょう。

二〇一八年三月二二日
東京外国語大学にて

「世界名著」の創出
――中国における『吾輩は猫である』の翻訳と受容

王 志松

夏目漱石は中国で最も広く読まれている日本人作家の一人であり、そのほとんどの作品が漢訳されている。特に『吾輩は猫である』の訳本は一番多く、二八種類もあり、その中の二二種類は二〇〇〇年以降に訳されたのである。本稿は、時代に即して中国における当作品の翻訳と受容の変遷、及び「世界名著」として経典化される社会と文化の原因を考察した。

外国語訳としての「日本文学」

「日本文学」は決して日本国内で日本語で読まれるのみならず、世界各地でさまざまな言語の訳文で読まれているのだ、と言ってみれば当たり前のことであるが、研究領域においてこれらの外国語訳のテキストは往々にして無視されてしまう。文学の価値は読者の参加による生産性にあるとすれば、外国語翻訳はまさに一つの生産である。翻訳によって文学作品は新しい意義を付与され、新しい命を獲得していく。外国語訳の作品は日本での理解と異なった受容の道をたどっていくところに独自の価値がある。例えば、日本で高く評価された作品は中国で不評だったり、あるいは逆に日本で三流と目された作家が中国で好評を得たりしたことがある。その中で一番極端的な例は、おそらく中国における厨川白村の受容であろう。厨川白村は大正時代に一時流行っていた評論家ではあるが、日本文学史ではほとんど無視された存在である。ところが、厨川白村は中国近現代文学史において影響が大きく、

おう・ししょう――北京師範大学外国言語文学学院教授。専門は日本近代文学、中日比較文学。主な著書・論文に『小説翻訳与文化建構――以中日比較文学研究為視角』、「日本戦後の「文壇」諸相とジャーナリズム」、「周作人的文学史観与夏目漱石文学理論」などがある。

その名前が必ず出てくる。魯迅は『苦悶の象徴』などを翻訳し、エッセイなどでも度々言及したため、中国における厨川白村の受容に大きな役割を果したのである。『苦悶の象徴』は西洋の象徴主義と精神分析理論、生命主義などが中国に伝わってきた重要な媒体の一つとなっていた。したがって、日本でもはや顧みられなくなった『苦悶の象徴』は、一九二〇、三〇年代にいくつかの漢訳が出だけでなく、五〇年代、七〇年代、九〇年代、二〇〇〇年以降も旧訳の再版か新漢訳が出ていて、その影響力を今日なお発揮し続けている。(1)このような意味で見れば、厨川白村という日本の評論家は日本語のテキストではなく、漢訳のテキストによって生きているのだと言うべきであろう。

このようにして、日本語以外の言語形態として存在している「日本文学」を如何に見るかは、日本文学研究のあり方を問う重要な問題となってくるように思われる。日本文学史への寄与が大きい日本語の原作を研究するのは言うまでもなく重要だが、外国語訳としての「日本文学」も無視すべきではない。この両者に対する総合的な研究によってこそ、はじめて日本を越えたより広い範囲の「日本文学」の多様性と生産性は究明されることになる。日本文学研究の国際化は決して外部から求められているのではなく、「日本文学」がすでに世界の多言語に翻訳されているという現状の中から自然に出てきた要請であろう。

外国語訳としての「日本文学」という問題について、本稿は夏目漱石の『吾輩は猫である』を例として具体的に考えてみたい。夏目漱石は中国で最も広く読まれている日本人作家の一人であり、そのほとんどの作品が漢訳されている。その中で特に『吾輩は猫である』の訳本は多く、大陸に限っても二八種類あり、その中の二二種類は二〇〇〇年以降に訳されたのである。なぜこんなにも多くの訳本が出たのか。中国の読者は漢訳『我是猫』に何を読み取ったのか、また何を読み込んだのか。本稿では、訳本を手掛かりとして、これらの問題について考察していきたい。

『我是猫』の抄訳と「余裕のある文学」

『吾輩は猫である』が初めて漢訳されたのは、一九三五年胡錫年訳『我是猫』(『世界文学』第一巻五期、上海：黎明書局発行)である。胡訳は全訳ではなく、第一章が抄訳されたものである。

一九三六年、程伯軒、羅茜訳の単行本『我是猫』が出版された。これもやはり全訳ではなく、第五章の半ばまで翻訳されたものである。出版社は日本の東京の鳳文書院であり、総発売所は伯軒日本語学院である。日本の発売所は河鍋書店と笹川書店で、中国国内の発売所は上海の生活書局と南京の鶏鳴書店となっている。普通の発売ルートとかなり異なっているせいか、この訳本はあまり知られていないようである。したがって、この訳本の盗訳が堂々と出版されても、それを指摘した者は一人もいなかった。

この盗訳というのは、何英訳『我是猫』(『日本評論』一九四〇年第一巻三期—一〇期)である。何英の訳本はセンテンスや言葉の訳し方などの細部において程伯軒の訳本とほとんど同じである。抄訳された部分もやはり第五章半ばの同じ所までである。この二つの訳本の最後の部分を比較してみよう。

〝奉陪!到上野呢?是到芋坂吃団子去呢!先生,吃过那地方的团子吗?太太,到那块去尝一次看,又好又便宜哩!还给酒喝呢!〞照例说着无秩序的乱谈,主人已带上帽子,下了台阶了。(2)

〝奉陪!到上野呢?是到芋坂吃团子去呢!先生,吃个那地方的团子吗?太太,到那块去尝一次看,又好又便宜哩!还给酒喝呢!〞照例说着无秩序的乱谈,主人已戴上帽子,下了台阶了。(3)

センテンスの訳し方は全く同じであるが、異なる箇所が二つある。「吃过」から「吃个」に、「带上帽子」から「戴上帽子」に直されている。「帯」と「戴」は、中国語の発音は同じであるが、前者は誤字である。何英の訳は正しく直されたのである。しかし「吃个」に直された何英の訳はまた新しい「誤字」を作り出してしまったのである。個別の違いがあったとしても、全体から見れば、この二つの訳本は同じものだと見るべきであろう。

一九四二年一一月五日から『(天津)庸報』に尤炳圻訳の『我是猫』が連載され始めたのであるが、それがいつまで連載されたか、作品のどこまで翻訳されたかは、資料不足でまだ不明な点が多い。この訳本の訳し方をめぐって、当時真夫と東胡の間で論争が交わされたことがあった。(4)

一九五〇年までに『吾輩は猫である』の漢訳が三つも出たにもかかわらず、全訳は一つもなかった。その原因の一つとして、作品自体が長いということが考えられるが、周作人によって中国に紹介された当初から作り出された漱石像とも関係があるだろう。一九一八年、周作人は、「日本近三十年小説の発達」という文章で漱石文学の特徴を次の二点にまとめている。一つは、「低徊趣味」と「余裕のある文学」であること。二つは、「文章の構造と文辞はともに完璧」であること。(5) この二つの特徴は中国における漱石文学理解の最初の枠組みを形作ったのである。

周作人のこうした理解が相馬御風の「明治文学講話」を基にしたものだということが、近年の研究で明らかになった。(6)それは自然主義文学史観からの評価である。謝六逸は一九二九年に中国最初の『日本文学史』（上海：北新書局）を編纂した際、漱石文学の特徴について、夢幻、社会人生風刺、心理解剖の三つの傾向を挙げたが、その文学的主張を総括するところでは、「鶏頭序」を引用して「余裕のある文学」としている。その後、章克標は、「余裕派」に縛られすぎた漱石文学像を打破しようとして、『夏目漱石小説集』（上海：開明書店、一九三二年）の前書きで、漱石の文学観について、『文芸の哲学的基礎』、『創作家の態度』などを引用して、真、善、美、壮という四つの理想を紹介したのである。しかし、実際に翻訳した作品は、やはり「余裕のある文学」という漱石像の枠組みを大きく出ていない。章克標が翻訳した作品は『坊っちゃん』『倫敦島』「鶏頭序」である。『坊っちゃん』は「善」の文学であるが、「鶏頭序」は言うまでもなく「余裕のある文学」を理論的に論じた文章である。そして前書きで『吾輩は猫である』も余裕の作品として見ているのであった。結果から見れば、漱石文学の「余裕」の一面だけを強化したことになったのである。

こうした漱石文学の理解は、日本文学史からの影響もあったが、それより重要なのは、自然主義文学派から否定的にとらえられていた「余裕」という特徴が中国において積極的なものに覆されたことである。一九一八年前後と一九三〇年代は中国の文壇が大きく転換した時期である。前者は中国現代史の幕開けとなった五四運動であり、後者はプロレタリア文学の勃興期であった。周作人は五四運動の立役者の一人であるが、文学運動の政治化に対する抵抗の一面もある。(7)もう一方の謝六逸と章克標は、また左翼文学とはやや違った立場文学者である。漱石文学の「余裕」を積極的に評価したのは、周作人等にとって、文学の自立性の主張として変奏されたものだと見られないこともない。おそらく、このような漱石像は、『吾輩は猫である』の後半の沈鬱的な内容よりも、機知に富んだ前半のほうがより「余裕」のあるものとして受け止められて、作品の前半ばかりが抄訳された大きな要因となったのであろう。

資本主義制度批判としての「世界名著」

このような漱石の「余裕」像が打破されたのは一九五〇年代である。五〇年代、中国の文学界は社会主義文芸政策とソ連の文芸思潮の影響で、外国文学の翻訳は作品をプロレタリア文学と批判写実主義文学に限定されていた。夏目漱石はこのような数少ない批判写実主義文学の作家の一人として認定されたのである。当時の社会主義写実主義理論を基準として見れば、漱石の前期作、社会風刺の『吾輩は猫である』と『坊っちゃん』は高く評価されていたが、中期以降の作品は「自我」を取り扱うテーマが多く、個人主義の陥穽に陥っている作品として否定されていた。したがって、翻訳も初期作品に集中されていたのである。

『吾輩は猫である』が全訳されたのは一九五八年『夏目漱石選集第一巻』（胡雪・由其訳、北京：人民文学出版社）である。訳者の一人由其は尤炳圻であり、すなわち一九四二年版の訳者である。現在、一九四二年版の原物を見ていないため、この二つの訳の異同はまだ直接に確認できないが、真夫と東胡の論争に引用されたセンテンスを一九五八年版と照合してみると、両者には明らかな違いが見られる。また、もう一人の訳者、胡雪が翻訳に加わっているという要素を考慮してみると、一九五八年版は別の新しいものと考えてよかろう。

この時期、漱石文学に関する評価が変わった。その代表的な論は一九五八年、劉振瀛が『夏目漱石選集第一巻』に付した長い「前記」である。この選集は二巻構成で、『吾輩は猫である』（第一巻）、『坊っちゃん』と『草枕』（第二巻）を収録している。劉振瀛は「前記」において漱石文学の全体像を概観した上で、この三つの作品を次のように分析している。『吾輩は猫である』と『坊っちゃん』について、資本主義社会を批判して、金銭関係と家族制度と資本主義の「個性と自由」を風刺した作品として評価しながらも、「その批判はまだ十九世紀の批判写実主義の範囲にとどまっている」ため、「その歴史的限界も明らかである」と指摘している。具体的に言えば、作者の風刺精神は封建的儒家思想と西欧資本主義上昇期の個人主義の個性と良知によるもので、世界を創造してきた本当の力――人民群衆を見落としてしまった。したがって、その風刺の背後に隠されたのは「濃厚的な虚無絶望感」である。同じ理由で『草枕』の唯美的な世界も「逃避の場所」として批判している。様々な限界があるにしても、劉振瀛は最後に、夏目漱石は「日本の優れたブルジョア作家」と結論付けたのである。(8)

このような評価は五〇年代から八〇年代初期まで続いたのである。王長新は『日本文学史』（北京：外語教学与研究出版社、一九八二年）で、やはり同じく漱石を優れたブルジョア作家と見ている。「彼はユーモアではあるが渋い苦い傍観者的な目でブルジョア社会を眺め、その虚偽とエゴを風刺した」として、『吾輩は猫である』、『坊っちゃん』、『それから』の資本主義社会批判を高く評価すると同時に、「漱石の資本主義に対する見方、批判はブルジョア的個人主義の立場に立っての批判にすぎなかった。彼の皮肉、彼と明治社会との「対立」は民衆と支配者との間の対立ではなく、一「高級文化人」と支配者の内輪もめにすぎない。（略）漱石は民衆の生活に関心を寄せたためしはなかったし、明治社会の政治に突込んで見たこともなかった」と、劉振瀛とほぼ同じような見方を繰り返している。[9]

このような批判写実主義という批評基準は、『日本文学史』のみならず、一般外国文学史にも応用されていた。林亜光編『簡明外国文学史』（重慶：重慶出版社、一九八三年）で取り上げられた日本近代文学の代表的な文学者は、二葉亭四迷、樋口一葉、島崎藤村と夏目漱石といった写実主義文学の系譜の作家たちである。一九八四年に出版された『外国文学史』は、二四大学による共同編輯ということで広く使われている教科書である。この教科書で取り上げられた作家は二葉亭四迷と夏目漱石だけである。その理由は、二葉亭四迷の『浮雲』は日本近代写実主義文学の嚆矢であり、漱石の『吾輩は猫である』は「写実主義文学のもう一つの画期的な輝かしい大作」であるからだとしている。[10]『吾輩は猫である』について、「私有制への批判と資本家、金持ち勢力への鞭撻」とか、「資本主義文明の腐敗と罪悪の暴露」などは、それまでの論調の繰り返しであるが、「明治政府の反動的支配への批判」とまで断言したのは、ややイデオロギー的な読み過ぎだと言わざるを得ない。[11]

ただし、ここで重要なのは、このようにして、『吾輩は猫である』は漱石文学の代表作であるのみならず、日本近代文学の代表作、さらには欧米の名作と肩を並べる「世界名著」として経典化されたことである。そして、こうした編纂方法は後の中国の『外国文学史』の一つのパターンとなったことである。日本近代文学の代表的作家を取り上げる場合、必ずと言っていいほど夏目漱石を挙げて、その代表作として『吾輩は猫である』を挙げることになったのである。

しかし興味深いことには、八〇年代に『吾輩は猫である』は『日本文学史』や『外国文学史』などの教科書において高く評価されていたにもかかわらず、また人民文学出版社の一九五八年版の訳本があったにもかかわらず、なぜか一つの訳本も出版されたことはなかった。その代わりに漱石の他の作品、すなわち「自我」を追求する中期後期の作品『三四郎』、『それから』、『門』、『彼岸過迄』、『行人』、『こゝろ』、『道草』、『明暗』が続々と翻訳されたのである。[12]それはなぜだろうか。

八〇年代、改革開放政策により、中国政府は資本主義の自由経済を少しずつ導入しながらも、イデオロギーの面ではなお社会主義を堅持しようとした。『吾輩は猫である』は文学史の教科書において、こうしたイデオロギーを補強する形で、その資本主義批判の一面が強調されたのである。しかし、一般社会では長く抑圧されていた「個人」と「人間性」への渇望が強くなってきたため、資本主義批判というよりも「個人主義」への肯定がより切実的な問題として認識されていたのである。五〇年代、個人主義はブルジョア思想として批判されていたが、八〇年代になるとその評価が一変した。かつて主な批判者の一人だった劉振瀛は『それから』の訳本の「序言」で、この作品を「自我確立の物語」として読み、「日本半封建的婚姻制度」に対する批判として個人主義を評価するようになったのである。[13]

ここには漱石文学理解をめぐっての主導権争いが見られる。『外国文学史』などの教科書では夏目漱石を批判写実主義のブルジョア作家として位置付け、その「ブルジョアの理性主義、ヒューマニズムなどは、彼には根本から資本主義社会制度の本質を暴露・批判できない」[14]原因だとされていたが、しかし教科書で否定されるべき「ヒューマニズム」こそ、社会では思想解放の方向として強く求めようとしたものである。したがって、八〇年代の文学史で資本主義の金銭力を批判する作品として位置付けられた『吾輩は猫である』よりも、「自我」を表現する中期後期の作品のほうが広く読まれていたのである。そこで前記した奇妙な現象が起こったのではないかと思われる。

三つの名訳

一九九〇年代に入って、三つの訳本『我是猫』が出版された。その一つは于雷訳『我是猫』(南京：訳林出版社、一九九三年)である。

『吾輩は猫である』は風刺、ユーモア、諧謔に富んだ作品である。笑いを醸し出すために言葉の多義性、重層性が効果的に使われているだけ、翻訳しにくい作品である。それまですでにいくつかの訳本が出ているが、どのようにして日本語原文の言葉の多義性と重層性を訳し出せるかについては、依然として多くの問題が残っている。その中でも一番頭を悩ませたのは、「吾輩は猫である」というセンテンスがはたして「我是猫」に翻訳されていいのかという問題である。

この問題について、于雷は「前書き」で次のように言っている。

この作品は今まで『我是猫』と翻訳されてきたが、あまり賛成できない。第一に、原著書名は単純な判断文ではない。すなわち、その意味は単に「吾輩は猫である」という事実を述べたのではなく、猫から見た愚かな人類に向かって、「吾輩は猫であって、人間ではない」と誇らしく宣言したニュアンスが含まれている。第二に、天文や地理などのすべてに精通した聖猫、霊猫、神猫と自負しているのに、名前はまだない。このようなパラドックスの状況、及びそこから生まれる笑い、風刺が、実のところ全書に広がっているということが書名に濃縮されている。(15)

これらのニュアンスは、「我是猫」に翻訳されると全部なくなってしまった。そこで、于雷は「吾輩」を「我」ではなく、「咱（za）家」と翻訳したのである。この訳し方は、劉徳有に啓発されたのである。劉徳有は「『吾輩は猫である』と〈我是猫〉」という文章で次の問題を提起している。

夏目漱石の生きていた時代は今日と同じで、日本語の一人称は多くあった。たとえば、「わたし」、「あたし」、「おれ」、「僕」、「余」などがあった。これらの一人称の使い方が夏目漱石の作品によく見られる。小説『吾輩は猫である』にも上述した一人称のほとんどが出てくる。するると、一つの問題が生じた。なぜ夏目漱石は小説の主人公である「猫」に自称させるとき、「わたし」、「あたし」、「おれ」、「僕」、「余」ではなく、わざわざ「吾輩」と使ったのか。(16)

劉徳有によると、夏目漱石が『吾輩は猫である』を創作した明治三八年前後、「吾輩」は日本の大臣や将軍が自称するときよく使われた言葉である。そこに「荘重尊大」の意味が含まれているので、作品で無名の猫に「吾輩」と自称させると、笑いや風刺などが自然に湧いてくるのであった。そこで、「荘重尊大」の意味が含まれた中国語の一人称「咱（za）家」に訳したらどうかと提案した。(17)

この提案に対して、反対の意見もあった。「〈咱家〉は京劇によく出てくる自称の言葉であるが、これを使う人はたいてい朝廷の宦官である。〈咱家〉という言葉を聞いてまず連想したのは、宦官のことである」と冷鉄錚は言っている。(18) このような卑しいイメージを避けるために、「咱家」よりも「咱（zan）」「某家」「俺」と訳したほうがいいのではないかと新しい提案を出した。

于雷は、これらの意見を検討した結果、劉徳有の案を受け入れた。

咱（za）家是猫。名字嘛……还没有。(19)

「吾輩は猫である。名前はまだない」という書き出しは、全編を貫いたパラドックス、ユーモアなどすべての要素が含まれている。于雷の訳では、まず「咱家是猫。」と大きな口を開いたが、「名字嘛……还没有。」と続いた文は、「名字嘛」の後ろに省略点をつけたことによって一種のためらいと恥じらいを表現している。なるべく原文のパラドックス、ユーモアなどを出そうと努めたのである。

于雷は本文の中で「吾輩」を「咱家」と訳したが、書名だけはやはり「我是猫」を残したのである。その理由について、「我是猫」と訳された訳本があったし、文学史でもこの訳名がすでに定着しているため、「書名は『我是猫』のままにしておいたが、本文は「咱家是猫」に直した。つりあいが悪いが、とりあえずこのままにした」と述べている。[20]

その二つは一九九四年に出版された劉振瀛訳『我是猫』である。劉振瀛は日本文学の研究者で、一九五八年版訳の前書きを執筆したこともあるので、作品に関して独自の理解があった。劉振瀛の訳本の冒頭は次の通りである。

我是只猫儿。要说名字嘛，至今还没有。[21]

この訳本は作品の語り口を特に重視している。「我是只猫儿。」は「儿」化音をつけたり、「要说名字嘛，至今还没有。」は、「要说□□嘛」の文型を使ったりして口語化を狙っている。劉振瀛訳は、于雷訳と同じように「名前はまだない」というセンテンスを二つに分けて一種の迷いと恥じらいを表現している。こうした口語化の傾向が翻訳作品全体にわたっている。

劉振瀛は訳本の「序」で、「この作品の一番大きな特色は様々な複雑な笑いの要素にある」として、「どのような芸術的手段を使って笑いの芸術的殿堂を構築したのか」を探ることに努めて、[22]階級論にとらわれたそれまでの作品理解から脱出しようとしたのである。特に「プチブルジョア知識人への批判」という当時の大方の解釈について作品の諧謔性に関する理解が欠けていると批判している。その批判対象として取り上げたのは胡雪の文章である。[23]胡雪は一九五八年版の訳者の一人であり、その作品理解はむしろ劉振瀛が一九五八年書いた訳本の前書きの論調を継承したものである。したがって、胡雪への批判は、すなわち劉振瀛が自ら以前の自説を否定することになったのである。

その三つは、一九九七年に人民文学出版社から出版された尤炳圻・胡雪訳『我是猫』である。この訳本は、一九五八年版訳と比較してみると個別の訂正が見られるが、全体的にほぼ同じものであるため、再版とみてよかろう。

このようにして中国で最も代表的な三つの訳本が九〇年代に揃って出版されたというのは、実に興味深い。

訳本の氾濫と商業主義

二一世紀に入ると、『吾輩は猫である』の訳本は堰を切ったように次々と出版された。旧訳の再版と新訳を合わせて並べてみると、次の通りになる。

旧訳再版：

（一）尤炳圻、胡雪訳『我是猫』（北京：人民文学出版社、二〇〇五年、「名著名訳插図本」）

（二）尤炳圻、胡雪訳『我是猫』（上海：上海文芸出版社、二〇一四年、「企鵞経典叢書」）

（三）于雷訳『我是猫』（南京：訳林出版社、二〇〇一年、「世界文学名著」）

（四）于雷訳『我是猫』（瀋陽：遼寧出版集団、二〇〇三年）

（五）于雷訳『我是猫』（南京：訳林出版社、二〇一〇年、「経典訳林」）

（六）于雷訳『我是猫』（長春：吉林大学出版社、一九九八年、二〇〇九年、「日本文学名著日漢対照シリーズ」）

（七）劉振瀛訳『我是猫』（上海：上海訳文出版社、二〇〇三年、「世界文学名著普及本」）

（八）劉振瀛訳『我是猫』（上海：上海訳文出版社、二〇〇七年、「訳文名著文庫」）

（九）劉振瀛訳『我是猫』（上海：上海訳文出版社、二〇一一年、「訳文名著精選」）

（一〇）劉振瀛訳『我是猫』（上海：上海訳文出版社、二〇一七年二月、「名著訳文精選版」）

（一一）劉振瀛訳『我是猫』（上海：上海訳文出版社、二〇一七年四月、「夏目漱石作品系列」）

新訳：

（一）胡雪・由其訳、奇華改写『我是猫』（北京：中国少年児童出版社、二〇〇〇年、「世界文学名著少年文庫」）

（二）梅園縮編『我是猫』（北京：中国少年児童出版社、二〇〇〇年、「青少年文学修養速読本・中外文学作品賞析」）

（三）羅明輝訳『我是猫』（海口：南方出版社、二〇〇一年）

（四）王学兵訳『我是猫』（呼和浩特：遠方出版社、二〇〇一年、「世界禁書百部」）

（五）王学兵訳『我是猫』（呼和浩特：遠方出版社、二〇〇一年、「世界文学名著百部」）

（六）梅園改編、卡德爾・熱合曼訳『我是猫』（烏魯木斉：新疆美術撮影出版社、二〇〇六年）

（七）朱巨器訳『我是猫』（武漢：長江文芸出版社、二〇〇八年、「世界文学名著典藏」）

（八）蒋蜀軍訳『我是猫』（広州：広州出版社、二〇〇八年、

「世界文学名著典藏」）
（九）竺家栄訳『我是猫』（北京：中国華僑出版社、二〇一四年）
（一〇）卞潔訳『我是猫』（瀋陽：万巻出版公司、二〇一四年、「日本経典文庫」）
（一一）郝芳訳『我是猫』（蕪湖：安徽師範大学出版社、二〇一四年、「世界経典文学名著」）
（一二）馬麗訳『我是猫』（北京：北京理工大学出版社、二〇一五年）
（一三）曹曼訳『我是猫』（杭州：浙江文芸出版社、二〇一五年）
（一四）李広志訳『我是猫 绘图本』（北京：作家出版社、二〇一六年）
（一五）劉子倩訳『我是猫』（北京：中国法制出版社、二〇一六年）
（一六）王敏訳『我是猫』（北京：三聯書店、二〇一六年）
（一七）荷月影訳『我是猫』（天津：天津人民出版社、二〇一六年）
（一八）『我是猫』（北京：京華出版社、二〇一六年）
（一九）『我是猫』（北京：煤炭工業出版社、二〇一七年、「世界文学名著」）
（二〇）徐建雄訳『我是猫』（北京：中国友誼出版公司、二〇一七年）
（二一）『我是猫』（北京：民主与建设出版社、二〇一七年）
（二二）竺家栄訳『我是猫』（北京：九州出版社、二〇一七年）

以上の出版状況から三つの特徴がうかがわれる。その一つは、九〇年代の三つの訳本が再三版を重ねていって名訳の地位を確立したこと。そして同じ訳本がいくつかの出版社から同時に出版されたことである。尤炳圻・胡雪訳『我是猫』の初版は人民文学出版社であったが、二〇一四年上海文芸出版社の「企鵞経典叢書」としても出されている。于雷訳『我是猫』の初版は訳林出版社であったが、二〇〇三年に遼寧出版集団からも出版されている。[24]

また、この三つの訳本は二〇〇〇年以降のダイジェスト訳本と教材の底本となっている。奇華縮写『我是猫』は胡雪、由其訳を書きかえたものだと明記している。「日本文学名著日漢対照シリーズ」として吉林大学出版社から出版された『我是猫』は于雷の訳本を底本としている。梅園縮編『我是猫』の底本は劉振瀛の訳本である。[25] このダイジェスト訳本はまたウイグル語訳本（卡德爾・熱合曼訳）の底本となったのである。劉振瀛訳の一部が語文出版社S版小学五年生教科書

に取り入れられている。(26)

その二つは、訳本の形態が多彩多様なことである。全訳もあれば、抄訳やダイジェスト訳もあり、また挿絵本もある。人民文学出版社は二〇〇五年尤炳圻、胡雪訳『我是猫』の挿絵本を出したのであり、作家出版社は二〇一六年にまた新しい『我是猫　絵図本』を出している。

その三つは商業主義が目立つ傾向である。九〇年代後半から二〇〇〇年にかけて中国の出版業界は、世界著作権公約組織入りに備えて大きな再編期を迎え、出版社の利潤追求が露骨に前面に出てきた。その戦略の一つは、著作権保護期間切れの世界名著の出版、またこのような名著シリーズの出版である。旧訳の再版でも新訳でも、その半分以上は何かのシリーズとして出版されたのである。『吾輩は猫である』が「世界名著」としてどの文学史でも取り上げられたことは、いいセールスポイントとなっている。尤炳圻・胡雪訳が二〇一四年に上海文芸出版社に変わった大きな理由は、世界で名を馳せるブランド「企鵞経典叢書」に収録されたからである。これは外国資本参入の企画であった。于雷訳も再版を重ねるたびに、「世界文学名著」「世界文学名著百部」「経典訳林」などと新しいシリーズに名前を変えてきた。劉振瀛訳の再版もほぼ同じ状態であるが、一番驚いたのは、二〇一七年に同じ上海訳文出版社から二つの劉訳版が刊行されたことである。訳文の中身は同じでも、シリーズが「名著訳文精選版」と「夏目漱石作品系列」に分けられているため、それぞれ出版されたのである。二〇一六年と二〇一七年に特に漱石の作品が多く出版されたのは、夏目漱石逝去百周年と生誕百周年という宣伝材料の多さとも関わってくるのだろう。

新訳も同じく「中外文学名著」「世界文学名著百部」「世界文学名著典蔵」「世界経典文学名著」などのシリーズの一作として出版されたことが多い。商業主義に利用された出版も少なくないため、訳文の質の差が大きい。例えば、羅明輝の訳（二〇〇一年初版、二〇〇三年再版）は再版されるほどよく売れた訳本であるが、その冒頭の訳文は次の通りである。

我是猫。名字呢，还没有。

哪里出生？根本闹不清。只记得一有什么事，便要跑到一个昏暗潮湿的地方，咪呜咪呜地哭上一阵。在那里，平生头一遭见到了所谓的人。而且后来才听说，这所谓的人乃一介书生，是人类中之最穷凶极恶者。据说，这个书生有时会逮住我们，然后煮来吃。(27)

「只记得一有什么事，便要跑到一个昏暗潮湿的地方，咪呜咪呜地哭上一阵」は「何かあると暗薄いじめじめした所へ駆けて行ってニャーニャー泣いていたことだけは記憶している」という意味になった誤訳である。また「此書生といふのは」という表現が不特定の書生を指す一般論であるのに対して、「这个书生」と訳されたのは、ある特定の「書生」を指すという意味になった。冒頭だけでもこれほどの間違いがあった。すでにいくつかの訳本があったにもかかわらず、翻訳の際まったく参考にしなかったのは残念であった。

また盗訳まがいのものも出回っている。二〇〇五年に延辺教育出版社から「経典課内外読物」として出版された『我是猫』は訳者が明記されていないが、版権所有は「北京燁子工作室」とされている。この訳本は、二〇〇二年に電子出版物デジタルセンターから「世界少年文学名著精選」の新華電子ブックとして出された『我是猫』の訳文と全く同じものである。この新華電子ブックもまた同じく訳者なしであるが、奇華改写『我是猫』を書き直されたものであることは比較すれば明らかである。

さらに、悪徳商法に利用された場合もある。遠方出版社は二〇〇一年に「世界禁書百部」と「世界文学名著百部」の二つのシリーズを同時に出したが、不思議なことに、この全く異なったシリーズの中に王学兵訳の同じ『我是猫』が収録されたのである。『吾輩は猫である』は日本ではもちろんのこと、中国でも「禁書」となったことはない。にもかかわらず、わざわざ「禁書」と宣伝したのは、読者の猟奇的心理を狙った、明らかな悪徳商法だと言うべきであろう。訳文も間違いだらけである。

語文課内外の「猫」

二〇〇〇年以降、『我是猫』受容のもう一つの特色として、青少年向けのダイジェスト訳本の出版と教科書に取り入れられたことが挙げられる。

中国の教育界では、それまでの受験教育に対する反省から、一九九〇年代後半から素質教育が提唱されるようになってきた。二〇〇三年、教育部は「全日制義務教育語文課程標準」、「普通高等学校語文課程標準」（以下「新課標」と略称）を制定した。「新課標」の目標の一つとして、学生たちの課外読書量を増やし、経典名著、優秀な詩文を理解し、鑑賞する力を養成すべきだとしている。そのため、教育部は「新課標」に基づき五二種類の語文課外読書目録を制定し、その中で九年義務教育段階では二〇種類、高等学校段階では三二種類を指定した。教育部によって指定された課外読物である以上、シェアも極めて大きいので、それをねらって、多くの出版社は競って指定課外読物の出版に力を入れるようになったのである。

『我是猫』はこの指定課外読物の目録に入っていないが、その後の目録拡大版に入れられたのである。中国少年児童出版社は、二〇〇〇年「青少年文学修養速読本：中外文学作品鑑賞」と「世界文学名著少年文庫」という二種類のシリーズ、二〇〇三年「私と中外文学名著との対話叢書」を企画した。「私と中外文学名著との対話叢書」は「前書き」に次のような趣旨を掲げている。

読書が本当に楽しいことになるためには、自分の好きな本を選んで読むことが大切である。教育部指定の中学生課外必読書は、言うまでもなく読むべき本である。ただし指定範囲は広くないし、内容の重いものが多い。そのために、我々は「私と中外文学名著との対話叢書」では、教育部指定の30種類の必読書の外にさらに二〇冊を増やして五〇冊にした。今後さらに一〇〇冊まで拡充する予定である。このようにして、青少年たちに好きな本を選択する機会を多く提供していく。[28]

教育部指定の三〇種類の必読書はほとんど欧米と中国の作品である。唯一の例外としてアジア初のノーベル受賞者、インドのタゴールの作品が入っている。この目録拡大版には『我是猫』が取り入れられた。これも欧米以外の二つ目の作品であった。目録の欧米中心主義の問題はさておいて、『我是猫』がこの目録に入った主な理由として、この作品はすでに中国の外国文学史に必ず出てくると言っていいほどの「世界名著」になっているということが挙げられよう。

この叢書は小学生と中学生向けの書物なので、学生の理解力と読書に割ける時間を考慮に入れて、原作を要約したのである。

小説は短いものがあれば、長いものもある。子供たちは長いものを読了する忍耐力と時間はなかろう。しかし、その中で読んでおいたほうがいい作品がある。そこで子供たちに梗概でも知ってもらうために、我々はこのような小説を書き換えたのである。子供たちは興味が湧いてきたら、その作品の全訳を読むだろう。我々はこのような方法で「世界文学名著少年文庫」を編集して、子供たちに限られた時間で、外国の著名な小説を通して視野を広げて栄養を吸収してほしいと願っている。[29]

奇華改写と梅園縮編の『我是猫』は、具体的な書き直し方が異なるが、第一章を取り上げてみると、共通して省略された部分が二ヶ所ある。その一つは、人類に対する次のような強烈な罵倒の段落である。

吾輩の尊敬する筋向の白君抔は逢ふ度毎に人間程不人情なものはないと言つて居らるゝ。白君は先日玉の様な猫子を四疋産まれたのである。所がそこの家の書生が三日目にそいつを裏の池へ持て行つて四疋ながら棄てゝ來たさうだ。白君は涙を流して其一部始終を話した上、どうしても我等猫族が親子の愛を完くして美しい家族的生活をするには人間と戰つて之を剿滅せねばならぬといはれた。一々尤の議論と思ふ。[30]

その二つは、芸者である友達の妻君に関する苦沙弥の日記の段落である。省略されたこの二つの段落を見ると、人類に対する不信感を与えない、芸者の話を避けたいという、青少年の精神的成長期への配慮がうかがわれる。しかし、このような省略によってまた人間性の弱さと悪さへの省察が抜けてしまうことにもなった。と同時に、この二つの訳本は「内容概括」と「『我是猫』鑑賞」において、ともに批判の矛先を資本主義社会制度に向けたのである。

小学校教科書で取り上げられたのは、猫がお餅を盗んで食べた部分である。指導要領では、この部分のテーマについて、「作者はユーモアと辛らつな筆致で、擬人化の手法を用いて、猫がお餅を盗み食べたことと、三つの真理を発見した過程を生き生きと描いている。それは、当時の社会の人情の冷たさや、社会に対する不満と怒り、および弱者に対する同情を表している」とまとめられている。[31]こうした理解は、ほぼ外国文学史の作品解釈の延長線にあるものだと思われる。九〇年代末から始まった教育改革では、学生たちの素質を養成しようとして課外読物の拡大をはかり、さらに教科書の中に外国の作品をなるべく多彩に取り入れるようになってきた。しかし課外読物にも教科書にも入った『我是猫』は、決して自由な読みではなく、あるパターンの理解に縛られたような形になっているのであった。

翻訳不可能への挑戦と意味の生産

著作権保護期間切れの名作ということから、各出版社は自社の訳本を獲得するために、二〇〇〇年以降『吾輩は猫である』に限らず、『坊っちゃん』や『こゝろ』などの重訳も多く出版してきた。それにしても、『坊っちゃん』や『こゝろ』の一四、一五種類の訳本と比べてみても、『吾輩は猫である』が二二種類にものぼり、その倍になっている。その理由として、「世界名著」の名声のほかに、表現の難しさも考えられる。

この問題について、一番早く気付いたのは、周作人であった。

『我是猫』という作品名は、漢文から見ればこのような訳し方しかない。英文も**I am Cat**と訳すから、これは間違いとは言えない。しかし、原文と比較すると、どこか精彩が欠けているようである。原作名は「吾輩は猫である」だ。第一、吾輩は「ワガハイ」と読む。本来は「我々」という意で、漢字の原意と同じである。しかし単数代名詞として使う場合、「我」より少し尊大な口調を帯びてくるが、中国語ではこうした使い方はない。また、「デアル」は文法上「ダ」の敬語で、文体上特別な意味がある。明治時代、新しい文学が発達してくるのにともなって口語文が成立したのである。当時「ダ」式、「デス」式、「デアリマス」式、「デアル」式などの種類があって、いろいろと試みられた結果二つだけ残った。二葉亭の「ダ」式と紅葉山人の「デアル」式である。この両者の違いは、文章の調子の粗野と繊細にあるが、作者はそれぞれの癖があるし、読者もそれぞれの好みがある。夏目の猫は「オレハ猫ジャ」というと、車屋の黒に近い。「ワタシハ猫デゴザリマス」というと、また二弦琴師の三毛に近い。しかし、わざと「吾輩ハ猫デアル」というのだから、この一文から教師苦沙弥家の猫公の表情をよく表している。まことに言い得て妙である。しかし、ほかの国の言語、英文でも漢文でもこのような微妙な口調を表すことが出来なかろう。(32)

周作人はここで「ワガハイ」の意味合いと「デアル」の文法特徴から「吾輩は猫である」というセンテンスを他の言語に翻訳することの難しさ、というよりも不可能性を説いている。確かにこの作品は、前述したように言葉の多義性と重層性を効果的に使われているため、特に翻訳が難しい。たとえ名訳と褒め称えられた三つの訳本でも、誤訳を避けられなかった。(33)

実際に、『吾輩は猫である』が漢訳された最初から、その翻訳をめぐって論争が絶えなかった。一九四〇年代に真夫と東胡の間で交わされた論争から、一九九〇年代劉徳有と冷鉄錚の間の応酬まで、単なる字面が正しいかどうかの翻訳ではなく、字面の裏に隠された日本文化、時代の風習をいかに伝えられるかも議論されたのである。

二〇〇〇年に入ってから、三つの名訳を含めた『我是猫』の翻訳に関する研究論文もまた何本か出ている。例えば、ある論文は尤炳圻・胡雪訳を取り上げて、「坊主」は「禿子」、「小禿子」と翻訳したり、「和尚」、「小和尚」と翻訳したりする。文中から見れば「和尚」の訳は正しいが、軽蔑のニュアンスが出ていない」と分析している。指摘された問題はもっともであるが、その代わりに提案された「緇流」、「緇徒」の訳はまた分かりにくい言葉である。(34) せっかくの研究論文でもこの問題の解決に至ったとは言えない。したがって、重訳が多く出てきたのもやむを得ない一面があるだろう。

しかし確かに言えるのは、このようにして多くの訳本が出てきたおかげで、より多くの人が読むチャンスを得ることになったのである。そしてより自由な読みも可能になったのである。そこで、研究者ではなく一般読者たちは実際にどのように読んだのか、という問題について、アマゾンのレビューと「豆弁ネット」のレビューをいくつか拾って見てみよう。

「夏目漱石先生の「吾輩」は一番好きな作品で、小さいころダイジェスト訳を読んだことがあるが、物足りなかった。今度完訳を読んでさらにこの子猫が好きになった。(35)」

「この物語は視点が斬新で、ストーリーも生き生きしている。笑いの中で自己を反省し、絶えず考えさせられる本である(36)」

「夏休みに息子と一緒に読んだ。大変面白い本!(37)」

「ユーモア。吾輩は猫である。人類の無聊と虚しさを見つめている。(38)」

「とてもよかった。この作品は、基調が悲観的でむなしいが、知識人の憎しみ、卑しみ、かわいらしさを実にリアルに細かく描いてみせたのである。現在ほかの国で生活している私にとっても、少しも時代遅れを感じない。読みながら、近年出会ってきた様々な先生や、自分、さらに父親のことを考えた。我々自身の憎しみ、卑しみ、かわいらしさを考えた。(39)」

「社会の底辺にいる文人たちの閑散無聊の生活は親近感を覚えさせくれた。彼らは、超然と自称しながらも、欲念があり凡俗心があり、日常の談笑の中で競争心もあるため、罵倒された俗物と同じものであった。(40)」

以上のレビューから二つのことが読み取れる。一つは、修養としての読書活動の中で『我是猫』が読まれているということである。小さい頃に青少年版を読んだ経験や、夏休み息子と一緒に読んだ——別の言い方をすれば、「親の指導で息子が読んだ」——ことなどから、修養としての読書活動が見られる。その読書対象として『我是猫』を選択したのは、言うまでもなく外国文学史ではすでに「世界名著」としての定評があり、また指定課外読物目録の拡大版にも入っているからであろう。

二つは、読者自身を含めた人間を笑う作品として受けとめられたことである。二〇〇〇年以降でも、外国文学史では『我是猫』のテーマについてまだ「社会の拝金主義への風刺、軍警探偵などの軍国主義暴力への恨み(41)」とか、「明治社会の暗黒と罪悪を広く暴露し風刺した(42)」というような決まり文句を繰り返している。しかし一般読者には、明治社会という特定の対象への批判よりも、笑いの物語として、自分を反省する物語として、さらに人類を風刺する物語として読まれているように思われる。そしてこのようなところにこそ、この作品の芸術的独自性と思想の普遍性が見いだされようとしている。

結び

書名さえ翻訳不可能とされてきた『吾輩は猫である』は、多くの漢訳が出たとしても、おそらくまだ原作の中身の重層性を十分に伝えられていないが、二八種類にものぼる訳本は、またその伝えようとした絶え間ない努力の証だといえよう。

漢訳『我是猫』は様々な意味づけや文脈の中で読まれてきた。無視されたり強引に解釈されたりしたことがある。一九八〇年代、外国文学史の教科書において梗概紹介という形と資本主義批判というイデオロギー的な評価によって、『我是猫』は「世界名著」として経典化された一方、訳本が出版されないという奇妙な現象があった。一九九〇年代から于雷と劉振瀛の新訳、尤炳圻・胡雪の旧訳再版が出るとともに、新しい解釈も現れてきた。この新しい解釈とは、何かの思想で作品を裁断するのではなく、一つ一つの言葉の翻訳の吟味から出発して、単一的なイデオロギー的な評価から脱出しようとしたのである。二〇〇〇年以降の訳本の相次ぐ出版は、教育改革と商業主義によるものであったが、その結果として、『我是猫』は普及し、外国文学史のワンパターン的な解釈にとらわれない多彩な読み方が可能になったのである。外国文学史の解釈は、『我是猫』の批判と風刺をもっぱら日本の資本主義社会に向けたものだとしていたのである。しかし、一般読者はこれらの批判や風刺を自分の問題としても受け止め、そこからより思想の普遍性を見いだそうとしたのである。

このようにして、読者たちは外国文学史の教科書のような、本文抜きの梗概紹介と抽象的な批判文句を乗り越えて、実際に作品の言葉に触れることによって、「世界名著」として規定されたイデオロギーや商業主義に翻弄された壁を突き破ったのである。

注

（1）一九二一年から一九二九年の八年間、単行本として『近代文学十講上下』（羅迪先訳）、『恋愛論（選訳）』（任白濤訳）、『文芸思潮論』（樊予訳）、『苦悶の象徴』（魯迅訳）、『苦悶の象徴』（豊子愷訳）、『近代の恋愛観』（夏丏尊訳）等一〇種類が出ている。その中で特に魯迅訳『苦悶の象徴』は一九三五年までに一二版を重ねている。一九四九年以降、『苦悶の象徴』は台湾では徐云濤訳（台北：経緯出版社、一九五七年）、慕容菡訳

（台北：常春樹書房、一九七三年）、德華出版社訳（台北：德華出版社、一九七五年）、林文瑞訳（台北：志文出版社、一九七九年）、王若林訳（台北：金楓出版社、一九九〇年）が出ている。大陸では魯迅訳は、一九五七年人民文学出版社、一九八八年人民文学出版社、二〇〇八年江蘇文芸出版社、二〇〇八年福建教育出版社、二〇一三年中国文聯出版社、二〇一四年中央編訳出版社から刊行されている。

（2）程伯軒・羅茜訳『我是猫』（東京：笹川書店、一九三六年）二―二五頁。

（3）何英訳『我是猫』（『日本評論』一九四〇年第一巻一〇期）一―三七頁。

（4）真夫「談尤譯〝我是猫〟――自三一・十一・五・連載於天津庸報」（『中国文藝』一九四二年第七巻第四期）二二―二五頁と「再談尤譯我是猫」（『中国文藝』一九四三年八巻一期）四九―五六頁、東明「関於〝談尤譯〝我是猫〟〟」（『華文毎日』一九四三年一〇巻三期）一二―一四頁。

（5）周作人「日本近三十年小説之発達」（『新青年』一九一八年第五巻第一期）三二―四七頁。

（6）小林二男「中国における日本文学受容の一形態――周作人の「日本近三十年小説之発達」と相馬御風の「明治文学講話」「現代日本文学講話」をめぐって」（渡辺新一代表二〇〇二―二〇〇四年度科学研究費補助金研究成果報告書『中国に入った日本文学の翻訳のあり方――夏目漱石から村上春樹まで』二〇〇五年）において《日本近三十年小説之発達》が相馬御風「明治文学講話」（佐藤義亮編『新文学百科精講』新潮社、一九一七年）を粉本として書かれたものだと論証した。

（7）王志松「周作人的文学史観与夏目漱石文藝理論」（『中国現代文学研究叢刊』二〇一六年七期）。

（8）劉振瀛「前記」（『夏目漱石選集第一巻』北京：人民出版社、一九五八年）一―一〇頁。

（9）王長新『日本文学史』（北京：外語教学与研究出版社、一九八二年）一九二―一九三頁。

（10）二十四所高等院校編『外国文学史（三）』（長春：吉林人民出版社、一九八四年）四九六―四九七頁。

（11）二十四所高等院校編『外国文学史（三）』（長春：吉林人民出版社、一九八四年）五二四―五二五頁。

（12）陳德文訳『従此以後』（『それから』長沙：湖南人民出版社、一九八二年）、董学昌訳『心』（長沙：湖南人民出版社、一九八二年）、陈德文訳『門』（長沙：湖南人民出版社、一九八三年）、周大勇訳『心』（上海：上海訳文出版社、一九八三年）、呉樹文訳『三四郎』（上海：上海訳文出版社、一九八三年）、周炎輝訳『心』（桂林：漓江出版社、一九八三年）、呉樹文訳『後来的事』（上海：上海訳文出版社、一九八四年）、陳德文訳『夏目漱石小説選 上』（『三四郎』『それから』『門』を収録、長沙：湖南人民出版社、一九八四年）、張立正等訳『夏目漱石小説選 下』（『彼岸過迄』『行人』『こゝろ』を収録、長沙：湖南人民出版社、一九八五年）、呉樹文訳『門』（上海：上海訳文出版社、一九八五年）、柯毅文訳『路陈草』（上海：上海訳文出版社、一九八五年）、林懐秋・劉介人訳『明与暗』（福州：海峡文藝出版社、一九八五年）、陳德文訳『哥児・草枕』（福州：海峡文藝出版社、一九八六年）、于雷訳『明暗』（上海：上海訳文出版社、一九八七年）、呉樹文訳『哥児』（上海：上海訳文出版社、一九八七年）、呉樹文訳『爱情三部曲』（『三四郎』『それから』『門』を収録、上海：上海訳文出版社、一九八八年）、胡毓文訳『哥児』（北京：人民文学出版社、一九八九年）。

（13）劉振瀛「序言」（呉樹文訳『後来的事』上海：上海訳文出

版社、一九八四年）二―五頁。

（14） 二十四所高等院校編『外国文学史（三）』（長春：吉林人民出版社、一九八四年）五二六頁。

（15） 于雷「译者前言」（『我是猫』南京：訳林出版社、一九九三年）一頁。

（16） 劉徳有「「吾輩は猫である」与「我是猫」」（『日語学習与研究』一九九〇年二期）二三頁。

（17） 劉徳有「「吾輩は猫である」与「我是猫」」（『日語学習与研究』一九九〇年二期）二四頁。

（18） 冷鉄錚「「吾輩は猫である」的汉译问题」（『日語学習与研究』一九九〇年六期）二二頁。

（19） 于雷訳『我是猫』（南京：訳林出版社、一九九三年）一頁。

（20） 于雷「訳者前言」（『我是猫』南京：訳林出版社、一九九三年）七頁。

（21） 劉振瀛訳『我是猫』（上海：上海訳文出版社、一九九四年）一頁。

（22） 劉振瀛「序」（『我是猫』上海：上海訳文出版社、一九九四年）一―二頁。

（23） 胡雪「夏目漱石的生平、時代及其諷刺作品〈我是猫〉」（『外国文学研究』、一九七八年）一期。

（24） 竺家栄訳は二つの出版社から出ていて、ほぼ同じものであるが、部分的な改変が見られる。

（25） センテンスの構造や言葉遣いなどの面で比較すれば、劉訳からの書き直しが判定できる。

（26） 語文出版社教材研究中心、十二省小語教材編写委員会『語文五年級 上』（北京：語文出版社、二〇〇七年）一四一―一四五頁。

（27） 羅明輝訳『我是猫』（広州：南方出版社、二〇〇一年）一頁。

（28） 車莉編著『我是猫：詮釋与解読』（北京：中国少年児童出版社、二〇〇三年）二頁。

（29） 胡雪・由其訳、奇華改写『我是猫』（北京：中国少年児童出版社、二〇〇〇年）一頁。

（30） 夏目漱石『漱石全集第一巻』（東京：岩波書店、一九六五年）九―一〇頁。

（31） 百度文庫教学資源。https://wenku.baidu.com/view/a5c8195f700abb68a882fb6b.html

（32） 知堂「日文丛谈：二、我是猫」（『日文与日语』一九三五第二巻六期）四二八頁。

（33） 閻茁「《我是猫》汉译本词语误译――以人民文学出版社《名著名译插图本》为例」（『日語学習与研究』二〇一三年六期）一一八頁。

（34） 閻茁「《我是猫》汉译本词语误译――以人民文学出版社《名著名译插图本》为例」（『日語学習与研究』、二〇一三年六期）一一九頁。

（35） 「亚马逊」（行芸流水、二〇一〇年一二月一三日）。

（36） 「亚马逊」（秋实1220、二〇一五年二月一二日）。

（37） 「亚马逊」（心安处、二〇一三年九月五日）。

（38） 「亚马逊」（Kindle、二〇一二年一一月一四日）。

（39） 「豆瓣网」（醉醒石、二〇一〇年一二月五日）。

（40） 「豆瓣网」（kilo、二〇一五年一二月二一日）。

（41） 陳建華主編『挿絵本外国文学史』（北京：高等教育出版社、二〇〇二年）二五五頁。

（42） 鄭克魯主編『面向二一世紀課程教材 外国文学史（下冊修訂版）』（北京：高等教育出版社、二〇〇六年）三二二頁。

子規と漱石――俳句と憑依

キース・ヴィンセント（北丸雄二訳、友常勉要約）

キース・ヴィンセント――ボストン大学教員。専門は日本近代文学。主な著書に『ゲイ・スタディーズ』、*Two-Timing Modernity: Homosocial Narrative in Modern Japanese Fiction* などがある。

近代日本文学の神話としての子規と漱石の友情は、「クィア」の視点から理解することが有効である。漱石と子規は強い相互依存関係をとおしてそれぞれの文学を構想したし、漱石は子規の死後も子規の亡霊との対話を続けた。それは俳句の文学作品化という作業でもあった。

クィア批評からのアプローチ

まず、一九〇一年一一月、夏目漱石がロンドンに滞在してすでに一年以上が経っていたときに受け取った、親友の正岡子規からの手紙を引用する。

僕ハモーダメニナッテシマッタ、毎日訳モナク号泣シテ居ルヨウナ次第ダ、ソレダカラ新聞雑誌ヘモ少シモ書カヌ。手ハ一切廃止。ソレダカラ後無沙汰シテスマヌ。今夜ハフト思イツイテ特別ニ手紙ヲカク。イツカヨコシテクレタ君ノ手紙ハ非常ニ面白カッタ。近来僕ヲ喜バセタ者随一ダ。僕ガ昔カラ西洋ヲ見タガッテ居タノハ君モ知ッテルダロー。ソレガ病人ニナッテシマッタノダカラ残念デタマラナイノダガ、君ノ手紙ヲ見テ西洋ヘ往ッタヨウナ気ニナッテ愉快デタマラヌ。モシ書ケルナラ僕ノ目ノ明イテル内ニ今一便ヨコシテクレヌカ（無理ナ注文ダガ）(1)

その後、後悔することになるが、漱石は「時間がないとか勉強せねばならぬなどと生意気なことばかり申し」子規にその「今一便」の手紙を書かない。(2) そして、漱石からの手紙をついに受け取ることなく、子規は一九〇二年九月一九日に亡くなる。漱石はスコットランドを旅していて、子規の死を知ったのは一二月一日にロンドンに戻ってからのことであるのだが高浜虚子への手紙で、漱石は自らの親友への深い罪悪感を吐露する。

　何か書き送り度とは存じ候ひしかど、ご存知の通りの無精ものにて、その上時間がないとか勉強せねばならぬ抔と生意気なことばかり申して、ついついご無沙汰をして居る中に故人は白玉楼中の人と化し去り候様の次第、誠に……亡友に対しても慚愧の至に候。(3)

『吾輩は猫である』の第二巻の序文で、漱石はこの巻を自分の亡き友へ捧げると述べている。子規が最も漱石を必要としていた時にその思いを無下にしたことへの埋め合わせとして、子規が手紙をほしがっていた時に自分はそれを書かなかったという話を繰り返して、漱石はこう記す。

　余は子規に対して此気の毒を晴らさないうちに、とうとう彼を殺して仕舞つた。(4)

子規を殺したのは結核菌である。しかし漱石はその自分の無為を殺人という行為に転じることで、亡き友に対する彼の強い愛情と罪悪間を混ぜた複雑な気持ちを漏らしている。

　本論では、子規に対する漱石の愛情について、そして同時に愛情とは相反するアンビヴァレントな思いについての二つに焦点を当てたいと思う。さらに彼ら二人の関係性から日本における男同士のホモソーシャルな関係の歴史、そして近代日本文学の歴史を論じてみたいと思う。

　子規は三四歳の若さで結核で亡くなるまでにすでに有名であった。一方の漱石は子規の死後にやっと小説家としてデビューする。漱石の偉大さは子規との友情で得られた知的刺激に大いに関係していた。例えば、子規が一八九二年に『七草集』という、漢文、漢詩、和歌、俳句、謡曲、論文文体、擬古文体という七つの異なるスタイルを駆使した文集を書いたが、これが漱石に大変な影響を与え、それについて漢文で自分の感想を書く。その文章で、初めて「漱石」という号を使う。そして、その同じ一八九二年の夏に、『七草集』に対する返答として、漱石は漢文による紀行文、『木屑録』を書く。小宮豊隆はそれについて、次のように書いている。

　『七草集』における子規の漢文は、漱石の中の漢文を呼び出し、『七草集』における子規の漢詩は漱石の中の漢詩を呼び出したにほかならない。(5)

　明治初期の日本では漢文は男性の書き言葉として第一に使われていたが、ここでは子規が、漱石の書き物の「産婆」だったようである。文学を媒介にした親密さを持ったこの二人の男は、また個人的にも非常に親しかった。漱石の『吾輩は猫である』はフィクションではあるが、彼ら二人がいかに親密だったかを感じ取ることができる。この小説の中で、漱石は自分の分身である苦沙味先生と子規との関係についてユーモア交じりにこう書いている。

> 「先生、子規さんとは御つき合でしたか」と正直な東風君は真率な質問をかける。
> 「なにつき合わなくっても始終無線電信で肝胆相照らしていたもんだ」と無茶苦茶を云うので、東風先生あきれて黙ってしまった。(6)

「無線電信」でのコミュニケーションは長距離の付き合いを示唆している。遠距離でも、彼ら二人は互いの体の、そして魂の、最も深いところでも接し合っていた、というのだ。「肝胆相照らす」という熟語は、文字どおり、互いに腹を開いて中を覗きあっていたという意味である。二人の作家のこのレベルの親密さを漱石の弟子は自慢に思っていたようである。子規と漱石が同時期に一緒に自分たちのそれぞれのペンネームを決めたという事実を指摘する、次のような小宮豊隆の一節にそれが窺い知れる。

> この時漱石は、初めて自分の雅号として漱石なる語を用ひる。しかも子規が、子規といふ雅号を用ひ始めたのも、明治二十二年の五月九日に喀血して以来のことであつた。親しかった二人が、同じ年の同じ月に、しかも僅かに半月を隔てて、一生の雅号を名乗り始めたといふ事は、勿論偶然であるには相違ないが、何か不思議な因縁であるといふ気がする。(7)

子規と漱石の間にあるこの「不思議な因縁」というものをどう理解すればいいのか。二人の友情を、普通言われているようなホモソーシャルな文脈で考えるのではなく、むしろ私は、クイアの視点から眺めることの可能性を考えてみたい。

俳句という場

このアプローチには二つの意味がある。まず、その親密さの共有加減が尋常ではないことである。さらにこの二人の遺した文学的遺産が、単に子規から漱石に「バトンを渡した」といった程度のものでは理解しきれないということである。漱石が偉大な小説家になるまでの道のりは単に子規から学んだものの上に築かれたのではない。大いなるものを子規から学び取った一方で、彼の死をめぐる自分の罪の意識から漱石はなかなか踏み出ることはなかった。しかし、最大の友人の死を乗り越えることができなかったことこそが、彼が偉大な小説家になるための一生涯にわたる大きな原動力であり、そして、主要テーマの源にもなったのだと指摘したい。漱石の読者なら誰しも、漱石の小説の核心にメランコリア、鬱々たる何かがあることに気づくだろう。彼の作品の多くは解決されない心理的葛藤、過去のトラウマが語られる。それらはまた日本の近代性そのものの不完全な、あるいは未解決な本質を反映したものだといえる。これを佐藤泉は、漱石の「片付かない近代」と名付けている。[8] 明らかな例を一つだけ挙げよう。漱石の最も有名な小説『こゝろ』について、その死んでしまった友人はただ「K」というローマ字で知られるだけだが、この謎の文字「K」を、「漱石」と「子規」というペンネームに共通する「K」という子音から採ったのではないかという想像はそう難しくない。[9] ここで私が示しているのは、簡単に言えば漱石の小説は子規の影に「取り憑かれ」ていたということである。これは『こゝろ』で見られる小説の主題としてもそうであり、ジャンルにおいてもそうである。漱石は最終的に小説家になるが、しかしより若い頃に練習した他のジャンルを完全に捨て去ることはなかった。最初にまずは漢文と漢詩、次に俳句であるが、それらは常に子規によってインスパイアされ、ガイドされていた。

一八九五年から一八九九年の間に漱石は、一四〇〇の俳句を記した三五通の手紙を子規に送っている。子規はそれらに評を書き添えて返信していた。二人のこのような句作を通した親密性について小森陽一は次のように指摘する。

二人を繋いでいたのが句作とその添消という言語的営みだったのである。漱石の俳句の生産量が最も大方のが、子規と離れていながら、子規と言葉による交通をしようとしていたときなのである。俳句は漱石と子規を繋いだ言葉の絆だった。[10]

子規と漱石はこのように主に手紙を通して俳句の交換をしたのだが、東京にいる子規とその弟子たちは定期的に彼を取り囲むように句会を開き、互いの句作を読んだり批評したりしていた。小森は最近の本で、その句作と添削による関係における「民主的な時間と空間」を評価し、漱石による「病床の子規に対する介護の実践」としての要素も指摘する。[11] 本論では、それに加えて、二人の共有した「時間と空間」がいかにホモソーシャルなものであったかにも注目したい。俳句は明治期には事実上男性たちに独占されていた文学形式であった。子規はほとんど男女間の愛情を歌うような俳句を作っていないことで有名である。しかし、男同士の友情というのは俳句世界の付き合いという意味においても、また俳句自体のテーマとしても、二重の意味で重要な場所を占めていた。特に美しい一例をあげれば、子規から漱石に向けての句で、一八九五年、二人が一緒に松山で過ごした数週間の後に子規が東京に出発する際に詠んだものである。

行く我にとゞまる汝に秋二つ

作句におけるこのようなホモソーシャルな設定は、師弟関係ではなく、ともに文学に献身することで共有された男同士の横並びのコミュニティの上に築かれている、という意味において明治期に特徴的なものである。そして、子規の弟子たちは同性愛に近い男同士の親密さで結ばれていた。特に彼の親しい弟子の一人である河東碧梧桐は、『子規の回想』のなかで、明治二九年のある日の写真撮影のために、子規を負ぶって縁側から、ほんの一〇歩を歩いた時の「説明しがたい妙な感触」をこのように描いている。

頬のあたりに感じた子規の息吹きと肉体のほの暖か味の骨から髄へ滲みこむ、言い知れぬ感触を忘れることはできなかった。妙ないいようであるかもしれないが、師であり、兄であり、友であった子規は、同時にまた我々の同性愛的恋人でもあった。恋人の肉体に初めて触れる、そんな気持ちからの喜びも包まれていたのであろうと思ったりした。(12)

明治二九年に「同性愛」という言葉は日本語になっていなかった。新しい言葉をあえて使うならば、これは子規のサークルのクィアさ、「妙な」感触をよく表現している。子規の死の後に、句誌『ホトトギス』を継承した高浜虚子は女性に句作を奨励して女流俳句のコラムを雑誌の中に作る。現在に至るまで、俳句は女性の間で人気を博す一方、男性俳人たちの数は女性俳人のそれに遥かに及ばない。しかし子規と漱石の時代、俳句はまさに男の世界のものだった。

小説家としての成功が進むにつれて、漱石が結果的に去ることになるのはそうした男同士のホモソーシャルな世界であった。小説とは、水村美苗が言うように、男女の世界を描くもので、女性も男性も読者に持つジャンルである。(13)しかし、子規への「裏切り」をめぐって消えない自分の罪の意識と同じように、ホモソーシャルな俳句世界へのノスタルジアもまた、生涯にわたって漱石と共にあった。それは、ジャンルに関して同じようなことが言えるのではないか。つまり漱石の小説は、子規と一緒に作っていた俳句によって取り憑かれていたと。

俳句と小説

例えば漱石の一九〇八年の小説『三四郎』である。子規の俳句がそこにいかに取り憑いているか。「取り憑き」の事例は俳句と小説という二つのジャンルの関係についての重要な物語を語るだけでなく、同時にジェンダーとジャンル、喪失と悲嘆、そして成熟と近代性に関する示唆に富む多くのことを語ってくれる。漱石の小説全部がそうだが、『三四郎』は何度も何度も読み直しの可能な小説である。最初読んだ時には見逃してしまいがちなイメージや連想が散乱している。最初は全くの平々凡々たる物語のように見えたテキストが、深遠な意味を持って振動し始める。

数年前に行われた漱石に関するシンポジウムで、小説家の多和田葉子はその点を見事に説明していた。多和田はいう。漱石の場合、水は重要な場面によく顔を出すが、それは水がテキストの中に流れ込んできているという印象を持つ。しかも水の近くには必ず石が落ちている。たとえば、『こゝろ』では、海という大きな水の近くで始まる。冒頭の主役は、「海」だと言ってもいいしれない。官能的な海は、男たちを裸にし、自らの内部に引き込む。ところが、次の場面は墓地で、墓石という死者の不在を補う石が登場する。『こゝろ』の冒頭がトーマス・マンの「ベニスに死す」を思い出させるのは、官能的な海を味わう男性たちにやがて訪れる死が予告される瞬間である。そしてこの墓石という特殊な「石」は、小説の初めから終わりまでそこにあり、どんな愛の物語にも還元されることがない。石は、先生と「わたくし」、先生と奥さんの間に障害物として存在し続ける。最後に先生をのみこんでしまうのも、海ではなく墓石である、と。

そもそも「漱石」とは「石を漱ぐ」と書く。石と水とのコンビネーションがすでにこの名前の中に刻まれている。再び『三四郎』に戻るとしよう。正岡子規の好きな果物が柿であったということはよく知られている。『三四郎』の冒頭部分で、主人公が熊本から上京する途中、汽車の中で年配の広田先生の隣に座ることになる。広田先生はなんとなく漱石自身を思い出させる。二人は一緒に桃を食べ、次のような話になる。

その男がこんなことを言いだした。子規は果物がたいへん好きだった。かついくらでも食える男だった。ある時大きな樽柿を十六食ったことがある。それでなんともなかった。自分などはとても子規のまねはできない。――三四郎は笑って聞いていた。けれども子規の話だけには興味があるような気がした。(14)

子規が大食漢であるということがここで知られる。子規の食欲、そして生存欲の強さは日本文学史の中ではほとんど伝説である。食べては吐いてしまうようになっても、食べると尋常ではない苦しみが訪れるようになっても、子規はその死の間際まで食欲が衰えなかったことで有名である。広田先生が「自分などはとても子規のまねはできない」と言うとき、私には、漱石の、友人に対する生き残り者の罪悪感のようなものを聞くような気がする。『三四郎』の中で子規がその名前で登場するのはここだけである。しかし「柿」に関しては、十章の最初にもある。広田先生と東京で親しくなっていた三四郎は、先生が病気と聞いて見舞いに行く。

広田先生が病気だというから、三四郎が見舞いに来た……のそのそ上がり込んで茶の間へ来ると、座敷で話し声がする。三四郎はしばらくたたずんでいた。手にかなり大きな風呂敷包みをさげている。(15)

しかも中には樽柿が入っている。風呂敷にいっぱいの柿を持って訪れた三四郎はすぐに先生が誰か他の客と柔道の組打ちをしていることに気づく。そのあと三人は柿に食らいつく。

三四郎は風呂敷包みを解いて、中にあるものを、二人の間に広げた。
「柿を買って来ました」(16)

このシーンは子規の一八九九年の俳句を思い起こさせる。子規は柿を詠んだ一六三の俳句を作っている。

風呂敷を解けば柿のころげけり

これは三四郎の散文によるシーンとほとんど同じ言葉である。「風呂敷」はもちろんだが、それだけではなく、漱石の使った「解く」も同じである。「ころげる」という動詞は柿の多さを表すが、同時にたった今終わったばかりの柔道の組打ちも暗示している。漱石の使った「広げる」というのも、言ってみれば「ひろげ」た後の「ころげ」る柿を示唆し、語呂としても「ころげ」とつながっている。この場面の後で広田先生はトーマス・ブラウンの『ハイドリオタフィア（水瓶埋葬）』という本を三四郎に手渡している。一六五八年にイングランドのノーフォークで見つかったローマ時代の骨壷群にインスパイアされた、興味深い本であり、ブラウンは高度に様式化された、凝りに凝った文体で有名である。『ハイドリオタフィア』のほとんどの部分は三四郎の頭を素通りしてしまうが、広田先生の家を出た時にある一節が目に入る。

寂寞の罌粟花を散らすやしきりなり。人の記念に対しては、永劫に価するといなとを問うことなし。(17)

どんなに永遠の名声に値しようがしまいが、すべては忘れ去られる。語り手はなぜこの一節が三四郎の目に飛び込んできたのかの理由を言わない。三四郎は歩きながら読み進み、『ハイドリオタフィア』の最後の節にたどり着く。そこでもまた同じテーマが流れている。

聖徒イノセントの墓地に横たわるは、なおエジプトの砂（の）中にうずまるがごとし。常住の我身を観じ喜べ

ば、六尺の狭きもアドリエーナスの大廟と異なる所あらず。成るがままに成るとのみ覚悟せよ。(18)

ここには豪華な埋葬と簡素な埋葬の二つの例が対比されている。「聖徒イノセントの墓地」は貧しい者たちの埋葬地であり、「エジプトの砂中」というのは偉大なピラミッド群だろう。「アドリエーナスの大廟《たいびょう》」とはローマの貴族のために建てられた意匠を尽くしたお墓であり、「六尺の狭き」とは英語で言う「地下六尺（six-foot）の深さに穴を掘って土葬される」一般人の埋葬法のことである。ここから漱石の亡き友子規への追想を感じ取らない方が難しい。子規は『死後』や『墓』などのエッセーで悲喜劇の様式で自分の遺体をどう処理されたいかを書いているし、「六尺」とはもちろん彼の日記『病牀六尺』の「六尺」をほのめかしている。

いずれにせよ三四郎はもちろんこの関連について気づいていない。ブラウンの一節が入っていることの意味も微かにしかわかっていない。

この一節だけ読むにも道程《みちのり》にすると、三、四町もかかった。しかもはっきりとはしない。

贏ちえたところは物寂びている。奈良の大仏の鐘をついて、そのなごりの響が、東京にいる自分の耳にかすかに届いたと同じことである。(19)

このわずか二ページ前に、三人の男たちが柿に食らいついていて、そしていま奈良の大仏の鐘が三四郎の混乱した頭の中で鳴っている。柿、そして奈良の寺の鐘。ここでも子規の幽霊がいるのを疑う人はいないだろう。子規の全俳句の中で最も有名な俳句、近代俳句のすべての句の中で最も有名な句である。

柿食えば鐘が鳴るなり法隆寺
漱石は子規の俳句を取り入れ、それをこの章で、散文にして、「脱構築」したように見える。そして、「柿を食いだした」男たちの最初の描写からこの鐘の音までの間に、漱石は『ハイドリオタフィア』の中の死の不可避性の言及を挿入した。三四郎自身はわずかなことしか気づいていない。しかし、彼がいつかこのことを振り返り、その意味を理解する日が来るだろうという雰囲気は漂わせている。

三四郎はこの一節のもたらす意味よりも、その意味の上に這いかかる情緒の影をうれしがった。三四郎は切実に生死の問題を考えたことのない男である。考えるには、青春の血が、あまりに暖かすぎる。目の前には眉を焦がすほどな大きな火が燃えている。(20)

ここの場面は『こゝろ』のある部分に似ている。この小説の第一の語り手が、年配のもう一人別の「先生」と一緒に墓地の墓石群のただ中にいる場面。これも多和田葉子が講演で指摘していたことである。「先生」の親友がそこに埋葬されている。そしてその親友の死に、「先生」は大人になってからのすべての人生を通じて喪《も》に服している。しかし若い男の方はそのことにまだ気づいていない。彼は墓石を眺めて、墓に刻まれた名前の幾つかが日本語で書かれた外国人の名前であることを見ている。

先生はこれらの墓標が現わす人種々の様式に対して、私ほどに滑稽もアイロニーも認めてないらしかった。私が丸い墓石だの細長い御影の碑だのを指して、しきりにかれこれいいたがるのを、始めのうちは黙って聞いていたが、しまいに「あなたは死という事実をまだ真面目に考えた事がありませんね」といった。私は黙った。先生もそれぎり何ともいわなくなった。墓地の区切り目に、大きな銀杏が一本空を隠すように立っていた。その下へ来た時、先生は高い梢を見上げて、「もう少しすると、綺麗ですよ。この木がすっかり黄葉して、ここいらの地面は金色の落葉で埋まるようになります」といった。先生は月に一度ずつは必ずこの木の下を通るのであった。(21)

もし子規の「柿」の句が『三四郎』のあの一節の中に「埋ま」っているのだとしたら、この『こゝろ』の一節はそれとは別の、漱石の俳句のノベライゼーションに見えてくる。それは次の句である。

鐘つけば銀杏散るなり建長寺

建長寺は鎌倉のお寺である。漱石がこの俳句を作ったのは一八九五年九月、二人がともに子規の故郷である松山で一緒に暮らしていた時である。漱石のこちらの俳句はあまり知られていない。しかし明らかに子規の「柿」の句のモデルだったことがわかる。子規が「柿」の句を作ったのは漱石の句の一ヶ月後、東京へと戻る途中で奈良に立ち寄った際であった。子規の「柿」は漱石の「銀杏《いちょう》」と同じ形を取っている。前者は後者への返句になっている。これは二人の男同士の関係性を指し示す身振りである。漱石は事実、松山から東京へと戻る子規が必要とした一〇円というお金を彼に貸している。子規はその漱石のお金を、奈良の東大寺の隣にあった「角定」という一流旅館に泊まる事で散財してしまう。この旅館に泊まっていた時に子規は宿から出された柿を食し、その時に「大仏の寺の鐘」を聞いた。この経験があの有名な「柿食えば」の句の基になったことは批評家の間でも意見は一致している。子規の最も有名な俳句はこのように二重の意味で漱石に負っている。

子規と漱石のクィアな憑依関係

正岡子規と夏目漱石の間にある友情関係は、近代日本文学史においてほとんど神話的な大きさを纏っている。大岡信は単に普通の男同士の友達ではない、普通の付き合いでもない、という。

子規と漱石という日本近代を文句なしに代表する二大文学者の間に起こったことであるだけに何とも言えない奇跡的な出会いだったと、天に感謝したい気持ちになる程だ。[22]

「ほとんど神話的」といった意味はこのことである。大岡は子規と漱石を二人の偉人として、近代の個人性の二大モデルとして提示している。まさに「近代自我の模範としての二人」である。ただし、子規と漱石は普通の男同士の付き合い方よりはもっと親密になり得る「資格」があったようですらあり、そして大岡のような読者は彼らの友情を、他の文脈ならば、「クィアだ」とも響くかもしれない言葉で寿ぐことができるはずだ。同時に大岡の言葉の選択が示しているように、この二人の男の友情は、さらに二人が実に率直かつ親密にコミュニケートできたという事実は、今日のよりホモフォビックな世界においては奇跡と呼ぶに他ならない稀有なものになってしまっている。

クィアの視点からは、子規と漱石の間の友情に関して最も価値のあるものは、彼らのその英雄的な独立性ではなく、彼らの非常に強い相互依存性にある。価値のあるものは、漱石が子規の上に「築いた」その方法ではなく、また近代化の努力におけるバトンの引き継ぎ方でもなく、漱石がなおも子規の亡霊と会話し続けたというその方法にある。

漱石は子規が死んだ後、一九〇三年一月にロンドンから日本に帰ってくる。その時に、子規のお墓まいりをして、短い文章を書いた。それがこう始まる。

水の泡に消えぬものありて逝ける汝と留まる我とをつなぐ。[23]

これは先に引用した漱石の俳句「秋二つ」をまた、散文にしたものである。

おわりに

ところで私自身が正岡子規に出会ったのは一九九〇年代半ばのことだった。博論を書き上げるのに一生懸命のはずだったが、ほとんど毎日「アカー」というゲイのエイズ活動家グループと一緒に動いていた。一九九〇年代の初めというのはエイズの惨劇が最もひどかった時で、その後にいわゆる抗ウィルス薬の「カクテル療法」という方法が発見される一九九五年ごろまで、ＨＩＶ陽性の診断はほぼ「死の宣告」と同じだった。ちょうどそれは子規の時代の「吐血、喀血」の意味と似ていた。私は二〇代後半だったが、私たちは皆死を考えてばかりいた。そこで自然と子規の話に惹きつけられて行ったのかもしれない。子規は三四歳で亡くなるが、それはただ死んだという意味だけでなく、大人になってからのほとんどの人生を、あと何日も生きられるか知らないながら生きていたということだ。彼の時代の結核へのスティグマは、一九九〇年代のＨＩＶと同じようにひどいものであった。ただ、子規はそんな自分の状態を公にしていた。「子規」という名がそうだ。「子規」とは、鳴いて血を吐くホトトギス、のことを意味する。そしてそんな彼を厭うでも避けるでもなく、彼の友人たちはその死の間際まで彼と共にあった。「ハイビョウを患っているのは子規だけじゃない。我々みんな、俳病だ」と冗談を言い合いながら。そのころ、私は子規を読んでとてもインスパイアされた。一九九六年に私はあるエッセーを書いた。病気や感染自らのナショナル・アイデンティティ、さらにセクシュアル・アイデンティティに関する子規の態度を、一九九〇年代のエイズと同性愛に関する言説に絡めたものだ。そのエッセーは『批評空間』という雑誌に掲載されたが、それはちょうど、クィア・スタディーズの第一人者であるイヴ・セジウィックの『クローゼットの認識論』の最初の章の翻訳が日本で初めて掲載されたのと同じ号であり、さらには多和田葉子の小説も載っていた号であった。(24)

私は二〇一六年の七月まで一年間の間、フェイスブックで子規の俳句とその英語翻訳、および紹介文を週に三日、投稿し続けた。それは子規俳句の理解に、私なりに肉付けをしていく方法であった。一二ヶ月のあいだ毎日彼の俳句を読んできてわかったのは、俳句というものが小さく精巧なエピファニーにとどまらない、はるかそれ以上のものであることだ。そんなネットワークを再構成していくと、死んで久しい作者たちとの、ほとんど奇妙とも言えるようなつながりを感じ始める。ちょうどキノコが菌糸体を伸ばすように、濃密な社会的かつ文学的なネットワークに繋がっていく。そして、まさに漱石が子規の亡霊に取り憑かれていたように、私もそんな幽霊たちと会話しているような気がしてならない。

注

（1）『漱石・子規往復書簡集』（岩波文庫、二〇〇二年）四一一頁。
（2）同右、四二〇―四二一頁。
（3）同右。

(4)『漱石全集』第一六巻、三四頁。
(5)小宮豊隆「解説」(『木屑録』(別冊解説・訳文付き)日本近代文学館名著復刻復、一九八一年)四頁。
(6)『漱石全集』第一巻、五一三頁。
(7)小宮豊隆『漱石襍記』(小山書店、一九三五年)四―五頁。
(8)佐藤泉『漱石・片付かない近代』(NHK出版、二〇〇二年)参照。
(9)拙著「アルファベットのK」(『世界文学としての夏目漱石』岩波書店、二〇一七年)一三二―四三頁を参照。
(10)小森陽一「俳句と散文の間で」(『漱石論――21世紀を生き抜くために』(岩波書店、二〇一〇年)三〇〇頁。
(11)小森は子規たちの俳句の「民主性」をこう描く。「漱石の句稿に対して、子規は無邪気と思えるほどの素直さで添削をし評を加えている。……批判には反論し、すぐれた表現は具体的に評価するような議論を交わし合う場として、子規にとっての句会はあった。その実感をもたらしたのが、漱石とのやり取りだった」。小森陽一『子規と漱石――友情が育んだ写実の近代』(集英社新書、二〇一六年)九〇―九一頁。
(12)阿木津英『妹・姉の視点から――子規との葛藤が意味するもの』(子規庵保存会出版、二〇〇三年)三九頁。
(13)水村美苗「「男と男」と「男と女」――藤尾の死」(『批評空間』I―六、一九九二年)一五八―一六七頁参照。
(14)『漱石全集』第五巻、二八八頁。
(15)同右、五三四頁。
(16)同右、五三五頁。
(17)同右、五三六頁。
(18)同右、五三八頁。
(19)同右。
(20)同右。
(21)『漱石全集』第九巻、一四―一五頁。
(22)大岡信『拝啓漱石先生』(世界文化社、一九九九年)。
(23)『漱石全集』第二六巻、二七八頁。
(24)キース・ヴィンセント「正岡子規と病の意味」(『批評空間』II―八、一九九六年)。

永井荷風「すみだ川」における空間と時間の意義

スティーヴン・ドッド（竹森帆理訳）

スティーヴン・ドッド——SOAS（ロンドン大学アジア・アフリカ研究学院）日本文学教授。専門は近代日本文学。主な著書に、*The Youth of Things: Life and Death in the Age of Kajii Motojirō*. *Writing Home: Representations of the Native Place in Modern Japanese Literature*. などがある。

近代日本文学を考えるうえで、空間という基軸が重要である。明治維新以降日本のとくに東京においては、西洋化を旨とする近代化が急速に推し進められたために、都市空間の景観が大きく変質していったからだ。そのなかで永井荷風は失われていく江戸的な空間に強い愛着を持ち、『すみだ川』ではそれが鮮明に表現されている。

はじめに

文学作品を読むには多くの方法がある。本稿で私の取る手法は、文学テクストの中に見出される空間・時間的なパターンを検証するというものである。この手法は日本近代文学を論じる場合にとりわけ生産的である。なぜならテクストの中の地勢的《トポグラフィカル》な表象が、近代における日本文化の発展に影響を与えてきたトラウマ的出来事に対する隠喩的指標として機能するからだ。換言すれば、文学における空間と時間の探究は、近代的であり日本的である感覚をともにもたらした、より広い社会歴史的な過程への洞察を与えてくれるのだ。

トラウマについて語るとき、トラウマとは「現実の危機の経験から生じる、聞くこと、知ること、表象することの中心的問題」についての表現であるというキャシー・カルースの定義が想起される。そうした問題は「直接には決して問われないが、実際どのようなものであろうとも常に文学的な言葉で語られるほかなく、我々の理解に挑戦すると同時に、それを自分のものとして要求しさえする、そのような言葉である」(1996: 5)。近代日本の場合、文学を通じて表現されたトラウマは、一八五〇年代にいよいよ強まった西洋の脅威と、それに続く一八六八年の明治の幕開けを機に生起した、日本社会の全領域に影響を与えることになる劇的な断絶に強く関係している。そうした外的な圧力に加え、徳川幕府の権威が瓦解し始めた時期の日本の中で起こった社会の動乱もまた影響している。端的に言えば、こうした変化は近代日本における文学的感性の形成に深い影響を与えざるをえなかったのである。

明治時代(一八六八―一九一二)以降における空間と時間の表象は、ある程度このトラウマ的喪失の経験を具体化し、また固定的な文化的帰属意識を掴むことが困難になっていった時代における、アイデンティティの代替的な在り方を肉付けする試みとして読むことができるかもしれない。したがって、文学テクストにおける空間的形象は、単に出来事が生起する受動的で元々存在した領域としてではなく、日本が近代化していく経験の創造に寄与する歴史の流れと絡み合った、動的な過程として見るほうがより理に適っている。

我々はまた近代日本の作家や批評家たちがその著述の中で時間や空間の感覚を表現してきた複雑なやり方を頭に留めておかなければならない。日本の作家や批評家たちが単純に西洋の批評家たちの著作から着想を引き出してきたように受け取るのは大きな間違いだろう。とはいえ、同様の知的関心事を探究してきた幾人かの主要な西洋の理論家たちの影響を認めることはやはり妥当である。結局明治以後の日本の作家や知識人の大半は、土着の様々な伝統から着想を引き出し続けていたとはいえ、西洋の文学理論を活用することにやぶさかではなかった。実際、世界がこれまでになく旅行やコミュニケーションによってつながりあう中で、日本の内外の知的共同体は文学作品に解釈において、批評テクストの共通的な総体に依拠する度合いを高めてきたのである。

最後に、私は本稿が現代の読者としての我々に一定の光を投げかけることを願う。我々もまた日本の文学テクストの読解方法に寄与してきた西洋と日本両方の批評の伝統から引き出され、積み重ねられてきた解釈を引き継ぐ者だからである。

空間と時間への理論的アプローチ

ミシェル・フーコーはかつて、一九世紀が歴史によって支配されていたとするならば、「現代はおそらくなによりも空間の時代となるだろう」と述べた(1986: 22)。実際、空間の理論は二〇世紀を通して西洋批評思想の体系の中での豊かな鉱脈をなしてきた。最も顕著な例のひとつとして、一九三〇年代のヴァルター・ベンヤミンが描いた一九世紀中盤の散策者《フラヌール》としてのシャルル・ボードレールの肖像が挙げられる。大都市パリの群衆で溢れた街路とのボードレールの身体的相互作用は、新たに出現したモダニストの感受性の謎を解く糸口を提供した（Benjamin 2006を見よ）。一九〇三年に書かれたゲオルグ・ジンメルの「大都市と精神生活」は「外的刺激と内的刺激の素早く連続的な転換による感情生活の強化」を生み出した、個人と都市環境の関係を変化させる力学という、より人類学的な視角を打ち出すことでやはり影響力があった（Simmel 1971: 325）。

　マルクス主義批評家はしばしば日々の経験のレベルにおける人々と場所との物質的関係に関心を注いできたので、彼らが空間中心的な批評理論において頭角を現したのも不思議ではない。この批評の代表的人物としてはアンリ・ルフェーブルやデヴィッド・ハーヴェイが挙げられる。一方、文学に表れる空間を論じる上で心理学的枠組みを用いるのに熱意を注ぐ批評家もいる。たとえば滑らかで広がりのある詩的文体が特徴的なガストン・バシュラールの著作は、着想をフロイトの理論から求めてもいる。実際、彼の『空間の詩学』（一九五八年）は精神分析の視点からなされた人々と場所の関係に対する最も説得力のある詩的探究として評価されてきた。

　バシュラールの関心は元々科学哲学にあった。しかし彼は次第に創造的精神の想像的次元に魅了されるようになった。なぜなら創造的精神は物質的空間と相互に作用し合い、またそれ自体その空間によって形成されているからだ。彼は無意識と詩的「夢」言語への精神分析的関心を援用しつつ、「親密な生の場に関する体系的な心理学的研究」と定義される、彼が「地形分析《トポアナリーズ》」と称するものについて語っている（1994: 8）。バシュラールは個々の意識を持った主体と個人が置かれている広い物質世界の間の動的関係を辿ろうとする。具体的には、彼の著作では巣、家、貝殻の内部といった私的空間が探究されている。夢の中のイメージやシンボルが（フロイトが「圧縮《コンデンセーション》」の過程と呼んだものを通して）多様な意味を具体化しているという『夢判断』におけるフロイトの主張と響き合う形で、バシュラールは日々の空間が多様な意味や記憶を具体化していると提唱した。彼が用いた術語は「圧縮された《コンプレスト》時間《タイム》」である。彼の著作では文学的なクロース・リーディング（精読）が、テクストの中で確認した重層的現実を開示するための方法として用いられている。

　こうした西洋の批評家たちの思想の普及は広範囲に及び、とくに人類学や社会学の分野における日本の著作家たちに、空間中心的研究の領域を拡げるように促した。こうした研究はしばしば都市空間に対する関心という形を取り、とりわけ東京の都市空間にそれが集中することになった。

海野弘の『モダン都市東京――日本の一九二〇年代』(一九八三年)は、文学における東京の物質身体的空間の表象に対するクロース・リーディングが、近代日本の根本的な社会と文化に生じた変化の見取り図を描くのにどのように用いられたかを知るには好適な例である。同書は一九二〇年代ごろ活躍した幅広い作家たちの作品における都市空間の様相を探究している。たとえば、川端康成の『浅草紅団』(一九三〇年)、林芙美子の『放浪記』(一九三〇年)、徳川直の『太陽のない街』(一九二九年)が取り上げられている。序論で海野は、トポロジカルな特徴と幅広い文化的連想をつなぎ合わせることの価値を強調している。一例を挙げれば、著者は隅田川が一九二〇年代東京の想像的地理の中に密接に織り込まれていることを主張する(1983: 8)。

海野が隅田川に惹かれた理由は、「バブル経済」が絶頂に向い、また一九二〇年代と同じく、西洋と日本の文化の目立った折衷的混合が見られた一九八〇年代の日本を席巻していたポストモダン的雰囲気から逃れたいという、彼自身の欲求と関係があるかもしれない。とはいえこれは明治以来、人々が隅田川を純粋な快楽が得られる美的に喜ばしい場として、また近代的生活の抗しがたい複雑さに一歩距離を置く契機として捉えることになった嚆矢というわけではないだろう。本論の終わりの部分で永井荷風の『すみだ川』(一九〇九年)のクロース・リーディングを通して指摘するように、明治時代の日常的現実から逃れ単純に川を楽しみたいという同様の衝動は、この作品の幾人かの登場人物に共有されているのである。

いずれにせよ、海野がバブル経済期に大正時代の東京の都市空間を読解するためにこの川を中心的に位置づけた唯一の批評家というわけではない。川本三郎はその影響力のある著書『大正幻影』(一九九〇年)を「はじめに隅田川があった」という文で始めている(1990: 7)。川本はこの川が、芥川龍之介、佐藤春夫、谷崎潤一郎といった大正時代の多くの主な作家たちにみられる、ある種の文学的ふるさととしての役割を果たしていたと主張している。

川本は明治以前の江戸という都市を、隅田川を中心として発展してきた「水の東京」として描いている。しかし彼はその後の明治世代がそれを破壊し、山の手を中心とした「陸の東京」に置き換えたことを指摘する。この破壊に対して、大正の作家たちはこの川の再発見を着想の源泉として世代的な反抗を開始した。換言すれば、明治国家と父世代に対する意図的な反抗に込められた自己同一性の主張を見て取ることが、彼らの水に対する愛着を解釈する一手段となるのである。

川本にとって、大正時代は幻影の感覚と強く一体化しているが、これは否定的な意味においてではない。実際、大正が例外的に生産的で想像的であった代表的な時代でありえたのは、まさに幻影の概念と結びついた曖昧さと不確かさゆえであると彼の著作は主張しているのだ。そこでは再び、隅田川が有益なアナロジーとして機能する。すなわちより前進主義的であった明治世代に対して、大正の作家たちは今や記憶としてだけ存在する水の都を取り戻そうとしたと彼は捉えるのである。この意味において、後者の世代は常に過去へと懐旧的なまなざしを投げかけることを余儀なくされる。換言すれば、大正の作家たちはもはや存在しない世界の想像的再生に惹きつけられている。川本が言うように、「隅田川は『隅田川』になった」のだ（1909: 9）。しかしながら、川本の論を貫く主張は、この自己意識的な人工性の感覚――大正期の多くのフィクションに浸透している感受性――が、現実に対してより深い芸術的洞察を投げかけるための道具として実際役立つということである。

一九二〇年代の大衆的な都市文化と文学作品との関係を探求した主な批評家としては他に鈴木貞美がいる。鈴木はその著書『モダン都市の表現――自己・幻想・女性』（一九九二年）において、様々な視点から当時の都市的文化生活の広範囲な調査を行っている。たとえば彼は、都市生活の孤独に悩む田舎からの新参者につきものの神経病の例に加えて、重工業産業の機械音と連携する大正期の近代病の出現に言及している（1992: 15）。彼はまた一九二三年の関東大震災直後のモダンガールの出現についても論じている。この女性の力が拡大していく現象は、ダンスホールやカフェが花開いた都市環境と結びついている（1992: 168-195）。さらに鈴木は、近代の都市環境が新しい次元の自己意識の出現に寄与したと主張する。具体的にはこれらの自己同一性の新しい形は、多様な形における憂鬱や神経衰弱に苦しむ内向的な人物を作品に据えた佐藤春夫や梶井基次郎といった作家の物語に見出される。鈴木にとって、これらの苦悩はまったく否定的な色合いを帯びていない。実際これらは、この時代の文学において肉付けされた幻想の内的世界を豊かにする道具であることが分かるのである。

より近年の著作である橋爪紳也の『モダニズムのニッポン』（二〇〇六年）は、広範囲な技術の変化（照明、ラジオ、電化といったもの）が新たな文化的環境とモダニストと形容されるような思考様式に寄与した様相を探究している。実際、モダニズムはとくに大正と昭和初期において、しばしば空間中心的な都市の図式の焦点とみなされてきた。したがって、川本三郎、海野弘、鈴木貞美が『モダン都市文学』（一九八九―一九九一年）と題されたモダニストの短いフィクション作品を集めた全一〇巻の包括的なアンソロジーの編集を思い立ったことは首肯できるのである。

空間と時間に関する日本近代文学の理論

場所や空間と文学表象との間の、この長年にわたる複雑な関係を鑑みれば、明治以降の批評家たちが人々と場所との変わりゆく関係の経験を表現する方法を模索してきたことは驚くべきことではない。戦間期の最も先鋭な批評家の声のひとつは小林秀雄のそれである。彼の短いエッセイ「故郷を失った文学」は都市に生活基盤を置く同時代人たちに共有される、「真正の」ふるさとの喪失として知覚された深い不安に触れている。

一九三三年に書かれたこのエッセイは、小林が大人になっていった二〇世紀初めの数十年間に、人々と場所との関係がだんだん希薄になっていったという感覚の省察を具現化している。生まれも育ちも東京とはいえ、江戸っ子と人から呼ばれると落ち着かない気持ちを抱いたと彼は回想する。「自分には故郷といふものがない、といふやうな一種不安な感情」があるという彼の嘆きは、わずか数年前芥川龍之介（一八九二―一九二七）が自殺の際に遺した有名な言葉「ぼんやりした不安」に呼応しているかもしれない。小林は自身の根なし草であるという体験を、東京の外で生まれ、ふるさとの感覚をずっと強く保持していたある友人と対比している。ある日、二人が京都から東京に帰る列車の中で、小林は彼の友人がふるさとを偲ばせるという理由で車窓の外の山道の風景に深く感動しているのを見て驚く。

あゝいふ山道をみると子供の頃の思ひ出が油然と湧いて来て胸一杯になる、云々と語るのを聞き乍ら、自分には田舎がわからぬと強く感じた。自分には田舎がわからぬと感じたのではない、自分には第一の故郷も、第二の故郷も、いやそもそも故郷といふ意味がわからぬと深く感じたのだ、思ひ出のない処に故郷はない。確乎たる環境が齎す確乎たる印象の数々が、つもりつもつて作りあげた強い思ひ出を持つた人でなければ、故郷といふ言葉の孕む感動はわかないのであらう。

明治初期から続く江戸から東京への物質的再建は止むことなく、とくに一九二三年の大地震以後、古い町並みは更に減少した。その結果、友人の子供時代の体験の回想が特定の視覚的感覚によってもたらされたのとは異なり、常に変わりゆく大都市の風景の中で育った小林は、個人史と都市の固定的な物質的細部とを接合させることができなかったのである。

数年後、詩人萩原朔太郎（一八八六—一九四二）は「日本への回帰」（一九三七年）と題されたエッセイの中で、同郷人の経験を想像上の人物浦島太郎と比較しつつ、同様の根なし草ないし断裂のトラウマ的心性を喚起している。伝説の中では、海の下の竜宮城で三年を過ごしたのち、浦島はようやく家に帰るものの、人間世界の時間で計算すると三〇〇年間留守にしていたことに気付く。友や愛する人と結びついたふるさとはすでに失われていたのだ。萩原は明治以前の起源から強く切り離されてしまったためにその根が枯れ果て、ふるさとはせいぜい朽ちたひさしや荒廃した庭のある古い屋敷になぞらえられるものとなってしまった彼の世代の日本人の経験に、浦島との類似性を見出している。

文学における時間と空間の表象は、文化現象を解釈する理論的方法として戦後の日本の知識人や文学理論家たちも魅了する力を振るいつづけた。たとえば、磯田光一はいくつかの経済的並びに文化的権力構造が競合的に連続する近代の大都市東京を素描する枠として地図を用いた彼の著書『思想としての東京』によって新たな地平を開いた。例を挙げれば、彼は一九二三年の大地震以後の東京の地図において、東京西部が意欲的な中流階層のための居住地として区画されていることを指摘している。対照的に、かつては江戸時代の文学や視覚芸術を喚起させる背景として機能していた、隅田川を中心とした下町は、今やそれまでの文化的堆積を奪われ、工業の発展の場というより平凡な役割をあてがわれることとなった。彼はまた、一九一四年に完成した東京駅が、いくつかの地図において「中央停車場」という名前を付けられていることも指摘している。磯田にとって、この名前はこの駅が東京の中心というにとどまらず、拡大しつつある経済的並びに植民地主義的権力の中心でもあるということを示唆している。文学の中では、経済的並びに文化的首都としての東京の出現は、すでに明治時代に徳富健次郎の長編小説『思出の記』（一九〇二年）の中で描かれている。主人公が九州のふるさとから旅をする先は近代の刺激的な中心、東京だったのだ。

東京を近代日本の中心都市とする磯田の地図形成は、近代の日常の経験を描くのに最も適した文学言語をめぐっておこなわれた一九二〇年代と一九三〇年代の論争に言及するとき、一層直接的に日本文学の展開に関係する。彼は永井荷風（一八七九—一九五九）や谷崎潤一郎（一八八六—一九六五）といった、東京で育ち、下町と江戸の伝統に近い根っこを持った作家たちが、作品の中で東京方言の要素を保つことにおのずと熱心であったことを指摘している。対照的に地方から首都に出て来た、各地方の訛りを身に着けていた自然主義の作家たちは、個別の言語的特異性を放棄し、彼らが首都でともに築き上げていた新世界を最も効果的に伝えることができる新しい標準語を作り出すことにより積極的だった。磯田は東京に点在する知識人たちの「村」として競い合う文学グループ（文壇）の集合体という観点から、異なる思想的信念をもった作家たちが繰り広げる言語的覇権をめぐる争闘を描き出しつつ、地図的イメージによる論を続けている。

一九八〇年代に東京の文化的地図の形成に携わった他の主な日本の知識人には陣内秀信がおり、とくに彼の著書『東京の空間人類学』が挙げられる。題名が示唆するように、彼の手法は文学的というより人類学的であるが、一九八〇年代に失われつつあると彼が危惧する複雑な歴史の手稿と生きられた体験を肉付けするための道具として、文学にもしばしば言及している。これは結局、古い都市が林立する高層建造物の中に埋もれつつあったバブル経済の時代のことである。陣内は現代の都市をある種の視覚テクストとして「読む」ことに大きな価値を見出した。市街を歩き回るという単純な行動が、都市の地勢とそこで層をなしている歴史的、文化的な連想と関わるための実践的な方法を彼に提供したのだ。

空間と時間の文学的分節化に言及する陣内の東京探索におけるひとつの眼目は、水の空間がこの都市の主たる構造的特色であることをやめたのは近代になってからでしかないという主張である。実際、彼は江戸と明治初期の下町を、基本的に水の上に建てられた大都市空間として描き出すところまで踏み込んでいる。明治時代には、近代の商業や銀行業の中心として現れた、地理的に高い地帯である山の手の周りに新たな道路や鉄道のシステムが作られた。下町が主要な文化的中心地としての地位を失うのにともない、古い水路は時代が下るにつれて埋め立てられていき、東京は陣内が言うところの「陸の都」と化したのだ（陣内　一九八五年：九九頁）。川本三郎は彼の著書『大正幻影』の中で明らかに陣内のアイディアに影響を受けている。

時間と空間の表象に関心を示してきた明治以後のこうした主要な日本の知識人たちの重要性を強調することには意義があるだろう。なぜならここ数十年、多くの日本近代文学研究者はこうした表象について論じる際に、前田愛の著述に関心をほぼ限定してきたきらいがあるからだ。とはいえ、日本近代文学テクストの読解を豊かにした前田の都市論と空間論の価値は否定さるべくもないが。前田の最もよく知られたエッセイ群が二〇〇四年に英訳され一冊の本として出版されたという事実（*Text and the City: Essays on Japanese Modernity*, ed. James Fujii）は、前田の研究が日本の中だけでなく海外の日本学の一つの世代にも届いたということを物語っている。

前田はフーコー、バシュラール、ルフェーブルといった先端的な西洋の理論家たちの著作を進んで取り入れた戦後の知識人たちの一派に属する。地図の物質的重要性や、文学テクストの中で描かれる風景の隠喩的意味に対する前田の関心は、江戸と明治が基本的に視覚文化であったという彼の確信に呼応している。そして実際、彼の著作は大衆文化や映画からパノラマや博覧会に至る、幅広い領域における文化の視覚的表出を研究の対象としているのである。

前田がとくに文学的な読解に注意を寄せるとき、近代的生活の物質的側面と空間的図式に対する彼の関心はまた、文化的変化の深部を流れるものに対する彼の関心も反映している。たとえば、彼はテクスト内部の地理的構造を明治中期の広い社会状況とつなげるやり方で宮崎湖処子の短編「帰省」（一八九〇年）を、彼が言うところの「ふるさと文学」の最初の例として取り上げている。この文学的小分類は、故郷に短い帰省をする東京に居ついた若い男を典型的に描いている。こうした物語は、大都市の生活に由来する根なし草性と、空は青く水はきれいで、地元民は信頼でき正直であるという、ふるさとの確実な喜ばしさとを対比させる機会を提示している。手短かに言えば、前田はこうした作品における郷愁的な気分を近代批判として、また明治時代にせり上がってきたトラウマ的な文化と社会に対する代償的な慰藉への希求として位置付けているのだ。

前田はまた夏目漱石の作品にも注意を向ける。たとえば、前田は「山の手の奥——漱石『門』について」（一九八二年）という論考において、漱石が明治後期の東京の近代的生活の複雑な現実を表出するために、小説の中でどのように空間的パターンを描いたかを示している。前田は明治時代、牛込区周辺の山の手地区には若い女性が琴の稽古をする立派な古い屋敷と、徐々に入り込んできた新興の富裕層（成金）の家が混在していたと指摘する。一九一〇年に山手線と多種の路面電車が導入されると、この地区の人口は膨れ上がったのだった。

『三四郎』（一九〇八年）『それから』（一九〇九年）『門』（一九一〇年）の三部作はいずれも、山の手地区の性格が時代の流れとともに変容していく様相を取り込んでいる。漱石はまた富裕な元来の居住者と活路を見出そうとやって来た新参者との間の難しい関係をも描いている。たとえば『それから』

では、代助は裕福な父の寛大さのおかげで広い邸宅を所有しているが、他方代助の友人の平岡は労働者階級地区にごく近い狭苦しい新しい棲家に住んでいる。両者の地理的な距離は両者の相互理解の欠如の隠喩として働いている。一方『門』では、漱石は宗助と妻御米が自分たちの家の私的空間の中で親密な関係を維持するのに努めている姿を描いている。しかしながら、彼らはまた、自分たちがうまく適合できない世界と調和的に暮らすことは叶わないようにみえる。空間的な視点から言えば、漱石は彼らが自分の家の環境を超えてどこかへ行けば行くほど景色がぼやけていき、街の中心部さえ小説中の行為にとっては周辺的になっていくことを示すことによって、彼らの外部社会からの孤立を明確化している。漱石文学を理解するには常に多くの方法があるが、前田の論考は漱石が近代的生活の複雑さを分節化するに際して、空間的図式がどのようにそのひとつの方法となったかを示している。

日本近代文学を空間的視点から読む方法において、日本の内外に強く影響を与えた日本の批評家に柄谷行人がいる。自身の世代の学者に与えた柄谷の影響の大きさは、前田と同じくそのもっとも重要な著作のいくつかが珍しく英語に訳されていることからも測ることができる。その内の一つは『日本近代文学の起源』（一九八〇年）である。この著作は、一八九〇年代の終わりに自然主義の文学的流行と手を携える形で、根本的に新しい世界の見方が日本に現れたことを主張するために風景の概念を用いた点でとくに重要であった。柄谷はこの新しい認識論的な見方を国木田独歩（一八七一―一九〇八）の作品を通して辿っている。たとえば、『武蔵野』（一八九八年）では、語り手は東京西部にある境という地域を初夏に友人と訪れる。少し休むために茶屋に入った時、そこの老女は彼らが間違った季節にここに来たと言って馬鹿にしたように笑う。吉野と同じく境は桜の「名所」で、彼らは春に来るべきだったのだ。しかし、柄谷は独歩が習慣に大胆に逆らうことで新しい時間と空間の理解の仕方を主張していると指摘する。語り手は伝統的な季節との関係を楽しむためではなく、彼の近代的個人主義の観点からその土地の地域性を味わうために、すなわちまさに本来季節はずれである夏に提供されるものを求めて境にやって来たのだ。

明治時代の空間と時間の新しい認識論的理解の出現を論じた同書のもっとも有名な箇所は独歩の作品『忘れえぬ人々』（一八九八年）中にある、柄谷言うところの独歩の近代的「風景の発見」にある。瀬戸内海のある小さな島を船で通り過ぎようとする語り手は磯の男の姿を目に留める。その男は何かを拾っては籠に入れているように見える。船はとても速く動き続け、磯の景色は視界から消える。しかし景色は忘れがたく語り手の頭に刻み込まれて残る。柄谷はこれが、文字通りの意味でも隠喩的な意味でも、近代の文学的視点が風景に挿入されたまさにその瞬間であると主張する。前代の間テクスト的名所を中心とした人々と場所との関係の概念が一掃され、後戻りできない知覚の変化が起こる。その一方で、現実的風景の中に位置づけられた「普通の人々」に生命が与えられることになったのだ（柄谷　一九九三年：二三頁）。

クロース・リーディング
――永井荷風「すみだ川」

以上、日本近代文学の領野に影響を与えてきた空間と時間の理論的解釈における、いくつかの顕著な著作について述べてきた。この最終節ではこうした理論がどのように特定の日本文学のテクストのクロース・リーディングに応用できるかを提示したい。永井荷風の「すみだ川」は、空間中心的な図式が感性や感情の時代への応答を表現することができる多様なあり方を例示しているだけでなく、日本の近代化の条件をなす根本的側面としての文化的トラウマの衝撃を示しているという点で、空間分析の手法が有益なテクストである。

物語は明治以前の音楽や演劇といった芸術に直観的に惹かれている一七歳の長吉の運命を中心としている。彼の母お豊は、伝統音楽である常磐津の師匠であるにも関わらず、近代的官僚として成功するべく息子に一生懸命勉学に励んでほしいと願っている。彼の伯父蘿月は若いころの目に余る道楽が原因で実家から勘当された俳人である。長吉の恋の相手である一五歳のお糸は物語の開始時では芸者の家に入るところである。「すみだ川」は、荷風が五年間の米国と欧州の周遊から帰朝して数年後に書いた小説作品のひとつである。川に近い下町を中心に起こる物語の多くの出来事は、日本の心理的並びに物質身体的風景にもたらされた西洋化のトラウマ的効果を強く暗示する方法で書かれている。実際のところ荷風は西洋それ自体に対しては何も反対するところはなく、彼の多くの外国体験は完全に肯定的なものであった。しかし、帰朝後彼は自分の国が（彼が見るところの）真正のアイデンティティを失いつつあると同時に西洋の薄っぺらな模倣と化しつつある様相を目の当たりにして慨嘆した。長吉は近代の力に対する抵抗の象徴として解釈できるかもしれない。

「すみだ川」における空間の重要性は多くの方法で読まれうる。もっとも明瞭なのは、作品の題名が物語の始めから終わりにかけて文字通り流れるこの川の中心的役割を浮かび上がらせている点である。けれども、批評家スティーブ・ラブソンの解釈がキャラクターとしての川の環境に焦点を当てているのに対して、私の読解の関心はより直接的に、主人公である長吉がどのように環境と関わっているかにある。この川は長吉の生活の変遷の隠喩としても、また彼の感情的危機への慰藉としても機能している。テクストの構造は、この青年の心理的情動が周囲の環境との関わり方を通して詳細に語られるという意味で、バシュラールの地形分析《トポアナリーズ》の概念に比される。たとえば、今戸橋でお糸がやって来るのを待つときの長吉を貫く期待と不安の入り混じった感情は、彼が暗く陰鬱で、それでいて魅惑的な美しい川を見つめることによって形を与えられる。同様に、物語の終盤、役者になりたいという夢が叶いそうもないということを悟ると、長吉は病気になって恐らく死のうとさえ決意し、川から溢れた夏の出水の中を故意に歩き回った結果腸チフスにかかってしまう。物語の始めから終わりまでを貫くこの川の執拗な現前は、陣内が近代日本の勃興を陸の都の出現として捉えたのに反して、荷風が依然として水を基盤とするより古い構造によって形作られる風景への頑固な執着を抱いていたことを示唆している。

　これは東京の近代的特徴が完全にテクストから消し去られているということを含意しない。物語の大部分において読者のまなざしが、蘿月が妹の家に行くための渡し船に乗ろうと歩いているときに竹垣の間から見えた、夕月の光の中で行水をつかっている女といった、性的興奮をくすぐる時代を超えたイメージを投げかける避難所のような暗い裏道にも投げかけられるというのは恐らく本当だろう。しかしながら、近代世界は時折こうした前代の都市風景の郷愁的な残り香を打ち破る力を有している。羅月が妹の家に向って歩いているとき、彼は田圃を埋め立てた土地に建てられた「新しい貸長屋がまだ空家のまゝに立並んだ処」に出くわす。そしてのちに、彼が甥に、母のために学業を全うするよう説得を試みるとき、彼らは機械化の時代の汚染がすでにその跡を残している押上の掘割を連れ立って歩くのである。「何処からともなく煤烟の煤が飛んで来て、何処といふ事なしに製造場の機械の音が聞える」。

　荷風を明らかな詩的喜びの中にたゆたわせる風景の場面では、風景はしばしば腐食や腐敗の意味をもつ。これはある程度、フランス的なものにはすべて熱心に敬意を表しようとする日本の新帰朝作家に及ぼす、世紀末デカダン詩人たちの不可避の影響によるものである。この理由から、長吉が学校をさぼって浅草をうろつくとき、彼は「虫嚙んだ」木の葉や汚れた着物に身を包んだ迂散な男たちの存在に気が付くのだ。そして羅月がようやく妹の元に着くとき、家は荒廃し、襖は色あせた美人画でツギハギされ、鼠が天井を走り回り、虫の音があたり一面聞こえるというふうに描写されている。こうした描写の全体に及ぶ効果は不快な雰囲気を作り出すためではない。反対に、人間、げっ歯類、虫などの多様な生が有機的全体の一部として調和的に存在する、心地よく住み古された環境を示唆するのだ。同時に腐食の色調はまた、現実生活の困難さをすっかり免れた牧歌的な風景を描き出そうとする文学的試みがどれも結局は不完全な試みに終わるということを暗示している。実際、近代日本がかつてなく明瞭に都市の編み目に織り込まれてしまった以上、この種の試みはどれも一層失敗に運命づけられているのである。

空間はまた語りの時間の流れに影響を及ぼす点において著しい。たとえば、長吉が今戸橋でお糸を待っているのは、まさにこの物語において、語りの進行——次に何が起こるかという疑問——が宙づりにされ、読者が一時休止してきわめて詩的で視覚的な地点から川の諸相を眺めるように誘われるいくつかの場面の皮切りである。長吉が橋から景色を眺めるとき、語りの進行はたれこめる暗さの中で川上を彩る「細い稲妻」といった絵画的な派手さに道を譲るのである。更に、粘り気のある感覚が「水に湿《ぬ》れた棒杭、満潮に流れ寄る石垣下の藻草のちぎれ」への言及を通して目に見えるようになる。確かに、流しの歌手の男女が、東京の有名な遊郭である吉原の方へ向かう途中で立ち止まり月を賞でるとき、日々の人間の活動の場としての橋の色合いはある。しかし、明治初頭に日下部金兵衛が撮影した今戸橋の写真を見ると、こうした人物たちが日常空間に身を置く普通の人々として見なされるべきであるということにさえも疑念を抱かされる。橋は初期浮世絵に頻出するお馴染みの伝統的な木製のものである(http://oldphoto.lb.nagasaki-u.ac.jp/en/target.php?id=124)。端的に言えば、写実的に見える流しの音楽家さえもが、伝統的な下町のキャラクターのレパートリーから直接引き出された人物として解釈されうるのだ。

荷風は現実の空間と想像の空間との境界をぼかすことに惜しみなく力を注いだ。そしてこれは長吉が歌舞伎の劇場である宮戸座を訪れる場面の描写において最も顕著である。もし巣や貝といった空間的形状が人間の欲望の内密な世界を形作っているというバシュラールの示唆が正しいなら、宮戸座は同様の希望や野望の身体が住まう場として理解されうる。実際バシュラールは、心理的衝動に光を当てる場として劇場の象徴的重要性を直接提示しているが、荷風は自分の小説の中で劇場の領域を目立たせるために心理的衝動を用いている。バシュラールは記憶によって構成される「過去の劇場」につ

いて以下のように語っている。この劇場では、

> 舞台装置は登場人物たちを、彼らを支配する役柄において維持する。我々は時折、我々が知っているものがすべて安定した存在――すなわち消え去りたくない存在、そして、過去においてさえ、過ぎ去った事物を探しに行こうとして、時間が飛び去るのを「一時停止」させたいと望む存在――の空間における固着化の連続であると感じるときに、時の流れの中で我々自身を知っていると思う。
> (Bachelard 1958: 8)

言及されている安定への憧憬は、前田愛が明治期の虚構作品の特徴とみなした不朽のふるさとへの文学的希求ときわめて近しい。この憧憬はまた近代的生活のトラウマ的で予測しえない裂け目から身を守る手立てとして、予測可能で保護してくれる安全な「家」を歴史の外側に位置づけることへの深い欲望を反映している。だからこそ長吉は初春の強い日光を避け、閉じられた劇場の「臭い生暖かい人込の温気《うんき》がなお更暗い上の方から吹き下りて来る」世界に跳び込むことに強い安堵を覚えるのだ。劇場の群衆は明治の野心的な個人の集合ではなく、自身では統御しえない世界からの避難者たちであり、群衆の中に慰めを探すしかない根を断たれた亡霊たちなのである。

作者はこの劇場の空間を、現実性と人工性の区別に加えて、それらに相関する両者それぞれの長所に更なる疑問を投げかける自由を行使するために用いる。高い位置にある安価な席の利点を生かして、長吉はある遊女が、舞台上で「真黒に塗りたてた空の書割の中央を大きく穿抜いてある円い穴に灯がついて、雲形の蔽ひをば糸で引上げ」られることによって輪郭が再現された月を眺める場面を見る。しかし、この舞台効果の不格好な素人っぽさは、この若者が受け取る深く肯定的な衝撃を減じるには全く至らない。それどころか反対に、それは彼に劇場の埒外でこれまでしていた「現実」世界での経験を見直させることになるのだ。彼自身が今戸橋から明るく輝く月をどのように見上げていたかということを思い起こせば、この完全に人工的な劇場の場面は、「もう舞台は舞台でなくなつた」と思わせるくらい、より現実的なオーラをまとって彼の前に現われる。彼が劇場を後にしてまさに同じ今戸橋で少時立ち止まり、厳しい寒さに身を縮めながら、伝統的な浄瑠璃の一節を喉から出任せにすることでこの一瞬を祝おうとするのも、この劇場の場面があったからこそ自然なのだろう。

実際、「苦痛を柔げる」慰藉としての長吉の初めての宮戸座の体験はかなり効果的であったので、彼は翌日もそこに

戻っている。そしてこの二度目の訪問では、劇場の物的配置は、空想的な劇場の空間と外部世界の厳しい現実との間の単純な区別さえも一層無化するように強調されている。前回この若者は舞台の演技に魅惑されていたが、今回は「賑かな左右の桟敷」に気付く。ポール・ウェイリーは歌舞伎の劇場で観客の間に取り交わされる頻繁な会話と掛声について鮮明に描写している（1984: 180）。実際、彼はこうした社交的なやり取りが、舞台の演技と同じくらい重要な全体の体験の一部であると指摘している。劇場はほとんどの場合暗いので、役者の「顔は蝋燭によって照らされなければならない。富裕な観客の中にはボックス席を利用するものもいる。しかし、ほとんどの人は給仕がお茶やお菓子を運ぶ狭い道に仕切られた小さな区画の中の敷物の上に座っている」（Waley 1984: 180）。こうした配置は舞台と観客席との間の明確な境界を消し去ることに役立つ。実際、観客は境界的な位置を占めていると考えられるだろう。彼らは外の世界からやって来てお金を払う顧客というだけでなく、彼ら自身が立派な演技者でもある。彼らは同じ劇場内部にあって、見るだけでなく他の観客の集団によって見られもするのだから。

しかしまた劇場と外部世界との空間的な相互作用を他の角度から解釈することも可能である。一八四一年に歌舞伎の劇場が浅草に移転を命ぜられた後、この地区はすぐにありとあらゆる種類の芸能の避難所となり、歌舞伎の劇場は人形浄瑠璃の劇場と場所を争い合った。第二次世界大戦まで維持された宮戸座は、江戸歌舞伎を明瞭に思い起こさせる施設として際立っていた。宮戸座は歌舞伎通たちのための劇場であったのだ（Waley 1984: 178）。間違いなく熱心な愛好者の一人であった荷風は、この劇場のある地区が、歌舞伎のいくつかの人気演目の背景をなしていたことを強く意識していただろう。この劇場の建物を介する内と外の世界のつながりは、劇場の空間が現実からの後退の場としてではなく、現実に積極的に関わっていくための踏切板として、あるいはある種の芸術的な血を流すことを決意しつつ周囲の環境に入っていく契機として理解されるべきであるという面をひたすら強めている。この意味において、「すみだ川」の登場人物たちは美的表象と生きられた経験との間の興味深い中間地帯を占めているのである。

荷風の小説を空間と時間の観点から検証することは一つの可能な批評の手法にすぎない。空間的図式の点においても、私はその可能性をすべて汲みつくしたわけでは当然ない。しかし二〇世紀初頭に書かれたこのひとつの物語に空間と時間がどのように関わっているかという問題について、より広い様相を指し示すことをもって結論としたい。バシュラールの親密な場所に対する探究は、人が帰属する場所に喚起される快楽の感覚を露わにしようとする意欲によって押し進められていた。しかし、日本の文脈においてはこの故郷の概念は必然的により容易に当てはまる。文学作品に関する限り、帰属の確かな感覚の喪失は、近代日本の作家たちに、言語を通して彼ら自身の時間と場所を意味あるものとしようと強く鼓舞する力となった。荷風文学においては、彼があまりにも安易に旧と新とを区別するやり方に瑕疵を見出すことには、確かにもっともな根拠がある。彼が真正であるべき日本の過去と浅薄で空虚な近代とを、あまりにも単純に対比させすぎたことについては責められてしかるべきだろう。けれども、より共感的な見方をすれば、「すみだ川」は彼の時代を満たしたトラウマ的出来事に形を与えようとした鋭意の試みとして読むことができるのである。

参考文献

Bachelard, Gaston, *The Poetics of Space*. Boston: Beacon Press Books, 1994.

Benjamin, Walter, *The Writer of Modern Life: Essays on Charles Baudelaire*, ed. Michael Jennings, Cambridge: Harvard University Press, 2006.

Caruth, Cathy, *Unclaimed Experience: Trauma, Narrative, and History*. Baltimore: Johns Hopkins University Press, 1996.

de Certeau, Michel, *The Practice of Everyday Life*, London: Blackwell, 1988.

Dodd, Stephen, *Writing Home: Representations of the Native Place in Modern Japanese Literature*. Cambridge: Harvard University Asia Center, 2004.

Foucault, Michel, 'Of Other Space', *diacritics*, 16, no. 1: 22-27, 1986.

Harvey, David, *The Urban Experience* London: Blackwell, 1989.

Karatani Kōjin, *Origins of Modern Japanese Literature* (ed. Brett de Bary), Durham: Duke University Press, 1993.

Lefebvre, Henri, *The Production of Space*, Oxford: Blackwell, 1991.

Maeda Ai, *Text and the City: Essay on Japanese Modernity*, Durham: Duke University Press, 2004.

Nagasaki University Library, *Metadata Database of Japanese Old Photographs in Bakumatsu-Meiji Period*, 2004-2005, http://oldphoto.lb.nagasaki-u.ac.jp/en/target.php?id=124, last date accessed 10th April 2015.

Rabson, Steve, 'Nagai Kafu: The River Sumida', in Thomas E. Swann and Kinya Tsuruta (eds), *Approaches to the modern Japanese short story*. Tokyo: University of Waseda Press, 1982, pp.225-232.

Seidensticker, Edward. *Kafū the Scribbler: The Life and Writings of Nagai Kafū, 1879-1959*, Stanford: Stanford University Press.

Simmel, Georg, 'The Metropolis and Mental Life,' in *On Individuality and Social Forms*, Chicago: University of Chicago Press, 1971, pp.324-339.

Waley, Paul, *Tokyo Now and Then: An Explorer's Guide*, New York: Weatherhill, 1984.

橋爪紳也『モダニズムのニッポン』(角川書店、二〇〇六年)

磯田光一『思想としての東京』（国文社、一九七九年）

陣内秀信『東京の空間人類学』（筑摩書房、一九八五年）

川本三郎『大正幻影』（新潮社、一九九〇年）

川本三郎、海野弘、鈴木貞美編『モダン都市文学』（全一〇巻、平凡社、一九八九―一九九一年）

小林秀雄『小林秀雄全集』（第三巻、新潮社、一九六八年）

前田愛『前田愛著作集（テクストのユートピア）』（第六巻、筑摩書房、一九九〇年）

鈴木貞美『モダン都市の表現――自己・幻想・女性』（白地社、一九九二年）

海野弘『モダン都市東京――日本の一九二〇年代』（中央公論社、一九八三年）

海野弘『モダン都市周遊――日本の20年代を訪ねて』（中央公論社、一九八五年）

【特別寄稿】

フランスで日本古典文学を研究すること、教えること

寺田澄江

てらだ・すみえ――イナルコ（フランス国立東洋言語文化大学）名誉教授、ＣＥＪ（日本研究センター）所属。専門は、日本古典文学、特に和歌の修辞。主な著書・論文に、『源氏物語とポエジー』、「源氏物語の和文――シャルル・アグノエルの眼を通して」、「松尾・オーベルラン訳枕草子――変奏としての翻訳」などがある。

フランスのイナルコ（国立東洋言語文化大学）において、古典文学の教育・研究を行った筆者の具体的な経験を通して、言語に対する考え方の基本的な違い――仮説の構築を前提とする議論文化と事実確認と印象・意見を区別する文化など――が、いかに教育・研究に影響を及ぼすかを検討し、混迷する現代における古典文学の意義を考えた。

イナルコ日本研究センター（ＣＥＪ）

二〇一七年の三月にパリで「源氏物語と翻訳」というテーマのシンポジウムを行ったとき、第二次世界大戦によって日本の古典文学の紹介・翻訳が中断され、再度動き始めるまでに長い時間を要したと、ロシアにおける、またフランスにおける日本古典文学の受容について発表した研究者が共々に指摘した。その一人、日本古典文学仏訳の草分け時代から現在までの歴史を俯瞰した同僚のエマニュエル・ロズランは、彼自身もここまで戦争の影響が大きかったとは気がつかなかったと後から話してくれた。この事実は、戦争がきっかけで研究が進んだアメリカの日本研究の陰に隠れて、あまり認識されていないのではないかと思う。私自身も自覚していなかった。大きな歴史の歯車は、古典文学の受容という問題をも左右せずにはおかないということを今になって思い知らされたのだが、ここではこうした大きな流れの中で捉え直すのではなく、自分の乏しくはあるが生きた経験から「フランスで日本古典文学を研究すること、教えること」という頂いたテー

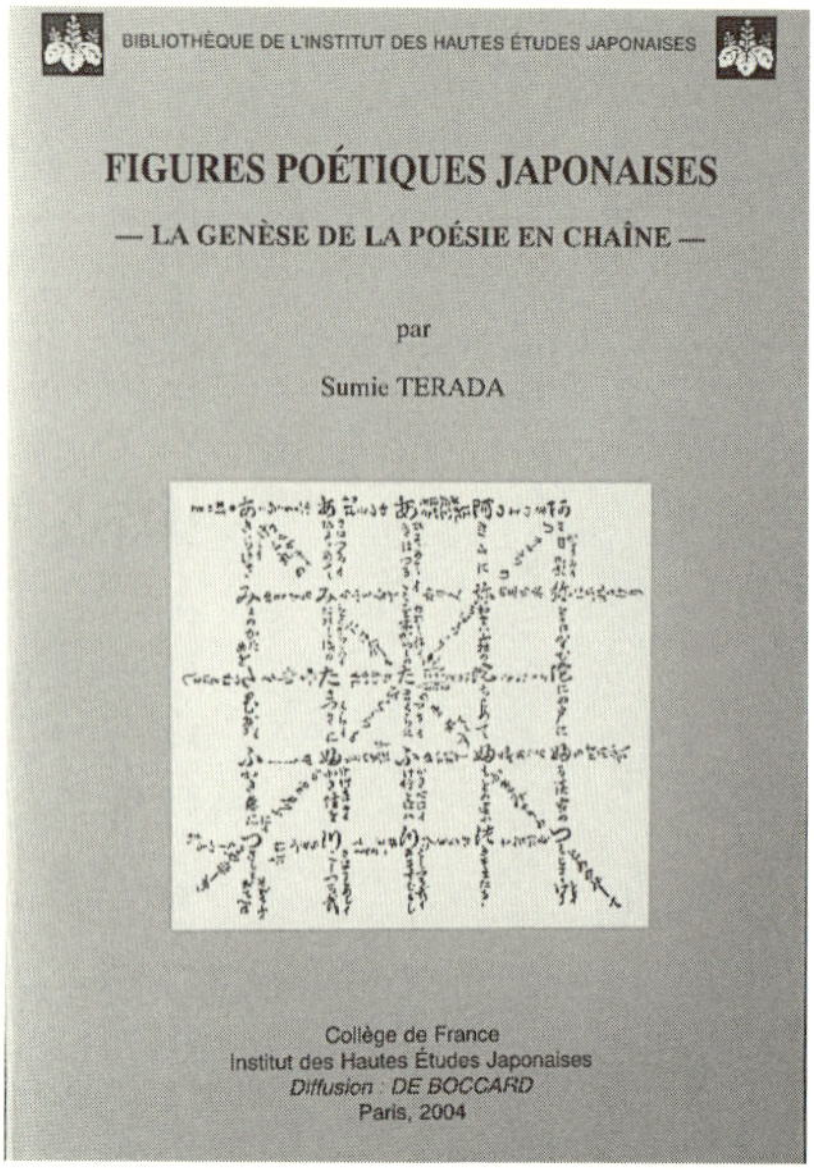

図1　日本詩歌のレトリック―連歌の発生（2004）

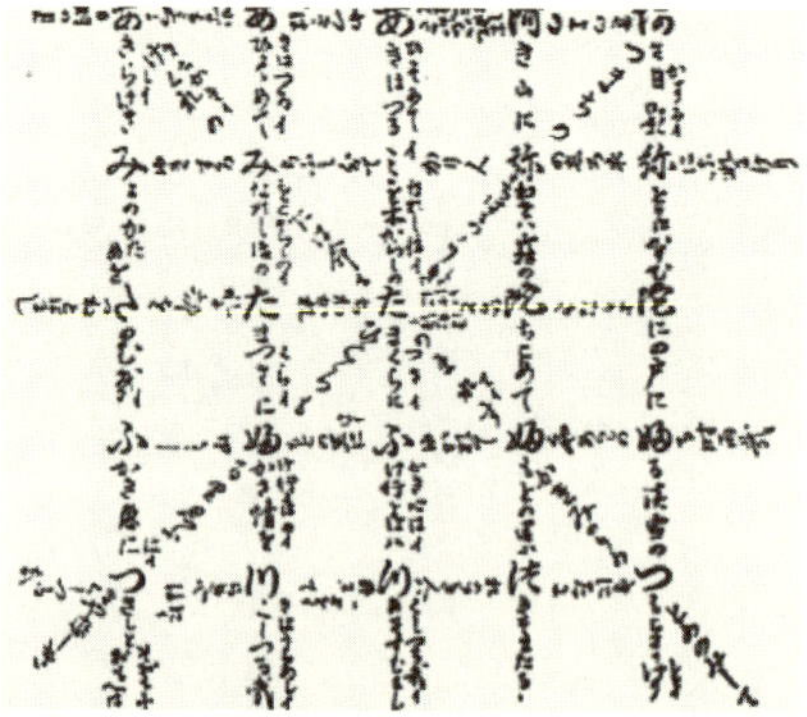
図2　あみだ仏八重襷

マを考えてみたい。学校が嫌いでよくずる休みをし、家で本を読んだり、お人形遊びをしたりして子供時代を過ごした私が、フランスの大学で教職に携わることになり、二〇一六年八月にイナルコを定年退職した後も、イナルコの日本学研究センター（CEJ: Centre d'Etudes japonaises）で相変わらず研究活動を続けている、このような成り行きになったことについては、フランスでの教育に負うものも大きいので、その点を中心に考えたい。

研究テーマ

フランスでは博士論文準備過程で連歌について概観した後、短連歌と和歌の修辞について博士論文を書いた。この論文は連歌の前身、短連歌の生成過程とその特質、連歌の句を繋ぐ元になっている和歌の修辞、つまりレトリックについて研究し、Collège de Franceから出版し、日本学の学術誌としては世界的に知られたモニュメンタ・ニッポニカでも取り上げていただいた。

言葉の力

表紙に使ったテクストは、「八重襷《やえだすき》」または「木綿襷《ゆうだすき》」という技法で、一般的な分類としては、レイアウトにヴィジュアルな効果を狙った詩歌という意味のカリグラムという言葉があてられている。これは優れた歌人で政治家でもあった鎌倉の後期から末期にかけて活躍した公卿《くぎょう》、京極為兼《ためかね》が流罪にあったときに作られたものと言い伝えられている。歌が交差しているところを見て行くと、どの行も上の段から「あみだぶつ」と読め、対角線に置かれた和歌の交差部分を繋いでも「あみだぶつ」が現れる。つまり「あみだぶつ」でちりばめられた和歌空間なのである。優れた歌を詠むと神や仏が喜んで願いを叶えてくれるという考え方があり、「言葉遊び」の例として本等に挙げられているが、ただ単に遊んでいるものではない。流罪を許されて京に帰りたいという願いを込めて作られたということが、「あみだぶつ」を詠み込んだこの作り方からも分かる。為兼の一生は波乱に富んだもので、二回も流されているため流刑地の佐渡、土佐のどちらで作ったものかは分からない。言葉の遊び、あるいは遊びという概念そのものが、どうも単純なものではないということを示す例だと思われるが、それは宿題として、私自身のことに戻ろう。

連歌——切れて切れない詩学

日本の卒論のテーマ、泉鏡花から連歌に移ったのは偶然もあったが、ばらばらになりそうな寸前であやうく統一を保っているという印象を与える鏡花の散文の書き方に興味を持ったことが発端だった。きちんとしらべると意外に構文はしっかりしているが、いずれにしても「切れそうで切れない」という文の展開の仕方に興味を持ち、それが連歌への興味に繋がって行った。現在は『源氏物語』関係の研究が中心となり、具体的なテーマとしては和歌と散文の関係についての研究が多くなっている。連歌の分野の修辞としては大きなテーマ、「対句」をやり残しているので、それに取りかかりたいと思うのだが、中々時間が出来ない。

連歌というのは、日本では関心を持つ人が少なく、お亡くなりになった万葉集の研究家、京都大学の佐竹昭広先生が建築材料の煉瓦と間違えられたりしますからね、とおっしゃっていた。けれども、現代音楽等を中心にインプロヴィゼーションが注目されていた頃（一九五〇～七〇年代頃）には、むしろ西欧の音楽家や詩人に注目され、例えばジョン・ケージは**RENGA**という題の曲を七〇年代に作曲している。

連歌は和歌の上の句と下の句を分けて、句のやり取りで問答をしたり、和歌を合作したりという歌の遊びから始まった。この形が現在短連歌、つまり短い連歌と呼ばれているもので、それが次々に繋がって行って出来たものが連歌である。いわゆる座の文芸と言って、皆が集ってその場で共同の作品を作っていく。前の句に何かしら繋がる句を付け加え、A／Bというまとまりができると、次の人はBの句と繋がるようにCの句を足すが、ここで非常に興味深いのは、Cの句を付け加えることによって、AとBの関係を切らなければいけないという規則になっていることだ。具体的に言うと、例えばA／Bが春の風景を詠ったものだったとすると、Cを足してB／Cで恋の場面を表現するという風に転換する。切る・繋ぐということを文学活動の基盤にこれほど鮮やかに、大胆に置いたものも珍しいと言えるが、集団で即興で行うということは、フランスでもまだ根強く残っているロマン主義的な文学観、つまり文学は自我の世界を表現するものだという文学観とは全く違っていて、それがまた面白い。

異文化を通して

日本の詩歌の伝統の中で見て行った場合、和歌の上の句と下の句の切れ目が強くなり、そこから連歌の句というものが生まれという風に、内的な動きを追って行くと、自然で納得出来る流れとして把握できるのだが、それをフランスという全く伝統が違う文化に入れて見るとどうなるだろうか。物質に喩えて見れば、ある物質が、その物としての結晶構造は変わらないけれども、違う光を当てると違う色に輝く様に、西欧の文学伝統の中で捉え直してみると、その独自性、面白さが見えて来るということもある。異文化との出会いは自分の文化を見直す大きなきっかけにもなる訳だ。そういう意味で、若いときに外国に出て、違うコンテクストの中で自分の国の文学や文化を見直してみることを是非お勧めしたい。若い人が国外に出たがらないということをこのごろ聞く。就職活動でそれどころではないとか、色々理由もあるとは思うが、国全体として引きこもりのようなことになっていっては将来が心配だ。外の物を貪欲に吸収するということもいいかと思うが、外の物、自分の文化と違う物に接するということは自分が拠って立っている基盤を自覚的に捉え直し、自分自身の文化、自分が生きている現在を相対化する目を持つきっかけとなるということにおいて重要なのだと思う。若い人たちには、フランスに限らず異文化に触れて、新しい目で自分の文化を見直すという視点を獲得して行ってほしい。

世界の言語とイナルコ

私が属しているイナルコは、東京外国語大学とは非常に近い、簡単に言えば東京外国語大学から西欧言語を抜かしたような大学だが、教えている言葉の数は非常に多く、一〇〇弱に達している。

イナルコの前身は外交・通商の需要を満たすものとして一七世紀に設立され、本格的な活動の開始は一八世紀末だったが、この時に教えられた言語は、アラブ語を筆頭として、トルコ語、クリミアタタール語、ペルシャ語、マレー語と、全てイスラム文化圏の言葉だった。現在は、アラブ、アジア諸国の言語だけではなく、南太平洋、東欧、アフリカ等西欧以外の言語をカバーしている。

イナルコの活動が本格的になり始めた時期の哲学者オー

ギュスト・コントは、西欧としてフランス、イタリア、スペイン、イギリス、ドイツの五ヶ国しか挙げていない。西洋、東洋と言うと、対称的な分類のように思えるが、実は一握りの国対世界の他の全部という極めてゆがんだ構図なのだということが、「オリエンタル」という言葉を名称として持つイナルコで教育されている言語の構成からも分かる。イナルコの本館は新開発地区、パリ一三区にあり、パリディドロ大学（パリ第七大学）やフランス国立図書館に近い。オルセー美術館やルーブル美術館に近いパリの中心にある旧校舎は、かつては本校だったが今は研究センターに使われていて、古い建物の中庭にはアラブ研究で有名な学者の銅像がある。

日本語を教え始めたのは一九世紀の中頃だった。週に二〜三時間日本語を勉強しているだけの学生も日本語学習人口に含めれば、イナルコより規模の大きい大学は他にもあると思うが、日本語専修ということでは、イナルコの日本学部の学生数は欧米では群を抜いて多い。博士課程までを含めて一二〇〇名位、一年生で四〇〇名くらいの登録数で、一年の学年末の試験まで残る学生が三〇〇名前後になる。フランスは授業料が安く比較的気軽に大学に進むことができるので、登録したら卒業するまで続けるという学生ばかりではないから学年末には数は減るが、日本語はイナルコでは現在学生数が一番多い言語となっている。

言葉に見る異文化

さて、フランスで、つまり異文化において日本古典文学の研究を行い、また古典文学を教えるという経験を通じて私が得たことという本題に移りたい。日本古典文学の研究は様々なアプローチがあるが、私の場合は、表現、つまり、言葉の問題として文学を研究している。この研究に関わるフランスでの出発点は、一見些細に見える言葉に関するカルチャーショックだった。研究の基本的態度に関わることなので、少し詳しくお話しよう。

日本語では自分のことではなく、他の人の感情・感覚について語るとき、「マリーは悲しい」とか「悲しいです」とか、事実として語るのではなく、話者の解釈・受けた印象として「マリーは悲しいんです」「悲しいんだよ」「悲しいようだ」と言ったり、形容詞ではなく動詞を使って観察可能な行為として表現して、「マリーは悲しんでいる」などと言うが、フランス人は、そういう言い方ではなく、直訳すると、断定的に「マリーは痛い」とか「彼は苦しい」とか言う。それを初めて聞いた時に、なんて失礼な人たちだろうと思った。「痛い」とか「悲しい」とかいうことは、それぞれの人が個的に味わう直接的な感情・感覚で、日本人にとってはいわば他人の与り知らない領域に属している。従って、日本語では、他人の感情・感覚を述べる場合は、ほとんど気がつかないようなものであっても、それが話者の解釈に過ぎないというマークを無意識につけて言っている。「花子さんは悲しいのよ」と「の」を含めれば自分の観察・解釈だし、「花子さんは悲しいんだって」と言えば、人から間接的に聞いたこととして表現している。「ゆきちゃん、痛い、痛い」と、当事者以外の人が言うことがあるとすれば、例えばお母さん等が、小さなゆきちゃんについて、いわば、ゆきちゃんと同化する態度で言っている場合となる。別の見方をすれば、ゆきちゃんに独立した人間としての人格を認めていない立場から発せられる言い方な訳だ。こうした言語感覚を持っていた私は、フランスで「マリーは腕が痛い」だの、「ジャックは悲しい」だのと言うのを聞いた時に、この人たちは平気で人の心の中にずかずか入り込んでくるような物の言い方をすると思った。私ばかりではなく、主人もそう思ったそうだし、フランス人から、親しい日本人が同じことを言うのを聞いたと教えてもらったこともある。

これと深い所で関係していると思われることがもう一つある。日本語では、それが自分の考え、自分が持った印象だということを表す「と思います」、「でしょう」、「なのです」「じゃないか」、「みたい」、「ようですね」などの文末表現が非常に発達していて、私たちはそうした表現をよく使う。イナルコで数年講師をしていた給費留学生の人の話だが、フランスに着いたばかりのときに、フランス人のところで雑談をしながら、自分が「ジュ・パンス（je pense、と思う）」を連発していることに気づき、我ながら驚いたそうだ。息子はフランス生まれのバイリンガルで、彼の日本語的物の言い方が、成長過程ではフランス語に混じっていたから、中学生の頃、「みたいだ」「じゃない」「かもね」相当のフランス語を連発して友達に「それはやめて」と言われたそうだ。恐らくは言葉の在り方が、例えばフランスとは違うのだろうが、何が違うのだろうか。

言葉と研究態度

フランス語では、何かを言うということはその人が自分の考えを表現しているのであるから、いちいち「と思う」とか「じゃないか」と断る必要はない、それは物を言うことの前提だという考えがあると思う。つまり、簡単に言えば、何か言うということは仮説を述べ、それに対して相手が反応し、分からなければ説明を求め、なるほどということになれば、共通の理解として、それが確立する。状況が変わればまた議論が始まる、つまり、議論というプロセスが重要な訳だ。日本語の場合、「と思う」とか「じゃないか」とかいう衣を着せない裸の表現は非常に断定性が強い、誰も否定しない、極端な例を取れば「地球は丸い」とか、「地球は回っている」というような真理を言うことになってしまうからではないか、と思う。また逆に「地球は回っていると思う」と言う人はいない訳で、日本語では、この二つの区別、つまり事実として語るか自分の印象・意見として語るかが、はっきりと分れているため、文末表現も必要に迫られてこれだけ発達したのだろう。

これに関連して『古事記』の「こと」、つまり、言葉の「こと」と事柄の「こと」を中心として、様々な古事記の中の「こと」の使い方について研究した博士論文の審査をしたことがあるが、そこで一つ、特に面白い指摘があった。『古事記』では、言うことの内容よりも、むしろ内容の如何に関わらず、言ったことが現実に対応しているか、あるいは、その後現実に対応したかということを非常に気にしているというのだ。私たちが「と思う」を連発し、私は自分の考えを言っているのであって、真実を語っているのではないということを常に表明する必要があるのは、別の見方からすれば、語られる言葉と現実とが切れていないという言語状況が根源にあるような気がする。

研究の基盤

仮設を組み立てる文化

こうした言語状況を研究活動との関係で考えてみると、確かに仮説を戦わせるということを基本的姿勢とするフランスの方が、研究がしやすい環境にある。現実は今私が図式的に大ざっぱに区別した両極の間にあり、どちら寄りかということで物を考える環境が変わるのではないかと思うが、フランスに特徴的な言語態度は、論文の言い方にも現れている。

フランスの場合、修士論文はメモワール・ド・メトリーズ（Mémoire de maîtrise）、博士論文はテーズ・ド・ドクトラ（Thèse de doctorat）と言われる。メモワールは色々な意味があって、現在日常生活で最も使われているのは女性形のラ・メモワール（la mémoire）で、これは基本的に記憶という意味だ。男性形のル・メモワール（le mémoire）は、書かれたものに意味が特定される。まず裁判の弁論という意味、複数形では回想録という意味があり、これらの意味は現在でも使われているが、特定の学術的なテーマについて論述し、資格を取得するために提出するものという意味は一七世紀に現れる。これが現在の修士論文の元だが、元々の出発点として自己の主張を表明するという意味が強いことに注目して頂きたい。博士論文はテーズと言うが、テーズはもともと、正しいものとして自らの責任において公共の場で弁論する特定の命題という意味で、やはり一七世紀以来使われるようになった。現在の博士論文という意味は一九世紀から使われている。メモワールにせよテーズにせよ、自己の考えを正しいと主張し、これを弁論することが義務づけられているので、これらの口頭試問はスートナンス（soutenance）と呼ばれている。スートナンスとは、自説を維持・主張する場という意味だ。このように研究とは自説を提起し、審査員の質問、反論等に対して説明し、弁論し、自説を理解してもらうことに努める行為だということが言葉の上にもはっきり表れている訳である。ICUの卒論を指導して下さったのは、荒木亨先生という仏文の方で、授業ではフランスの学問伝統である、エクスプリカション・ド・テクスト（explication de texte、テクストの説明）という厳密な読みの訓練をなさったし、フランス仕込みの方だったので、二つの国の間の差というものは個人的には感じていない。

フランスでは、日本古典文学の第一人者、ジャクリーヌ・ピジョー教授に指導して頂いたが、博士課程に登録したときにおっしゃったことは、自分が不思議に思ったこと、なぜだろうと思ったことを手放してはいけない、それを研究の手がかりにするようにということだった。この言葉はピジョー先生が研究を始めるときに、優れた日本学者、故ベルナール・フランク教授から言われたものだそうだ。これは重要なことで、私も受け継いで、学生達に同じことを言った。自分がなぜだろうと思うことについて考え、自分なりの結論を出して提出する、というプロセスは、皆が認めている説に基づいて、それを別のものに応用して論文を書くということに較べると、隠れ蓑がない分だけ自説を検証する姿勢もテクストに対する態度も真剣で厳密になるからだ。

フランスにはオネットテ・アンテレクチュエル（honnêteté intellectuelle）という表現がある。直訳すれば知的誠実さという意味で、研究に限らず、より広く自分の発言に対しても厳しく身を処すという態度を意味する。自分の説に都合がいいことだけを切り取って上手に纏める、自分の都合がいいようねじ曲げるということはせず、あくまでもテクストが示して来る事実・真実というものに謙虚に対するという態度である。何もフランスに限ったものではないが、はっきりとした表現としてあるということは大事だと思う。もっとも、フランスでこの表現が確立しているのは、口先で上手く相手を煙に巻く人たちが多かったせいかもしれないが。

自明なことから

私が学んだ研究に対する基本的な態度として最後にもう一つ付け加えたいのは、やはり、フランスで暮らすようになって間もない頃に受けたもう一つのカルチャーショックで得たことだ。外国人向けのフランス文学の授業でボードレールの詩について出したレポートが褒められたのだが、先生はあなたは一つだけ肝心のことを言っていないと付け加えた。レポートはコマンテール・コンポゼ（commentaire composé）という方法で、先ほどのエクスプリカション・ド・テクストはテクストの流れに沿って、コメントして行く伝統的な方法だが、コマンテール・コンポゼの方は、そうして洗い出した重要な点を項目別に纏めて、より有機的に書いて行くという方法である。この詩については、病気というイメージが膨らんで一つの世界をつくっていたものだったので、それぞれのテーマを纏めて書いた。先生の批判は、私が病気ということについて書かなかったということだった。私が書いた事は、「病気」というテーマを中心に展開したものなので、あまりに明らかで、読めば分かる、わざわざ書くまでもないと思ったことだった。これはいい経験だった。フランスでは分かり切ったことも書かなければいけない、むしろ、誰もが前提とする分かり切ったことから出発し、自分の論旨を展開して行かなければならないのだということを、早い時期に教えてもらったのは幸いだった。また、一見当然に思えることにこそ、実は考え直さなければならない重要なことが多くあるというのも事実だと思う。またこれと関連してピジョー先生から良く言われたことは、何も知らない人にも分かるように書きなさいということだった。以上全てごく基本的なことばかりだが、こうしたことが、私の研究の基礎を作ったと言える。

これらはどの文学にも言えることだが、フランスという外国で日本文学を研究することの強みは、日本と距離があるところで物を考えているということだ。遠くから見ていると大きな輪郭がはっきり見えて細部はよくわからないものだが、それと同じような効果がある。それはまた弱点でもあって、分析の視点が荒くなる、一見些細な様に見えて決定的に重要な点をのがすといったリスクもあるが、大量の情報に埋まって流されてしまうより、足りない不自由に甘んじつつ作品に頼って研究を進めるということで補うのも悪くはないと思うことがある。これは私のような海外で研究する日本人にだけに言えることではなく、海外の外国人研究者全てにも言えることだ。自分たちが育った文化伝統に捕われて、見当違いのことを言うというリスクも往々にあるが、彼等に見えて日本の研究者には見えにくいこともあるということをよく考えて頂きたいと思う。

二つの共同翻訳

さて、研究活動だが、現在のフランスは研究センター単位での活動が中心なので、必然的に共同研究となる。文学の場合、何と言ってもテクストが重要なので、古典文学のように正確なテクストの理解が必ずしもたやすくない分野では、共同翻訳はグループ研究を活かす場として理想的な環境となる。

古典文学研究者の共同翻訳

私は二つの研究グループに属しているが、その一つはピジョー先生を中心にその弟子達四人が集っている翻訳グループで、これまでに江戸期の和歌と『源氏物語』についての小論を纏めたもの（和歌は賀茂真淵の『歌意考』と小沢蘆庵《ろあん》の『布留《ふる》の中道《なかみち》』、『源氏』は熊沢蕃山《ばんざん》の『源氏外伝《がいでん》』の序と安藤為章《ためあきら》の『紫家七論《しかしちろん》』の抄訳Ⅳ―Ⅶ）で、私は本居宣長を入れるべきだと主張したが、早く出したいということと、国学がナショナリズムとして嫌われる傾向があるので、入れられなかった。これは今でも間違いだと思うし、再版の機会があれば『葦分け小舟《おぶね》』の抄訳を提案したいと思っている。

次は、鴨長明の『無名《むみょう》抄』で、『方丈記』（ソーヴァー・カンド神父の名訳にピジョー先生の詳しい解説を添えたもの）、及び『発心《ほっしん》集』（ピジョー全訳）の三冊組のものもあり、それなりに売れているようだ。『無名抄』は最初の共同翻訳よりも長く、かなり難しいものなので、難航したことが何度もあった。月に一度、半日というリズムなので、一通り訳してからの読み直しに一年以上かかった。通して読み直す過程で章段の切り方に問題があるのではという疑問が出てきて、徹底的に見直す必要があるという者と翻訳を見直していればきりがないから（それも確かに真実だが）早く出版しようと言う者とが対立して、かなり緊張した場面もあったが、それなりに納得が行くものを出版するまでにこぎ着けた。現在は、京から鎌倉への旅を綴った『海道記』の翻訳の読み直しが終るところだが、これも随分時間がかかっている。私たちが仏訳に選ぶような作品は、一度翻訳が出たらその先百年も二百年も新しい訳が出るということはないだろうから、二年三年、翻訳作業が延びても構わないというコンセンサスが今は出来ているので、揉めることももうない。個性が強い面白い作品だが、典型的な和漢混交文で、中国古典から引いた表現、引用にあふれ、最初に序を読んだときは、何一つ分からないという感じだった。こういう難しいものは一人では無理で、仲間でやった方がいいということになり、これに取りかかった訳だが、おかげで対句の多い文の読みにも馴れ、非常に貴重な経験となった。出版は二〇一八年中を予定している。

パリ『源氏』共同翻訳グループ

もう一つの翻訳グループは『源氏物語』の共同翻訳で、修士課程以上の学生たちにも開かれていて、参加者も古典文学の専門家だけではない。常連は五～六名、それに学生が加わるが、授業、論文執筆、アルバイトと忙しく、来られない学生が多い。

図3　無名抄仏訳（2007）と長明翻訳三冊組

この共同翻訳も二〇〇〇年ころから始まった。現代文学の研究者でその分野の翻訳では第一人者のアンヌ・バヤール坂井氏が、長期プロジェクトとして研究センターの活動の一つの柱にしようという趣旨で発案し、始まった。私は当時さほど翻訳に興味はなかったが、連歌を研究するなら『源氏』を知らない訳にはいかないので、自分の研究に役立つと思い参加した。連歌には「源氏寄合」というものがあり、「須磨」という言葉のある句に、「煙」を入れた句を付け、「夕顔」の句には「宿」で続けるなど、『源氏物語』のエピソードにちなんで撰ばれた言葉が句の付合《つけあい》、つまり句を繋ぐものとして、ここぞというときに使われ、座を盛り上げるのである。

さて翻訳だが、作業は異常に遅々とした歩みで始まった。村尾誠一氏は精読の重要性を強調されるが、精読どころではない、極端に遅い読み、「遅読」となった。なぜかと言えばまず原文が難しい。しかし優れた文学作品なので、素晴しいということは分かる。だから私たちも欲が出て、これでは原文の雰囲気が出ない、このフランス語は原文の言葉の持つニュアンスを伝えない、そもそも、ここで文を切るのは間違いではないか等、意見が続出し、ああでもない、こうでもないという議論の果てに、それぞれの感受性の違いを越えた合意に落付くまで、翻訳を読み上げまた手直しするという作業が延々と続くのである。

結果的に作業は全然進まず、巻一の「桐壺」の翻訳が研究センターの紀要『シパンゴ』の源氏特集号に載ったのは二〇〇八年で、始めてから六年以上経っていた。あまりに進まないので初めの頃は怒り出す人までいて、私もこれはどうなることかと計算してみたところ、再読を計算に入れないでも、全部訳すのに一二〇〇年位かかるという結果が出た。翻訳終了後の再読に一年以上はかかったので、読み直しも入れれば二〇〇〇年近くになってしまうだろうか。自分一人では、どんなに頑張ってもこれほどゆっくりとは読めない。また、普通の作品ではこれだけの集団的「遅読」には耐えず、すり切れてしまうことだろうし、訳している我々もそれこそ飽きてしまうだろう。「精読」を跳ね返してくる文章の強靭さ、『源氏物語』の深さを思い知らされている。この作品に取り憑かれ、病の中で註釈を続け、中途で惜しいことに亡くなられてしまった東京大学の島津久基氏の注釈書の現代語訳は、どこかよそよそしい谷崎の現代語訳等とは違って、江戸の町から抜け出て来た人々のような世話に砕けたところもあるが、自由奔放で生き生きしている。島津氏はもとは『源氏物語』に興味はなく、『平家物語』等がお好きだったようだが、『源氏物語』を授業で受持つように言われて仕方なく始めたところ、この作品に取り憑かれてしまったという。私も『平家物語』や『枕草子』が好きで、『源氏』は何かうっとうしく読まず嫌いだったが、こうして始めて取り憑かれてしまった。遅読による翻訳作業は細部を拡大鏡で見直すような経験なので、テクストに対する新しい視点をもたらしてくれる。それが直ちに成果として結実する訳ではないが、研究の貴重な糧である。

図4　シパンゴ源氏特集号（2008）

共同研究

源氏研究

研究集会やシンポジウムという形での研究活動は、共同翻訳にはやや遅れて二〇〇四年から始まり、本格的になったのは二〇〇八年からだった。二〇〇九年以降は一つのテーマを三年サイクルで組織し、三ヶ年計画の最初の二年は対論、三年目がシンポジウムという構成を取っている。源氏研究の本場、日本から離れているという地の利を生かして、ジャンルという枠には捉われず、広い視野から『源氏物語』が我々に投げかける問題を考えて行く場を提供すること、中世にまで遡る長い日本の源氏研究の蓄積を国際的に共有し検証していくこと、という二つの目標が徐々に基本方針となっていった。三年計画の最初の二年は日本からとその他の国からの研究者の参加を得て、必ずしも『源氏物語』とは直接関係しない主題も取り込んだ広い視野からのアプローチを重ね、その上で三年目のシンポジウムに臨むという組み立てである。二〇〇八年以降のシンポジウム・対論原稿をまとめて出版した論文集は次の三冊となった。いずれも青簡舎から出版されている。

源氏物語の透明さと不透明さ——場面・和歌・語り・時間の分析を通して（二〇〇九年、藤原克巳・高田祐彦共編著）／物語の言語——時代を超えて（二〇一三年、土方洋一・小嶋菜温子共編著）／源氏物語とポエジー（二〇一五年、田渕句美子・清水婦久子共編著）

現在、二〇一五～二〇一七期の翻訳をテーマとした論集を加藤昌嘉氏等と共編著で準備している。翻訳と言っても広い意味で、つまり現代語訳や翻案も含めて扱ったため、様々な問題に光が当てられ、翻訳というものが文学・言語を新たな視点で問い直す切り口を与えてくれる、実に豊かなテーマであることが明らかになった。改めて取り上げる必要があるという印象をパリ・ディドロー大学（パリ第七）側の責任者、ダニエル・ストリューヴ氏と共有している。二〇一八年から始まる次のテーマは「身と心」だが、これも氏の提案で、過去の対論で扱われたテーマを再度取り上げることに決めたものである。

その他の共同研究

私は博士号をパリ第七大学で取得したということもあって、パリ・ディドロ大学が所属している東アジア文明研究センター（CRCAO）のメンバーでもあり、センターと国文学研究資料館との共同研究プロジェクト、「集と断片」にも参加した。断片性というのは昔から興味を持っていたテーマだったが、博論の過程で、日本の文学伝統においては断片化

への強い志向が集への動きを促すという関係にあるという点に興味を持った。例えば、断片性の強い連歌という創作形態

図5　パリシンポジウム論文集（2009、2013、2014）

が寄合集という言葉の集合を生み出したのである。プロジェクトの成果は『集と断片――類聚と編纂の日本文化』（勉誠出版、二〇一四年）として出版された。私は以前から興味があった『和漢朗詠集』について断片性と集合性の在り方を考えて見たが、日本の詩歌史における藤原公任の重要性と、この集が提起する問題の広さも改めて自覚した。和漢という問題は、博論でやり残した対句の問題や、連歌史においては実は避けて通れない和漢連句という共同創作の在り方などを通して、詩歌史の根幹にかかわってくる。研究を進めれば新しい扉が前に現れ、過去に扱ったテーマ、やり残した課題を逆照射する。終るということはないのだが、研究の問題はここまでにしておこう。

フランスで古典文学を教える

開かれた社会と閉ざされた社会

さて、教育の方だが、私は基礎が重要だと思い、古典の授業が本格的に始まる三年生を受け持った。古典文学に限らず、古文で書かれた文書の勉強に際してまず理解しておかなければならない大事なことは、テクストが誰に読まれ、誰に語られることを想定して書かれていたか、特にどのような質のコミュニケーションが前提となっていたかという問題だ。そこ

では教える側と教わる側の文化的ギャップが問題になる。

フランスに着いて、フランス人の学生に混じって授業に出席し始めて驚いたのは、隣の席の学生が「ねえ、今先生なんて言った」だの「この言葉の綴りはどうだっけ」などと、当然のように外国人の私に聞いてくることだった。考えてみればコスモポリタンの面が強い都会のフランス人にとって、フランス語は誰もがしゃべって当然な言葉なのだった。社会言語学の鈴木孝夫氏が指摘しているように、日本人にとって日本人面《づら》と日本語とは比較的最近まで分かちがたく結びついていた（『ことばと文化』岩波新書、一九七三年）。つまり日本語をしゃべるのは日本人の顔をした人々だけだったのである。このごろは、日本で働いているアジアの人も多くなり、日本語を上手に操る肌の白い西洋人をテレビで見る機会も増え、風通しが少し良くなったとは思うが、比較的最近までは日本は日本語に関しては非常に閉鎖的な社会だった。フランスの都会では、コスモポリタンな状況が昔からあったから、相手に自分の常識が通じるとは限らない、そしてそういう人々にも分かる様に話さなければならないということが前提になっている。だから彼等にとっては相手の話が分からないのは、自分に分かる様に話さない相手が悪いのだということになる。日本では、かなり分かりにくい話であっても、聞き手は意を汲み取って理解しようと努める。話がよく分からないというと怒ってしまう日本人はさほど希ではないが、フランスではそういう訳にはいかない。同じ現代を生きている者同士でもこれだけコミュニケーションに対する態度に差があるのだから、現代の日本人にすら難しい古文がフランス人の彼らにとってはどれだけ難しいか想像に難くない。だいたい皆同じ教養のレベルで、考えることも似通っているという閉鎖的な社会の中で書かれたものについては、どこでも同じことが言えるから、日本の古典文学特有の問題ということではない。イナルコのチベット語の同僚で古典文学を教えている人が、やはり一番の難しさは非常に省略して書かれたものの行間を読み取る力を付けさせることだと言っていた。

私がこれまで主に扱った古典文学は一〇から一一世紀の平安文学だが、例えば『源氏物語』が生まれた一一世紀初めの貴族社会では、中級以上の宮廷官僚（当時の貴族相当）の数は、家族も含めて一〇〇〇人くらいと推定されている。その時代には優れた和文の作品が書かれているが、これらは皆非常に限られた人々の間で流通していたので、読む人も書く人もお互いの頭の中はよく分かっているという状況だった。だから、お互いに分かり切ったことは書かない、非常に省略された書き方となる。またくどくどと書くのは美しくないという美学もあった。従って、平安時代の現実を知らない現在の日本人の私たちにとってすら『枕草子』、『源氏物語』は難しく、特に『源氏物語』は馴れていなければ、誰が行ったことなのか、だれが言ったことなのか、いつ話している人が別の人に変わったのかですら、注がなければ分からない。私は古文が初めての三年生の文学の授業では訓練のために比較的読みやすい『大和物語』を材料に使ったが、このテクストでも彼等には難しい。だいたい練習をいくつかすると、人物が二人の場合は何とかわかるようになるが、三人以上だと難しくなってきて、数が更に増えると、全然分からなくなる学生が多くなる。

書かれていないものを読む

もう一つは、物事をはっきり言う文化の中で育っているので、随分文学的センスがあっても書かれていないことは起こっていない、名指しで語られていない人はその場面には不在であるとまず思ってしまう。このギャップを埋めることがまず課題となるが、よく学生たちに言ったのは、このテクストには透明人間が大勢いるから、それに注意して読むようにということだった。例えば『大和物語』の有名な「葦刈」説話が取り上げられている章段に、今は貴族の妻となった女が、葦を背負って道を行く男を見て、この乞食のような男はもしや、会いたいと探しに来た昔の自分の夫ではないかと思う場面がある。この場面では、女の反応は次のように語られる。

「この葦持ちたるをのこ呼ばせよ。かの葦買はむ」と言はせける。

男を近くで見たいという女の意図を語るこの文が成り立つためには、人が少なくとも何人必要か、まず学生に考えさせる。そして、二つの使役形（「呼ばせなさい」、「言わせた」）をヒントに、命令する女主人、昔の夫（葦を持っている男）、女主人の命令を従者に伝える女房（言わせける）、女房が伝える命令に従って逃げた男を呼びに行く従者（呼ばせ）と、少なくとも四人いなければ成り立たないことを理解させる。この文では使役がヒントとなるからまだ分かり易いが、必ずしもこのように明瞭に書かれている訳ではない。しかも、使役の助動詞は尊敬の意味で使われる場合もあるので、読みはさらに注意を要する。『源氏物語』のように、一見研究し尽くされているかに見えるテクストでも使役か尊敬か、解釈上の決着がついていない例すらある。しかし、古典テクストの手ほどきの段階であるので、それぞれの文の解答を求めさせるのではなく、書かれていないものも含めて場面を想像する力を養うことを目的とした授業を行った。

古典文学が持つ意味

時を超える力

さて、最後に一番重要な問題が残った。なぜ日本古典文学を研究し教えるのかという問題だ。本来なら作品に感動する心があるからという答だけでいい答だ。しかし、その答だけでは済まないことがここ一〇年程の間にフランスでも何度かあった。最も記憶に残るのは、パリのバタクラン劇場で多数の犠牲者を出した二〇一五年一一月一三日のテロ事件だ。事件は金曜の夜に起こり、犠牲者たちは二〇から三〇代の若い人々に集中していた。三年生を対象とした私の古典文法の授業は月曜の朝、惨劇後の最初の授業だった。何事もなかったかのように授業を始めることはできなかった。その時考えたのは、文化は、はかないものだということだった。平安時代の屏風に書かれた和歌は古今集などに選ばれ、今でも知ることが出来るが、平安時代の屏風絵は東寺に伝来したという唐絵の山水屏風《せんずい》しか残っていない。唐絵とは中国の題材を絵にしたもので、「せんずい」とは山水、つまり自然のことで、風景画だが、中国の風景画によくあるように、ここでも人間が描かれていて、大変美しい物だ。美術品は火事で焼けてしまえば永遠に失われてしまう。しかし文字で出来た文学作品は、写本が一つ焼けても他に別の写本があれば、全く失われてしまうことはない。別の言い方をすれば、『古今集』や『源氏物語』などの第一級の古典文学も、それを書き伝える人々がいなければ私たちが今読むことはできなかったということだ。目先の利害ばかりでなく、私たちが失ってはいけないものは何かということを考えるとき、古典文学の価値というものは、やはり遥かな時間を越えて私たちに届いているものなのだということにあるように思う。多くの時代を経て生き残るのは、運もあるが、大変難しいことだ。人の考え方も変わり社会も変わって行く中で、人々が書き写し続けてきたものには、やはり大きな力がある。そして多くの場合、その時代の中で、新しい言葉の可能性を切り拓いて行った作品が、今の世の私たちにも訴える力を持っているのだと思う。『古事記』がそうだった。『古今集』がそうだった。『蜻蛉日記』も『源氏物語』も、芭蕉の『七部集』もそうだった。古典の価値は、私たちから遥かに遠い時間の向うにあるということ、そして、私たちが一〇〇年、一〇〇〇年の射程距離で物を考えることを可能にしてくれるものだからではないだろうか。

文化の違いを超える力

そのような意味で、古典を研究し教えることはどこにいても大事なことだと思う。フランスのメディエヴァル（中世

図6　メディエヴァル72号（2017）源氏物語と日本の貴族社会

Médiévales）という、フランス中世の歴史、文学、言語学を専門とする定評のあるフランスの学術誌からの誘いを受けて、二〇一七年に『源氏物語と貴族社会』という特集号を出版した。「メディエヴァル（中世）」という言葉は、日本とは使い方が違っていて、フランスで古代文学と言うと、ギリシャ・ローマ古典になってしまうので、フランスの中世文学はむしろ奈良・平安から鎌倉の文学に対応する。メディエヴァルの編集者はフランス中世文学の専門家だが、平安時代の女流文学の盛り上がりには驚き、感心していた。

　ピジョー先生がフランス語に翻訳した『蜻蛉日記』を友人の高校の哲学の先生が授業で取り上げたそうだ。そのときに、最も強い反応を示したのはアラブ系の女生徒たちだったという。フランスのアラブ系移民の家族の中でも貧しい階層は田舎出身の旧式な考え方の強い家庭が中心なので、女の子たちは男性社会の制約の中で暮らしている。彼女たちはそうした環境から抜け出そうと必死で勉強する。そうした彼女たちが、そんな昔に、それだけはっきりと自己主張をした女の人がいたのかと、一番深く感動したそうだ。

　このように古典文学というものは、時代を超えるばかりではなく全く違う文化で生きる人々に訴えかける力が強い。この論文では距離を持つことの重要さを何度か強調した。平安時代は私たちとは全く違う社会だ。その社会で生まれた『源氏物語』と対話することを通して、私たちが生きている現在を距離を持ってみる、相対化することができる、そのような意味で、古典の研究、教育はとても大事なものだと思う。

Ⅲ　文学と歴史の近代

痛みの「称《しょう》」――正岡子規の歴史主義と「写生」

友常　勉

ともつね・つとむ――東京外国語大学大学院国際日本学研究院教授。専門は日本思想史。主な著書に『脱構成的叛乱』、『戦後部落解放運動史――永続革命の行方』などがある。

本論は正岡子規の『墨汁一滴』『病牀六尺』を支えている国民主義的歴史主義を示すと同時に、それらのテキストのなかで、〈痛み〉の経験を通じて子規が展開していた言語表現上の挑戦に注目した。〈痛み〉を人称化するその表現は、日本語の言語表現の伝統に根ざしながら、写生の方法論をよく伝える実践であると考える。

はじめに

一九世紀の帝国主義と国民主義的歴史主義に対して対照的なアプローチをとった子規と漱石の文学実践は、歴史研究の観点からいってとても興味深い。しかも子規の場合にはその国民主義的性格に随伴しながら、同時代の最先端を切り開く言語実践を展開した。それはやがて第一次大戦後西洋に出現した、帰還兵たちの傷病やトラウマをめぐる文学実践に通底している。その一方で、子規の政治的立場である国民主義は、やがて総力戦期の「草の根のファシズム」を準備していくことになる。ここには、文学と歴史、政治と表現が生み出す革命性と反革命性のもつれあいがある。そのような二つの側面を丹念に描きだすことは今後の課題として、ここではその論点について素描してみたい。上記の目的にもとづいて、本論では、新聞『日本』に連載された正岡子規の二つのテキスト『墨汁一滴』『病牀六尺』を通して、子規が――実際にはこれらのテキストは虚子によって口述筆記されていたとはいえ――記述しようとした病苦の「痛み」と「写生」の方法論を検討し、それが日本の中近世文学を傍らに置きながら、日本語の文法構造を踏まえた叙法の実践であったことを述べたい。俳句がそうであるように、詩歌の文法においては、作者の主観は確かに存在し、締めくくりの助詞・助動詞によって、すなわち時枝誠記がいう「ゼロ記号」において作者の主観はそれぞれの詩歌作品は支えられている。(1) しかし詩歌で作者そのものが作品の表面にあらわれることはほとんどない。詩歌作品では、多くの場合、主題のみならず主格が自然物であり、人間でないことは珍しくない。それは子規が実践した「写生」という方法論の出発点でもあった。「写生」は一九世紀西洋のモダニズム文学の写実主義に同時代性を有してはいたが——そのことを子規も指摘しているが——、日本語の文法構造に由来しながら、無限に対象を擬人称化（＝personified、なお「称」はここではname、titleの意で用いる）していく叙法であった。しかもそれは、国民主義的歴史主義を担保としながら、それが保証する共同性から逸脱した、文学エリート男性たちのホモ・ソーシャルな読者共同体を不断に結び合わせながら展開された。「痛み」に注目しながら本稿で述べてみたいのは、連句の座を巻くことで形成される共同性に類似した、「称」を介して形成されるその共同性の特異性である。

子規における国民主義的歴史主義

まず、子規の文学革命とは、国民主義的歴史主義というイデオロギーなしには成立しなかったことを示しておきたい。ヘイドン・ホワイトは、一九世紀に創出された「文学」が国民主義的な歴史主義を背景のイデオロギーとして、先行する文学表現を支えていたプロットを解体し、「写実主義」がそうであるような、新たな形式と内容をつくりだしたことを次のように論じている。

> しかし——アウエルバッハや他の人々が示したように——、一九世紀に洗練されていった「文学」という概念は、新しい「形式」のみならず、新しい「内容」をも引き受けることになった。その内容とは、「写実主義」の教説に定式化されているように、「歴史的な現実」と呼ばれることになるものにほかならなかった——しかも、もはやそれは「過去」にすら限定されず、「現在」にまで拡張されていく。アウエルバッハが正しいとすると、時間を超えた価値や基準によって過去を一般化したり判断したりする衝動が一切なく、過去のあらゆる側面を《それ自体の観点で》《それ自体のために》見るように主張したのが「歴史主義」であり、この歴史主義的態

度こそが、文学的写実主義というイデオロギーを形成し生み出し、また、フランスとアメリカでの革命の勃発、資本主義の到来、偉大なるヨーロッパ帝国の始まりの時代において登場しつつあった新たなる社会階層に対して、（写実主義的な）小説が提供できると思われていた特殊な種類の知識の基礎を構成したのである。(2)

一九世紀の歴史主義は、神話や寓話、叙事的な物語というそれまでの文学のプロットを破壊し、その代わりに「発見」された近代的主体が経験する時間の多層性を文学的な栄養分とした。(3)しかも歴史主義の観点は《それ自体の観点で》《それ自体のために》という点にあり――ここで柄谷行人『日本近代文学の起源』（とりわけ「内面の発見」）を参照してもよい――、文学史や文化史の多様な経験をその観点のもとで統括して見ることを可能にしたのである。子規もまた、「写生」という方法論を対置するために、「月並」（＝月次）という美学的基準から、中近世文学のプロットに依拠したレトリックや装飾の技法を大胆に取捨選択した。それは子規の文学革命の破壊と創造をよく表している。

子規の時代の文学者にとって、こうした歴史主義とは、近代日本の国民主義イデオロギーと不可分であった。国民主義的歴史主義を背景に、進歩と啓蒙が基準的な観点として機能し、それが日常の身体の問題から社会的な論点へと拡張することを可能にしたのである。痛みの記述から始まって病人の介抱の在り方を論じ、それが女子教育へと引き上げられている議論（『病牀六尺』六十五節・六十六節）や、闘病を「戦」に譬える記事（六十九節）はその好例である。ここでは歴史的進歩主義が文化的文学的革命に敷衍されていく議論（同右、三十七節）を参照しておこう。

> 明治維新の改革を成就したものは二十歳前後の田舎の青年であつて幕府の老人ではなかつた。日本の醫界を刷新したものも後進の少年であつて漢法醫は之れに與らない。日本の漢詩界を賑はしたのも矢張り後進の青年であつて天保臭気の老詩人ではない。俳句界の改良せられたのも同じく後進の青年の力であつて昔風の宗匠は寧ろ其の進歩を妨げやうとした事はあつたけれど少しも之れに力を與へた事は無い。何事によらず革命又は改良といふ事は必ず新たに世の中に出て来た青年の仕事であつて、従来世の中に立つて居つた所の老人が中途で説を翻した爲めに革命又は改良が行はれたといふ事は殆ど其の例がない。(4)

文化的文学的革命の正統性は明治維新と明治期国民国家の建設という政治革命によってその根拠を与えられていた。国民主義と同伴的関係を形成したこの歴史主義が、子規が構築しようとした「写生」という観点にゆるぎない基盤を与えたのである。

痛みへの同化

「写生」による革命は、病床の境涯を綴る『墨汁一滴』から『病牀六尺』にいたる随筆のプロットの変化においても、伝統に対する破壊として進められていたことが跡付けられる。まず『墨汁一滴』において、伝統的な随筆の様式にしたがって表明される「痛み」である。

> 近頃苦みつる局部の痛の外に左横腹の痛去年より強くなりて今ははや筆取りて物書く能はざる程になりしかば思ふ事腹にたまりて心さへ苦しくなりぬ。斯くては生けるかひもなし。はた如何にして病の牀のつれ〴〵を慰めてんや。思ひくし居る程にふと考へ得たるところありて終に墨汁一滴といふものを書かましと思ひだちぬ。
>
> （一月二十四日）(5)

「明治三十四年一月二十四日」の日付のある、日用の「つれづれ」を記述する随筆体の叙法のなかで表出されるこの「痛」という経験の描写はまだ乏しい。これに対して、同年四月一九日にはすでに「痛み」の内容そのものに寄り添おうとする観点から記述される。

> をかしければ笑ふ。悲しければ泣く。併し痛の烈しい時には仕様がないから、うめくか、叫ぶか、泣くか、又は黙つてこらへて居るかする。其中で黙つてこらへて居るのが一番苦しい。盛んにうめき、盛んに叫び、盛んに泣くと少しく痛が減ずる。
>
> （四月十九日）(6)

さらに身動きや筆記が困難であるという表現の内容は「一月二十四日」の記述と同じであっても、次にしめす『病牀六尺』三十八・三十九節においては、「病」と「痛み」それ自体の観点からの記述に転換している。まずそれは、語り手が「病人」の観点に同化することによって記述される。

> 三十八
>
> 爰に病人あり。體痛み且つ弱りて身動き殆ど出来ず。頭脳亂れ易く、目くるめきて書籍新聞など讀むに由なし。まして筆を採つてものを書く事は到底出来得可くもあらず。而して傍に看護の人無く談話の客無からんか。如何にして日を暮すべきか。如何にして日を暮すべきか。(7)

（傍点原文）

> 三十九
>
> 病床に寝て、身動きの出来る間は、敢て病気を辛しとも思はず、平気で寝轉んで居つたが、此頃のやうに、身動きが出来なくなつては、精神の煩悶を起して、殆ど毎日

> 氣違のやうな苦しみをする。此苦しみを受けまいと思ふて、色々に工夫して、或いは動かぬ體を無理に動かして見る。愈々煩悶する。頭がムシャ〳〵となる。もはやたまらんので、こらへにこらへた袋の緒は切れて、遂に破裂する。もうかうなると駄目である。絶叫。號泣。益〻號泣する。〔…〕若し死ぬることが出来ればそれは何よりも望むところである、併し死ぬることも出来ねば殺して呉れるものもない。〔…〕誰かこの苦を助けて呉れるものはあるまいか、誰かこの苦を助けて呉れるものはあるまいか。（傍点原文）　（六月二十日）(8)

三十八と三十九節を通して、「つれづれ」の様式にしたがった叙法は完全に解体され、書き手は「絶叫。號泣」という〈声〉そのものに跳躍する。三十八節では自己言及的な叫びと、「病人」を記述する語り手の観点が同化する。そして、「如何にして日を暮すべきか。如何にして日を暮すべきか」という自己言及的な、しかし不特定の他者にも向けられた呼びかけとなる。続く三十九節では、「病人」はもはや痛苦に支配されている。そしてこの観点から一挙に救いを求める「誰か」への呼びかけとなる。もとより「誰かこの苦を助けて呉れるものはあるまいか」の「誰か」は、国民的共同性とは異なる共同性への訴えかけである。ここで表出されているのは、「病」と痛苦そのものの観点にもとづく内容と形式の文体である。しかもそれは共同性の形成と同時におこなわれている。

痛みの称化

前記の六月二十日の記事のあと、子規は「本郷の某氏」からの手紙を受け取る。子規の「煩悶」に対して宗教的救済を説き、しかしまたその不可能性と絶望を共有しながら心の平安を促す手紙であったが、今度はこうした応答を交えた関係性のなかで対話が生まれる。ここで先に問いかけられていた「誰か」は、ここでは書き手と読み手という読者共同性の関係性のうちに落ち着きを見いだす。このような読者の手紙とのやりとりを通して、語り手の心境は「畢竟自分と自分の周圍と調和することが甚だ困難になつて来た」（四十節）ことに目を向けるものとなる。この心理がより詳しく辿られる。(9)

> 四十二
>
> 〔…〕唯余に在つては精神の煩悶といふのも、生死出離の大問題ではない、病氣が身體を衰弱せしめたゝめであるか、脊髄系を侵されて居る為めであるか、とにかく生理的に精神の煩悶を来すのであつて、苦しい時には、何とも彼とも致し様の無いわけである。併し生理的に煩悶

するとても、其の煩悶を免れる手段は固より『現状の進行に任せる』より外は無いのである、號叫し煩悶して死に至るより外に仕方の無いのである。たとへ他人の苦が八分で自分の苦が十分であるとしても、他人も自分も一様にあきらめるといふより外にあきらめ方はない。此の十分の苦が更に進んで十二分の苦痛を受くるやうになつたとしても矢張りあきらめるより外はないのである。[10]

（傍線引用者）

作者の「十分」の煩悶が読者に「八分」の苦痛を招き、それによって読者や周囲が迷惑や被害を被ったとしても、それは事態の「進行に任せる」ほかはない。加害と被害の双方に損得があると考えても仕方がない。語り手は「痛苦」に内転した観点に存在しており、読者や周囲にその観点を共有することを求めている。作者の語りは痛みそのものになりきることが強いられる。それが不可能であるとしても、痛みそのものが言葉をもって語るように語らせられているのである。言い換えれば痛みそのものが、痛みの〈称化〉を必死に求めている。痛みの痛覚とは別に、痛みの称化を強いられることは、被害でも迷惑でもなく、痛みが促す、そうせざるをえない表出の機能というしかない。痛みは身体内部から発されているが、外部から主観に働きかける何かである。外部の対象が自らの言葉をもって語るとき、言語表現は擬人称となる。そしてこの擬人称化は、俳句の革命において子規が確立しようとした「写生」の方法論に重なっている。

「写生」

四十五

寫生といふ事は、畫を畫くにも、記事文を書く上にも極めて必要なもので、此の手段によらなくては、畫も記事文も全たく出来ないといふてもよい位である。これは早くより西洋では、用ひられて居つた手段であるが、併し昔の寫生は不完全な寫生であつた爲に、此頃は更らに進歩して一層精密な手段を取るやうになつて居る。然るに日本では昔から寫生といふ事を甚だおろそかに見て居つた爲めに、畫の發達を妨げ、又た文章も歌も總ての事が皆な進歩しなかつたのである。〔…〕寫生といふ事は、天然を寫すのであるから、天然の趣味が變化して居るだけ其れだけ、寫生文寫生畫の趣味も變化し得るのである。[11]（傍線引用者）

余命を限られた病床にあって、子規の俳句および選句は、例えば富田木歩や村上鬼城のように自らの障害や困難、困苦を主題とすることがなかった。痛みや病はむしろ日記風に連載された地の文に激しく表記されていた。だがそのことは、地の文が主観を担い、俳句・短歌作品が客観を担ったということではない。地の文における病や痛みの記述で、「写生」の条件についての理論的な考察とその実践は十分に追及されていた。そして当然にも子規は「天然の趣味が變化して居るだけ其れだけ、寫生文寫生畫の趣味も變化し得るのである」というように、天然の対象、すなわち無情のものも有情のものも、それに合わせた写生がありえると主張する。

ここで、「写生」のこうした方法論が、詩歌作品の対象を無限に「称」化していく展開を伴うものであることを、藤井貞和の人称論を参照することで確認しておきたい。

> 紀貫之の屏風歌である。
>
> 思ひかね、妹がり行けば、冬の夜の、河風寒み、千鳥鳴くなり
>
> の、「河風が寒い」というのはどういう「人称」だろうか。否、これが人称であろうか。ここで非人称などというのは本末転倒である。非人称はpersonでない事柄なのに、人称the personを前提にしてのみ成り立たせる言い回しであるから、ちょっと避けたい。従来の人称概念に対比させるなら、自然称the natureなどというべきだろう。それと同様で、千鳥が鳴くのは「鳥称」であり、あるいは擬人称personifiedである。〔…〕「It rains」式に、欧米的文法学説の人間主義は人称を前提とする。自然や生物、無生物を「非人称」impersonalと称するのは、自然に引きつける「称」に対してみたいとふと思われる。[12]

藤井は欧米の文法用語である「非人称」という規定が日本語の表現にはなじまないことに注意を促しながら、名詞の位置を定める「格」を有する対象物それぞれが「称」としてあらわれることを指摘している。その場合、「人称」が常に主格や主語となるという先入観は捨てなければならない。「写生」についていえば、それが天然の対象にあわせて無限の形容を可能にしているのであれば、藤井が論じる意味で無限に「称」が展開していくことを意味している。「称」「人称」が相対性なものであることについて子規が自覚的であったことは、滑稽話に仕立てられた百四節の記事（八月二十四日）によく表れている。「あなたにお目にかかりたい」といって子規のところにやってきて宿泊までしていった、子規の「理想」を備えた「渡辺のお嬢さん」の正体が、最後の最後に、「南岳艸花画巻」であることが明かされる。「お嬢さん」という女性の三人称代名詞を用いて作文されたところにこのエッセイの妙味がある。

終わりにかえて

痛みに観点を設定して記述する試みは、『病牀六尺』の最後まで続けられた。結核性脊椎炎によって腫れあがった足についてのよく知られた記述は死の五日前、「九月十四日」の日付である。

足あり、仁王の足の如し。足あり、他人の足の如し。足あり、大磐石の如し。僅に指頭を以てこの脚頭に觸るれば天地震動、草木號叫、女媧氏未だこの足を断じ去つて、五色の石を作らず。（九月十四日）(13)

痛みに「称」を与えようとした試みは、ここで簡潔な表現におさまっている。三ヶ月前に「爰に病人あり」と記された観点は「足」に移動している。これは足が語ろうとするところの「足—称」である。こうして、すでに指摘されてきたとおり、子規の最後の数日間はその文学革命の集大成でもあった。

同じ含意から、『病牀六尺』連載最後の百二十七節では、連載を読んで子規の安否を案じる芳菲山人からの来書を紹介し、山人の短歌「俳病の夢みるならんほとゝぎす拷問などに誰がかけたか」を掲げて終わることにも留意しよう。「肺病」に掛けた「俳病」、「夢」「ほととぎす」そして「拷問」などの主題は、それぞれ連載で子規が触れたトピックであり、あるいは子規の代名詞となった言葉である。いささか無遠慮に子規の生涯を総括しているこの歌には、新聞『日本』に連載された子規の思想・思案が読者との共同性のもとで形成された累積が、簡略かつ凝縮されて物語られている。しかもまた連句から出発した俳句が句会的な共同性を有していることの特性をよく示している。それは女性を排した文学エリートたちのホモ・ソーシャルな共同性であるが、同時に、国民主義とは区別される開かれた共同性が存在したことを証し立てている。

さらにまた、九月十八日に書かれた絶筆三句のうちの第一句「糸瓜咲て痰のつまりし佛かな」もまた、「天然の趣味」を生かす「写生」が、「称」に対して相応の位置を与える作法であることをよく示している。「糸瓜咲て」「痰のつまりし佛」はいずれもそれぞれが擬人称化した「称」としての位置にある。しかもそれぞれのつながりには統合や序列がない。そして「かな」というゼロ記号によって、主観の感情もまた強く自己主張することなく全体を締めくくる。これを子規の文学革命の集大成とする評価に誇張はないと考える。

本論では、国民主義から備給される表現の欲望を、時代の最先端を切り開く文学実践へと開いた子規の言語表現を中心に論じた。それが冒頭に記したような、第一次大戦後の帰還兵たちの傷病やトラウマをめぐる文学実践にどう重ね合わせることができるのかは、今後の課題としておきたい。そしてこれもまた冒頭で述べたように、この課題は同時に、そうした実践が、文学における国民主義と総力戦期の「草の根のファシズム」とどうかかわっていくのかという論点をはらんでもいる。文学と歴史、政治と表現のもつれあった関係がもたらす革命性と反革命性という周知の課題がここに横たわっていることを、あらためて確認しておきたい。

注

(1) 時枝誠記『国語学史』(岩波書店、一九四〇年、[再版、岩波文庫、二〇一七年])の「ゼロ人称」のこうした理解については、藤井貞和『文法的詩学』(笠間書院、二〇一二年)とりわけ「二十章　語り手人称、自然称」の議論にもとづく。なおこれについては後述する。
(2) ヘイドン・ホワイト『実用的な過去』(上村忠男監訳、岩波書店、二〇一七年)一五―一六頁。
(3) 同右、一二六頁。
(4) 正岡子規『病牀六尺』(『正岡子規全集』第十一巻、講談社、一九七五年)二八一―二八二頁。なお以下、全集からの引用は、「全十一、頁数」のように略記する。
(5) 全十一、九六頁。
(6) 同右、一六六頁。
(7) 同右、二八二頁。
(8) 同右、二八三頁。
(9) 同右、二八四頁。
(10) 同右、二八六―二八七頁。
(11) 同右、二八九―二九〇頁。
(12) 藤井貞和『文法的詩学』(笠間書房、二〇一二年)三四〇―三四一頁。
(13) 同右、三七九頁。

「草の根のファシズム」のその後

吉見義明

よしみ・よしあき――中央大学名誉教授。専門は日本現代史。主な著書に『従軍慰安婦』、『毒ガス戦と日本軍』、『焼跡からのデモクラシー』全二巻などがある。

戦中から戦後への日本の民衆意識の変化には、ある特徴があった。二人の人を例に考える。彼らは熱心に戦争協力したが、その分だけ敗戦の無念さは深かった。戦後への適応も早く、戦中体験から平和の価値を発見し、自分のものとしていった。しかし、戦争協力への反省や対他民族責任についての自覚はほとんどなかった。

はじめに

私が『草の根のファシズム』（東京大学出版会）を書いたのはいまから三〇年前（一九八七年）ですが、ここでは、「草の根のファシズム」のその後について議論したいと思います。この本の続きとして、私は、二〇一四年に『焼跡からのデモクラシー』という本を書きましたが、その中から、二人の人物を取り上げて、民衆の戦中意識は、日本が敗戦した一九四五年以降にどのように解体し、解体しなかったかを、二人が残した日記や記録によって、検討してみたいのです。

中島飛行機女子職員の戦中・戦後

まず、一九二三年四月に埼玉県浦和市生まれた青木祥子（仮名）という女性をとりあげます。彼女は、敗戦時には二二歳でした。父は埼玉師範学校の体育の教師、のち秩父のある村の村長となります。彼女は、一九四一年に浦和高等女学校を卒業し、東京府久留米村（現・東久留米市）にある自由学園女子高等部に入学し、一九四四年三月に卒業しました。卒業式では「海行かば」を泣きながら合唱し、挺身隊として働く覚悟をかためる軍国青年でした。

自由学園は羽仁吉一・もと子夫妻によって一九二一年に設立された学校で、『ヨハネによる福音書』にある「真理はあなたたちを自由にする」という言葉からとった「自由」を旨としているので、憲兵・警察ににらまれていました。しかし、学園は戦争に協力的でした。

彼女は、卒業後、軍用機のエンジンをつくる中島飛行機武蔵製作所に就職し、勤労動員された女子生徒の生活面の補導をする仕事を担当し、見事にその任務を遂行します。

また、自身が工場で働くことの意味を、若い女性が工場に進出することがやがて女性の地位の向上をもたらすと考えていました。

一九四四年一〇月に四三名の女子学生を連れて、群馬県にある飛行機を組み立てる工場、中島飛行機太田製作所を視察した時、「エンヂンのないばかりに出来上らぬヒコーキの機体がずらりと並んでゐる」光景をみてショックを受けます。エンジンの製作は武蔵製作所が行っていたからです。彼女はあらためてエンジンの増産のために力を尽くそうと誓います。

しかし、一一月二四日武蔵製作所が初空襲され、以後空襲が続きます。工場は各地域に疎開し、彼女は、河口湖の工場に移り、ここで敗戦を迎えます。

敗戦時の感慨は、「満洲事変以来の幾多将兵の血の犠牲が、あゝくやしい」「昭和の民の不義不忠之にまさるはなし」という無念さと、「きれいなきもの一つきず、紅白粉もつけずに、一心に今日の日迄爆弾の中に幾度か生死の危険にさらされつゝ働いてきたのは一体何のためだったか」というむなしさでした。彼女は、八月二三日付けで解雇されます。海軍将校と結婚したいという夢もついえます。

しかし、まもなく彼女は、戦争のない平和な生活の貴重さに気づきます。一九四五年九月三日には次のように日記に書いています。

> 白い式服ブラウス、紺ズボン、おねえさんに頂いたハンドバックもってゆく。今、自分は、娘としてしづかな幸ひな日々を送ってゐる。あせるまい。一人にも、しづかな幸福がこんなにも恵みゆたかに与へられてゐるではないか。大いによい本をよみ、料理、掃除、センタク、裁縫したい。えもかきたい、お習字もしたい。おことをならいたい。（九月三日）

彼女は、平凡な生活の貴重さを発見したと言えるでしょう。

また、新聞紙上やラジオ・婦人雑誌などで女性解放の声があがるのもうれしいことでした。敗戦によってもたらされた新しい時代は、彼女にとって意外にも好ましいものだったのです。

かつての侵略戦争はどのように反省されたでしょうか。彼女は、「大東亜戦争」の目的・理想は正しかったが、方法がまちがっていたと記しています。植民地放棄については、残念で憤懣やるかたなしと書いていますので、「帝国意識」は崩れていません。

しかし、戦争をのろう意識はあちこちに出ています。国民は飢餓状態にあり、戦死者の遺骨が返ってくるのをみると「本当に戦争をのろひたくなる。」(一〇月一〇日)と書いています。近衛文麿元首相についても、日中戦争の拡大を阻止できなかった責任と日独伊三国同盟に調印した責任があると述べています(一二月一七日)。天皇についても、食料不足で「天ちゃんをさへ恨みたくなる」と記しています(一〇月一一日)。

要約すると、彼女は、戦後の繁栄を願って耐乏生活をしながら、本気で戦争を支えたにもかかわらず、すべてが空しかったという思いから、戦後の現実が意外に好ましいと思うようになっています。戦死も空襲もない自由と平和の価値の発見ないし確認です。この思いは、一九五二年の講和後にも再確認されています。それは、「もう、もう、戦争はこりごり」という思いです(一九五三年二月七日)。

第二は、職場進出から学んでいった若い女性の社会観です。女性が工場で働くようになると、戦後に家庭に復帰した女性の意識水準があがる、と工場で教えられたが、それは現実のものとなっていったのです。それに女性解放という戦後の理念が加わると、さらに新しい地平が築かれるように思われました。

しかし、彼女は、伝統的な男女役割分担の考え方に強く拘束されていました。そのような意識の下で、女性解放を現実生活で実現しようとすれば、多くの壁につきあたることになります。彼女はまもなく結婚しますが、相手の男性に絶望し、嫁姑の対立に疲れ果て、一九五一年に離婚します。

その後、小学校の教員になり、それを天職としていきます。一九六〇年に全国的な安保闘争が始まりますが、六月一五日、女子学生、樺美智子さんが警官隊との衝突で死亡したことを聞き、テレビで確認して驚愕します。その日のことは次のように書かれています。

遂に最悪の事態にきた流血デモ、大惨事! 私がもの心づいてから2・26事件、そして大東亜戦。戦后最大の社会不安をおぼえ、周りみな憂りょにたえぬ。(六月一五日)

彼女は、岸内閣や警官隊の対応に深い憤りを感じて、翌日国会デモに参加し、南門にお焼香に行きます。二・二六事件とアジア太平洋戦争と安保改定が一連のものとして受け止められていることが特徴的です。このように、戦争に対する不安と平和への願いは、一九六〇年にはまだ人びとの心の中に生きいきと存在していたのです。

ある男性小学校教員の戦中・戦後

つぎに男性の小学校教員、宮下功さんについて検討します。彼は、一八九九（明治三二）年三月、長野県下伊那郡山吹村に生まれました。日本敗戦時には四六歳でした。長野師範学校講習科修了、松本教育実業学校・神田正則英語学校をへて、一九一八年に順天中学校卒業、長野師範学校卒業という複雑な学歴を持っていますが、最後に長野師範を卒業したので、エリート教員になります。彼はつづり方教育の研究に打込み、その成果を、一九三二年から一九三四年にかけて『綴方の研究』（一輯～四輯）・『飯田小学校の綴方研究』として発行し、一九三六年「表現様式に現れたる綴る力の発達」（『教育』岩波書店、一九三六年五月）という論文にまとめています。

彼は、一九四〇年には、四一歳で下久堅《しもひさかた》小学校校長となります。翌年、下久堅国民学校の「校訓」を制定しますが、それは、「光華《ひかり》を仰ぐ明るい心、賢《かしこ》かれ」などという「国体の精華」を称揚するものでした。彼は、天皇中心の教育を志す典型的な教師だったのです。

彼は、一九四三年拓務省・文部省などが編成した「満洲開拓青少年義勇軍教学奉仕隊」の一員に選ばれて、四〇日間に亘って、中国東北の各地を視察し、郷土出身の満蒙開拓団・訓練所などを訪問します。その時収集した資料を綴った膨大な冊子は『満洲紀行』全一三巻として記録し、保存しています。伊拉哈《イラハ》開拓団を訪問した時には、長野県河野村出身の筒井光美団長から、「なぜこの希望に満ちた楽土に内地からもっと進出しないのか」、といかにも内地人をあわれむようにいわれて、「確固たる信念と実際的計画とを以て前途に洋々たる光明を認め、衷心より大安心を以て開拓の大道を進みおる姿に接し敬服」した、と記しています。

彼は、日本の「満洲国」支配や満洲移民政策に疑問はまったく持っていません。それでも、どこに行っても水不足で水汲みが大変だ、住居は泥と草とで固めた泥板で作られており破損が甚だしい、先は光明に輝いているが、今は「皆満人に似たようなみすぼらしい生活」をしていると、開拓団の厳しい生活環境を注視しています。

帰国後間もなく、彼は、長野県視学に昇進し、埴科地方事務所教学課長となります。校長→視学→教育会幹部と進む道は当時の初等学校教員の典型的な出世コースでした。

彼は、戦時動員に積極的に協力し、学徒動員や教学練成のために視学として奔走します。その中には、満蒙開拓義勇軍の送出もありました。アメリカ軍の空襲がはじまると、東京都からの学童集団疎開受入れの仕事に忙殺されます。学徒勤労動員の徹底的強化、海軍志願兵の徴募協力、航空青少年隊の戦術訓練への協力などにも努めます。戦争完遂のために長野県の教育界で奔走し、戦争に対する疑問が生まれる余地はほとんどなかったようです。

このような態度は敗戦によってどう変わるのでしょうか。まず、敗戦については心から無念に感じています。一九四五年八月一五日の「玉音放送」は、天皇の声を聞いて「大感激」し、また「感無量」と記されています。アメリカ軍が厚木基地に進駐した二八日には「屈辱、無念の日なり」と書かれています。

しかし、立ち直りの早いのも彼の特徴です。敗戦後の状況について、官吏の態度がもっとも悪い、「指導者階級」の情けない態度は言語道断であり、教育者は早急に立ち直らなければならない（八月一七日）とし、教職員の「大奮起」を促すため、一八日から視学として学校行脚を開始、「神武天皇の神策の話」をして廻っています。

一〇月二九日には、校長会で配布するため、前田多門文部大臣の訓示を謄写版刷りにしています。この訓示は、軍国主義者と極端・偏狭な国家至上主義者を教育界から追放し、軍国主義を批判した教育者は教職に呼び戻すよう指示していました。また教育勅語を「勤読」すべきだとし、天皇に「忠良な国民」の育成をめざすとともに、個性の完成した人間の育成をめざすようにも指示していました。

この訓示に基づき、長野県は、一一月二〇日視学会議を開催し、「新日本建設」のために教育刷新を期する校長の大移動を協議しました。彼は、二九日には、事務所で五名の校長に勇退するよう通告しています。一二月一日の視学会議は、県下の国民学校・青年学校の校長のおおむね一四二名を退職させると決定しています。

しかし、これは一部の教員を退職させただけであり、県教育会の根本的な反省はなく、戦時下の教育会指導者が、戦後も「新日本建設」にあたることになります。

彼は、一二月二八日に松尾国民学校の校長となります。彼は、職員・児童に新任の挨拶をした後、天皇の写真が納めてある奉安殿にお参りし、異常の有無を点検しています。

一九四六年に、彼は大日本教育会下伊那分会副会長兼事務局長になりますが、教員組合結成問題がおこると、率先して教員組合設立の指導を行います。なぜ教員組合結成に深くかかわったのでしょうか。コミュニズムの影響を受けた教員たちが教員組合結成にむけて一九四五年一二月頃から動き出したため、この動きに対抗し、自らが教員組合を「早急に結成して教育革新の新しい進路を見出すこと」がもっとも時宜にかなっている、と彼は考えたのです。

彼の判断は、教員組合は教育会では解決できない教員の経済問題の解決や新教育建設に必要である、教育会や校長がこの運動を冷眼視していると若い教師や急進的な教師を「過激な行動」に走らせ、組合の性格・活動も「不健全なもの」になってしまう、下伊那郡の全教職員が大同団結して「健全中正な組織」を育成していくことが最も適正である、というものでした。

こうして、三月一六日の下伊那教員組合の結成大会には一〇〇〇名近い人が参加しました。彼が委員長に、コミュニストの一人が副委員長になりました。教員組合加入者は一九四七年一月には一五二七名に達します。未加入者は数十名で、組織率は極めて高くなりました。これは彼の功績です。

一九四七年二月一一日のゼネラルストライキを目指した運動にも彼は参加します。一月二〇日の長野県教員組合の闘争態勢確認大会では、スト決行政策を決定します。今回のゼネストは「階級闘争の理論において説明すべき」であるかという質問に対して、彼は「その通り」と回答しています。要求項目をこえての闘争であるかという質問に対しても、「生活権獲得の要求がわれわれの闘争の中心をなすべきものであるが、労働者階級の抑圧を目ざしている反動政府を打倒しなくては、われわれの生活権確保も民主教育の建設もあり得ない。そういう意味で要求を超えた闘争といい得る」とも回答しています。教組結成の頃の彼からは想像できない程の強い主張でした。

彼の指導する下伊那教組は、一月一八日にストライキ態勢確立全員大会を開催し、組合員一五二七名中六六八名(他に委任状二六二名)が参加し、満場一致でスト宣言を発することを決定します。また、弾圧が下った場合を想定して、第二陣・第三陣の闘争本部を編成しています。

しかし、一月三一日、中央闘争委員会の伊井弥四郎委員長は中止の放送を行います。これを聞いた時には、みな呆然として一語も発することができなかった、と書かれています。

その後、一九四九年三月には、長野県軍政部教育部長のウィリアム・A・ケリーの指導によるパージにより、かれは退職します。

校長退職後、彼は一時農業に専念しますが、一九四九年五月、地元の山吹村村長に請われて山吹公民館主事に就任して、補習学校・婦人会・青年団・スポーツ大会などに関わって指導します。自主性・道理・人格形成・犠牲的精神、幼児教育の大切さ、君子の美、広い視野の大切さ、「積誠」、他者への寛容などを説くのです。一九五二年三月、山吹村収入役に就任し（一九五四年三月まで）、一九五四年四月、山吹村公民館長となります。一九五五年一〇月、保守の立場から原水爆禁止協議会山吹協議会会長となり、一九五六年七月原水禁飯田伊那協議会会長に就任し、八月に広島・長崎世界大会に出席します。

以上を要約しますと、戦中の県の視学をへて敗戦直後に大日本教育会下伊那分会副会長兼事務局長という地域の教育会の実力者となり、下伊那教員組合委員長・県教組副委員長・県闘争委員長となっていく軌跡は、彼が戦後改革の中で状況対応的に、あるいはなし崩し的に、変容し、自己革新していく過程と考えられます。

敗戦下の絶望的な教員の待遇を改善し、教育施設・設備や教育環境を改善するために、彼は身を挺して闘ったのですが、それは教育会では実現できないと考えたからです。また、教員組合を、このような課題を実現しうる「中正」・穏健な組織にしようと奮闘します。多くの教員が要求実現のために結集するには、左派が過激な政治的要求を組合に押し付けていたり、引き回し的な組合運営をしていては不可能で、「教全連や北佐久〔教員組合〕が安んじて入り得るような規約なり主義方針でなくては本当のものではない」という主張には一定の説得力があります。

また、彼が教員組合に積極的に関わらなかったなら、下伊那教員組合はほぼ全員加入という高い組織率をもちえなかったでしょう。小学校教員たちの彼にたいする信頼・信用は絶大だったのです。その意味で教員組合運動に大きな貢献をしたことになります。

しかし、信濃教育会や下伊那教育会が一定の自己改革を行なったとはいえ、全国的にみると教育会が戦後も生き残るのは例外的でした。とくに問題となるのは、教育会が戦中の教育を真摯に反省し、どのように自己革新したか、宮下にとっては戦中の教育をどう自己点検したかでしょう。そのような反省はみあたりません。

しかし、一九六〇年の安保条約改定では、安保条約は「侵略戦争へつながる」、「平和憲法の精神は無残にもふみにじられてしまう」として反対します（公民館誌『たかもり』一九六〇年四月一〇日）。これは保守の立場からの自己革新と考えられます。

おわりに

以上、ふたりの日本人の戦中・戦後の軌跡をみてきましたが、ここから何がいえるでしょうか。まず、戦後日本の民主主義と平和意識の特徴がくっきりと現れているということです。それは、第一に、戦争はもうこりごりという意識、戦争にまきこまれることを拒否する強い意識です。第二は、日本以外のアジアに対する戦争責任意識が希薄であるということです。第三は、戦争に対する反省が自覚的に行われるというよりも、歴史の流れにそってなし崩し的に考え、行動するという特徴があるということです。

このように、第一の意識は、戦争体験に裏打ちされた極めて強いものですが、戦争体験世代が地上から姿を消す中で、大きな転換が起こりつつあるのが、いまの日本の状況ではないかと思います。日本政府が集団的自衛権の行使を容認し、自衛隊の戦闘への参加が予測されるようになった現在、このような体験から私たちが何を継承できるかが問われる時代になってきていると思います。

社会的危機と社会帝国主義
――「草の根のファシズム」と日本の一九三〇年代

イーサン・マーク（小美濃彰訳）

イーサン・マーク――オランダ、ライデン大学准教授。専門は近現代日本史。主な著書に Grassroots Fascism: The War Experience of the Japanese People.（吉見義明「草の根のファシズム・日本民衆の戦争体験」翻訳、一九八七年）、Japan's Occupation of Java in the Second World War などがある。

第二次大戦からこのかた、研究者たちは一九三〇年代の分岐点の性格をめぐって意見をたたかわしてきた。過去についての解釈の変化とは、日本社会について、日本の近代について、そして戦後世界の変化のなかでの日本の位置について、その戦後における変化に関する解釈を反映してきた。そうした中で、吉見義明の『草の根のファシズム』（一九八七）はこの歴史研究における重要な転換点を代表している。

一九三〇年代は近代の最も大きな問題を示す時代である。日本やその他の国々において、一九三〇年代の経験は近代史上最大の危機であり、そして最も根源的な反応を引き起こした。当初より一九三〇年代の日本社会研究は、それゆえ避け難く、より大きな概念的な論争や、二〇世紀の歴史への根本的な問い、近代の社会変化がもたらした影響をめぐる政治対立を巻き起こしてきた。これらは近代、近代化、民主主義、資本主義、帝国主義、文化、戦争、そしてこれらの相互関係の問題であった。さらに、それは日本近代史の他の時期にも通じることでありながらも、一九三〇年代の極限状態には固有の激烈さが存在したように、一九三〇年代の日本を扱う研究も、特有の性質や非西洋国、非西洋勢力としての経験の本質や意味をめぐる学問的苦闘に特徴づけられている。一九三〇年代の日本社会についての解釈の変化は、すなわち、より広範な近代日本の解釈の変化の表れである。また、世界的な現象としての近代、これ自身をめぐる解釈を表すものでもある。

一九二九年ごろの日本国内の情勢を一瞥するだけでは、すぐ後に連なる急激な発展と惨事について、あまり手がかりは得られないと思う。政治の面では、一九二〇年代末までに男子普通選挙を採用し、議会に選出された政党議員が権力の中心で足元を固めたように見える。それでも、明治憲法の作成にあたった保守的な元老たちが本来意図していた通り、議員らの権力はまだ限定的なものであった。衆議院の権力の多くを天皇や各国務大臣、そして非公選の貴族院が分有していたからである。社会経済を見てみよう。まだ日本の労働人口のおよそ半数が農業部門に属していた。そして都市と農村での発展速度の格差が問題になっており、格差は多くの零細企業とわずかな大企業との間だけにとどまるものではなかった。同時期の日本は、ほぼ完全な識字率を誇り、都市化や大量生産、マスメディアが勢いよく拡大していたころで、ますます多くの人びと（およそ都市人口の二〇パーセント）が中間階級へと到達していた。これら複数の発展が混成していたことを考慮するならば、次のことはおそらく必然である。つまり、労働者政党が農村と都市双方において支持や主張を発展させたこと、そしてマルクスレーニン主義的な社会分析が真摯な知的関心を集めたことである。ただ、どちらも同時期のヨーロッパで見られたような、既存の社会秩序を脅かすものにはならなかった。地政学的にはどうか。日本は国際連盟に所属し、友好な状況で、長期的かつ有益な同盟関係をイギリスとの間で保っていた。反植民地抗争が韓国で展開されると、ここが日本にとって最も反抗的な植民地であったのだが、これは比較的には懐柔的な「文化政策」の採用によって収められたように見える。この政策には、各地の文化的自律性への寛容と政治的抑圧とが混在していたのだ。中国では、台頭するナショナリズムとの摩擦が進行し、これが日本の巨大な実業界や軍部を悩ませていた。しかし、客観的には、ここにおいて蔣介石から受けていた脅威はわずかであったように見える。蔣介石は、ばらばらになった中華民国を指揮し、日本という圧倒的な軍事勢力と対峙するよりも共通の敵となる共産党の制圧を、より強く望んでいたようである。一九二八年には関東軍が満州情勢を掌握すべく、不服従を示す現地指導者、張作霖を暗殺した。この行動は日本の大衆、あるいは政治関係者からの支持をほとんど受けぬものであった。

しかしながら、一九三〇年代末には、残酷であり先行きすら見えない、中国での消耗戦が三年目に入り、国内の社会的、経済的、そして精神的資源への需要はさらに高まっていた。関東軍が国家を満州侵攻へ駆り立てるべく行った一九三一―三二年の行動は、遂行こそされたものの、軍事支配への野心を満たすには明らかに不十分であった。軍事予算が国家支出の四分の三を占める状況が四年にわたって続き、大陸への数十万の派兵は日本を中国という泥沼へより深く沈めていく行為のように映った。日本の消費経済はやがて厳しく統制され、必需食品の不足や商品の値上げが大衆の不満を強めていた。衆議院には依然として公選議員が在籍していたが、政治的にはほとんど陸軍幹部や官僚に屈服していた。日本経済や文化領域、そして日常生活にまでその影響が深く浸透した。軍人や官僚が権力掌握を強めていく中、「東亜新秩序」に向けた日本の「聖戦」の神聖性はもはや議論の余地すらなかった。異論の声は抑圧され沈黙に陥り、それは左翼陣営からやがて政治中枢部へと広がった。その頃の帝国内では、韓国と台湾も、日本に奉仕し忠誠を示すようさらなる圧力を受けていた。両国の経済は日本の戦争に資するべく再編成され、民衆は日本語のみを話し、日本名を使用するよう強制された。さらに国際関係について。日本が今度はイギリスとアメリカの自由民主主義との関係を断ち切り、頑強な反自由主義、反共産主義ファシストのイタリアとナチスドイツとの同盟を成立させた。一般の日本人は、日本が中国で苦境の打開できずにいること、そしてそれに伴ってかさむ費用に戸惑い、また不満をためていた。だがしかし、その彼らこそ、それまで以上に確固な姿勢で日本の新しい急進的な軍事路線に献身していったように見えるのである。この路線はすぐに、パールハーバーへと至ることになる。

いかにしてこのような結末に行きついたのだろうか。世界恐慌は日本を、ほかのあらゆる国々と同じように直撃し、新たな時代を開きつつあるようであった。しかし、世界の各社会がこの世界的経済危機に様々な反応を見せる中、ごく一部が過激な国家統制と粗暴な軍事侵攻を選んだのである。日本以外にこのような方針をとった二ヶ国が、第二次世界大戦中の日本の「ファシスト」同盟であった。これらの国々がたどった歴史は、日本の一九三〇年代を語るうえでいかなる助けとなるのだろうか。言え換えれば、一九三〇年代の「新たな転回」に見える日本の動きは実際にどれほど目新しいものだったのだろうか。そして、どの程度それが「日本的」特質であったのだろうか。日本の内外において、そういった問いがこれまで学問的関心の焦点となってきた。その焦点の変遷や、ときに変化していく回答は、より広い戦後の社会的、政治的、そして知的文脈の変動を映しだしてきたのである。

戦後初期には学術的な議論が盛んにおこなわれた。意識してか否か、彼らが主張するところの筋書きは冷戦期の政治的な亀裂を反映するものであった。この時期、日本の主導的な学者の多くがマルクス主義的な指向を持っていた。彼らは総じて、「ファシズム」という用語を使用して一九三〇年代の日本を記述していた。一九三〇年代の出来事は不可避的な結果として、長期的な問題、社会的な欠陥、少なからず一八六八年の明治維新まで遡る矛盾によって生じたものと捉えられていた。彼らの目には、明治維新が「半封建的」地主や軍部エリートと、拡張しつつも未熟な日本資本主義との、革命的性格の薄い折衷物として映っていた。(中略)

戦後初期のエドウィン・ライシャワーなど西洋の主導的研究者らは広く言ってマルクス主義やマルクス主義的な歴史観に共感していなかった。彼らは日本の近代化に関する一般否定的な評価に同意せず、一九三〇年代の日本をある特異なものとして捉える傾向にあった。(中略)彼によれば、日本の一九三〇年代は近代化に向けた進路の急な踏み違いが起きたのであり、通常は合理的な文民指導者らが一時的に、野心的で非合理的な「軍国主義」の派閥に圧倒されていた時代であった。

第三の分析視角は、戦争直後の輝かしき政治学者、丸山眞男によって描き出された。(中略)彼の手法に特有なのは、彼が近代日本における文化的発達の根本的な欠陥を強調している ことである。彼は次のように主張する。宗教と政治の主権が天皇という一人の人物のもとで結合したことが、成熟した西洋型の市民社会の発達を妨げたのであり、宗教と国家、公と私、道徳と政治といった領域の明確かつ合理的な分離もなかった。そしてその結果が、独立した合理的思考や西洋のような各個人の良心の内部ではなく、外部的に「状況に応じて」、国体と天皇という「絶対的価値」に基づいて価値体系が決定される戦前社会なのだと。

このような大きな違いがある中で、三つの解釈に共通して反映されている前提がある。すなわち、一九三〇年代の日本は同時代のヨーロッパに類似しているものの、その一方で、中心には日本の「近代」と「伝統」との緊張、そして戦前日本の国家と未熟な市民社会の関係の半封建的な性質が横たわっているということである。(中略)ドイツやイタリアのファシズムにおいて、「下から」のファシズム運動が、競合する大衆的な社会主義運動と敵対しながら国家の統制を握り、旧体制を揺るがしたのに対し、日本国内の動揺は上層部でのみ、軍部指導者の派閥争い内部に限って現れていたようである。(中略)軍部やより広範な社会の中で、天皇の権威が問いに付されることは決してなかった。彼の象徴性が確固として権力の座に位置づいていたのである。

従来の、マルクス主義による日本社会の特徴づけは戦後しばらく、おおよそ丸山のそれに同意するものであった。一九七〇年代半ばに、大石嘉一郎は、ひとつの水準点となった彼の歴史研究の中で、日本の「絶対主義」的支配体制下の根源的な戦前共同体と社会経済の「後進性」を強調し、これを大衆的な基盤に支えられたヨーロッパのファシズムと区別した。またそれと同時に、彼はこの体制に「特有」の成功、すなわち戦争のために未曾有の規模で大衆を動員することによってファシズムの役割を演じたということを論じている。(1)

ほかの国々の研究者のように、西洋の主流な学者や日本の非マルクス主義者らは、そのようなマルクス主義的な解釈それ自体に疑義を投げかけ、資本主義の危機や「独占資本」の不可欠かつ決定的な役割への単一の関心は還元的かつ機械的であると主張していた。

日本に関して、彼らは次のような論点を提示することによって第二の波を起こしたのである。すなわち、日本が恐慌期に実際どれほどの階級対立あるいは社会経済的危機を経験したのか、という問いだ。ウォールストリートの破綻はたしかに日本経済を襲ったが——とりわけ穀物価格の暴落が農村部を——、彼らによれば、それはアメリカで経験され、ドイツを孤立させたような難局にはいたらなかったというのである。日本は産業化した国々のなかでいち早く、通貨切り下げや軍事関連事業に伴う公共投資の拡大によって恐慌を切り抜けていた。円安が輸出に拍車をかけ、公共投資はケインズ主義的な国家介入の先端をゆく成功であった。

「この頃の日本はファシストというよりも軍国主義というに相応しい」と、アメリカの代表的歴史学者であるライシャワーやアルバート・クレイグが広汎に使用されている教科書の中で述べている。「基本的な国家機構は新しくも革命的でもなく単にかつて『確立された』もので、そして軍部エリートに掌握されて統制による上塗りを受け、精神的なナショナリズムを利用したものにすぎない」のである。(2)

そういった議論も一九七〇年代半ばには次第に行き詰まりを見せ、そこでマルクス主義に立つ古屋哲夫が議論を前進すべく創造的な試みを行った。日本国内では激しい社会的不安や、イタリアとドイツのファシズム運動に見られた明らかな「政権交代」が実際には欠けているということを認める一方、彼は日本の経験をもって、二つの原則的な特質を中心としたファシズムの定義の世界的な応用性を提起したのである。すなわち、抑圧と動員である。(中略)古屋の観点では、一九三〇年代の日本の新たな国内秩序において革命的であったのは、改革主義的な国家が社会を再編し日常生活へと干渉していったその度合いであった。

アメリカの研究者であるピーター・ドウスとダニエル・オキモトらもまた、一九七九年に発表された重要な論考のなかで、左右陣営の行き詰まりを超えようとする試みを行っている。彼らはファシズムという概念を別のやり方で微細に扱うことよりも、それが戦間期日本の研究において「破綻した概念」であると主張し、今度は新たな視角と社会的要因へ注意を払うよう提起したのである。[3]「ファシズム」に代わるものとして、より幅のある政治科学上の概念である「社会コーポラティズム」という概念を一九三〇年代の日本によりふさわしいものとして提示した。これは、本質的には介入主義的な国家が社会的機能に応じた社会の再編成を行ない、それにより、社会的混乱や自由放任主義によってもたらされた対立の抑圧を支持するものである。この論考のタイトルと論調のどちらも、当時のマルクス主義あるいは非マルクス主義陣営に連なる従来の研究手法に対して広く高まりつつあった学術界の苛立ちを反映している。（中略）振り返ってみれば、一九三〇年代の日本史研究において、ほかのあらゆる歴史分野にとってもそうであるように、一九八〇年代というのは新たなパラダイムや要素を探し求めたという点での転換期であったように見える。

吉見義明の古典的研究『草の根のファシズム――日本民衆の戦争体験』（東京大学出版会、一九八七年）は、近年英語にも翻訳されたが、これを上記の転換期における早い段階での偉大な成果の一つとすることができる。一九七〇年代、戦前の大衆運動を調査する若手研究者であった吉見（一九四六年生まれ）は、戦時期の日本史を記述する従来の手法に不満を募らせていた。それは左翼も右翼も関わりなく、「トップダウン」の歴史を語り、歴史上有効な役割を日本の政治、軍事、そして経済エリート、そして非人間的な構造や社会経済の影響、またあるいは単一な民族文化的総体としての「日本人」のみに与えるものであった。（中略）一九七〇年代から八〇年代初頭にかけて新たな歴史を探っていたなか、吉見と同僚の研究者は新たに一次史料の収集を開始し、次第にそれまで未発見だった政府情報やその他書類にたどりつき、その中には民衆の士気を観察しようとする戦時期の体系的な試みに関するものも見られた。そのような史料は、人びとの日常生活をつらぬいて編成しようと試みる戦時期の国家の画期的な新たな領域――ファシズムの特質と呼ばれうる――を反映していた。しかしそれらはまた、人びとの経験や態度の発展に関して有意義な、あらたな展望をもたらした。同時期に吉見は幸運にも、戦時や戦後復興期を生きた様々な人びとの、屋根裏部屋や引き出し、さらにワードプロセッサーなどから見つかった日記や手紙、回顧録といった大量の新しい「非公式」史料に出会い、これをもって人びとが仲間や家族と歩んだ経験を思い返し、熟考する機会と必要を得たのである。（中略）これらの豊富で多様な史料を基盤にして、吉見の研究は広範でなお説得力を備えた、戦時期日本の「下からの」記述を行い、この分野の慣習的手法を打破したのである。一九三〇年代初頭の困難を伴った開戦に始まり、敗戦という惨事、一九四五年の新時代への兆しにいたるまでを辿り、そして銃後や、広範囲にわたる日本帝国主義を特徴づける様々な「前線」との間を、熟練し整然とした作業で往来しながら『草の根のファシズム』は微細な、歴史となった、実生活の複雑さや曖昧さの中での、エリートではない日本人の日常を、人びとを被害者としてのみでなく、アジアでの覇権と国内の改革に向けた戦時の苦闘に加担した者ともしながら、描き出している。吉見はさらに、日本の民族的少数者、帝国主義の被害者であり、戦時の営みの中で複雑な個人や集団の駆け引きを行ってきた沖縄人や朝鮮人、台湾人らについても同様に鋭い記述をしようと、労を惜しんでいない。

およそ三〇年間を振り返ってみても、吉見の先駆的な『草の根のファシズム』は今もなお、現在に大きく関わり続けているものである。それは下からという視点や、依拠する一連の史料の固有性のみによってではなく、この研究が一九三〇年代を扱う八〇年代以来の日本研究を規定するようになっている、固有の様々な方面へと幅広く展開しているからである。様々な非公式の社会的要素や、かつては「メインストリー」に対して周縁的なものとみなされてきた非中心部への関心が高まっている。すなわち文化史やイデオロギー、そして生きられた経験への関心である。さらにこれには、ポストコロニアル理論や批評（エドワード・サイードの『オリエンタリズム』（原著は一九七八年）によって開拓されたが、その影響は日本では吉見の『草の根のファシズム』の後に現れた）の影響や、帝国主義やトランスナショナル・ヒストリーへの関心の高まり、そして、無いはずであるにも関わらず日本の戦前史に照らし合わせてきたヨーロッパ中心的な近代主義に対する批判意識や拒絶も伴っている。

大正デモクラシー（一九〇五―一九三一）の初期に焦点をあてたもので、アンドルー・ゴードンの*Labor and Imperial Democracy in Prewar Japan*（1991）はこの流れの模範のひとつとされ、一九三〇年代日本の研究に対しても重要な意味を持っている。(4)そのことはタイトルから、そして挑戦的な用語である"Imperial Democracy"の意図的な配置や、日本の労働者階級の政治意識の発展に焦点を当てていることから読み取れるだろう。（中略）結論においてGordonは、一九三〇年代の国外に対する帝国主義の、より積極的な形態や国内の社会改革の支持への民衆の転回を、民主主義的公約が挫折したように見られた第一次世界大戦後の自由主義的な社会、政治状況に対する絶望が強まって起きたものと捉えている。この絶望感は大恐慌の複数の危機によって急激に増幅していた。（中略）ゴードンは結果として生じた体制をここで、またのちに他の箇所でも、ヨーロッパ的なファシズムの要素を欠いていようとファシズムと呼ばれうるものだとしている。

マイルズ・フレッチャーが一九八二年に発表した『知識人とファシズム』(5)は、三人の進歩派知識人の、ヨーロッパのファシズムへの生き生きとした関心を明らかにしただけでなく、その専門知識を新たに設立された政府シンクタンクで活用しようという積極的な野心も明らかにした。このシンクタンクが官僚への画期的なつながりとなり、また官僚内に影響をもたらしていたのである。グレゴリー・カスザの*The State and Mass Media in Imprial Japan, 1918-1945*(6)は一九八八年に発表され、一九三〇年代と四〇年代のマスメディアが積極的に、介入主義を強化しつつある国家、軍部と両輪になって帝国主義／軍国主義の流れに乗り、思想上の理由だけでなく商業的な根拠をもってこれに協力する働きをしていたと論じている。

一九三〇年代の社会的なダイナミクスを再検討するという進行中の取り組みにおいて、ルイーズ・ヤングの『総動員帝国』（一九九八）は上記の、また他に国内の戦時市民社会と国家との関係を扱う画期的な研究に(7)依拠し、さらには自身の野心的かつ先駆的な研究を提示している。それは国家と市民社会を考慮するという幅広い観点、そしてタイトルにも反映されているように帝国を混成物の中へと組み入れるという手法の双方において言える。発表されて以降の研究者世代に刺激を与えてきたと言うべきこの記念碑的な研究で、ヤングは、一九三一年に始まった日本の傀儡国家・満洲国の植民地化計画を周縁的なものではなく一九三〇年の日本国内の経験にとって中心的なもの――国家計画というよりはむしろ市民社会の事業として、実際には国家と市民社会の新たな連関に劇的な刺激をもたらしたもの――であったとしている。（中略）満州国は「生存権」のみならず、まさに日本の近代とその多元的な危機が抱える矛盾――経済、社会、政治、文化、そして帝国主義的な――を一挙に解決する、理想の風景を約束するものだったのである。

一九三〇年代の思想史に重点をおいた研究がハリー・ハルトゥーニアンの『近代による超克』であり、地域的な屈折はあるものの、満州国のような理想や言説は戦間期のイデオロギーの条件を示すものであるという論証が試みられている。その条件とは、その世界的な性質や影響、ダイナミクスに関心が払われてこなかった、自由主義的な産業資本主義の近代の重層的な危機によって引き出されたものである。ハルトゥーニアンは従来の静的な、日本の経済、社会、文化における「近代」と「伝統」の領域を並記する手法は問題であるとし、むしろ当時の、都市と農村双方における計り知れない、目まぐるしい変化の速度を強調したのであった。[8] 彼は、ヨーロッパと日本において同時かつ相互関係的に、「近代の超克」という根源的な手段を求め、可能性としてそれを確信していた当時の認識が「近代による超克」という状態の、一つの表現であったのだと主張している。[9]（中略）近年になって多くの研究者、とりわけレスリー・ピンカスや[10]アラン・タンズマンといった[11]戦時期の作家や文学者の研究者が文化史に焦点をあてており、ミリアム・シルバーグや[12]キム・ブラントといった、[13]ファシズムに内蔵された強迫観念としてのジェンダー上の役割や不安を様々な手法で強調する研究者らも連なっている。

地域的かつ世界的な視野で見れば、中国が日本に対して抗戦し、戦い続けることを決断した時点で、西洋勢力との大規模な衝突も同様に避けられないものであった。しかしながら近年の研究は、一九三〇年代末に何か日本が不可避にたどり着く結末があったとしても、それが戦後初期の解釈で重々強調されてきたような、固有で「長きにわたる」日本的性質よりも世界的な傾向に、より関係しているという記述が実質的になされている。すなわち、日本の一九三〇年代は地域的な屈折として、また自由主義的な資本主義と、同時代の世界を規定した帝国主義との二重の危機として理解すべきなのである。結局、一九三〇年代の日本が、国内的にも世界的にも未曾有の不安定期への解決策として拡大した帝国へと飛びついたということに関して孤立した存在であったとは言えず、日本の枢軸同盟が同様にこの不安定に連なって決定されたというだけでなく、連合国側も多元的かつ未だかつてない苦難の時代に直面しながら長期的な帝国主義の権益を守ろうとしていたのである。（中略）〔日本は、中国での激しい抵抗という〕苦難を克服することも、日本人が歴史的な獰猛さと残虐さをもって中国へ応答する帝国に代替する構想を得ることもできなかった。多くの人びとにとって、うっ積してしまった不満が西洋勢力に対する宣戦布告、パールハーバーへの奇襲とそれに続く東南アジアの「解放」をもって発散されるように感じられたのだろう。しかしながら、日本人が近代の課題に対する解決策として「アジアへの回帰」という思想を、それまで以上に強く、意欲的につかみながら一九四〇年代に入っていったのだとしても、日本をそのような結末に導いたものは近代の欠陥ではない、と結論するのがよいのではないだろうか。

注

（1）大石嘉一郎「近代史序説」（『岩波講座　日本歴史　近代1』岩波書店、一九七五年）六頁。なお、一九三〇年代日本のマルクス主義的解釈についてさらなる先行研究調査については、Gavan MacCormack, “1930s Japan: Fascist?” in *Bulletin of Concerned Asia Scholars* 14:2 (Spring 1982), pp. 20-33.

（2）Jonathan Fairbank, Edwin O. Reischauer, and Alber Craig, *East Asia: Tradition and Transformation*, revised edition, Boston: Houghton Mifflin, 1989, pp.724-25.

（3）Peter Duus and Daniel I. Okimoto, “Fascism and the History of Pre-War Japan: The Failure of a Concept,” *Journal of Asian Studies*, Vol.39, No. 1 (Nov.1979), pp. 65-76を参照。他に主要な日本研究者で戦時期の日本をファシストと規定していないのは、伊藤隆、George Wilson, James Crowley, Mark Peattie, Rechard Smethurst, Gordon Berger, Richard Mitchellなど。より近年の比較研究においては、ヨーロッパのファシズム期の主導的な歴史研究者であるRobert Paxtonが次のような同意を示している。「一九三二年から四五年までの大日本帝国は、かなりの規模の国家的動員を伴った拡張主義的な軍事独裁として」理解する方が「ファシズムとして」よりも適切である。Robert Paxton, *The Anatomy of Fascism*, New York: Alfred A. Knopf, 2004, p.200.〔瀬戸岡紘（訳）『ファシズムの解剖学』桜井書店、二〇〇九年〕

（4）Andrew Gordon, *Labor and Imperial Democracy in Prewar Japan*, Berkeley, University of California Press, 1991.

（5）Miles Fletcher, *Intellectuals and Fascism in Early Shōwa Japan*, Chapel Hill: University of North Carolina Press, 1982.〔竹内洋、井上義和（訳）『知識人とファシズム――近衛新体制と昭和研究会』柏書房、二〇一一年〕

（6）Louise Young, *Japan's Total Empire*, Berkeley: University of California Press, 1988.〔加藤陽子・高光佳絵他（訳）『総動員帝国――満洲と戦時帝国主義の文化』岩波書店、二〇〇一年〕

（7）例えば、Sheldon Garon, *Molding Japanese Minds: The Sate in Everyday Life*, Princeton: Princeton University Press, 1997を参照。Garonは戦前の市民社会集団が国家への戦術的な忠誠を形成し、それが結果としてさらなる統制と官僚による日常の管理

につながったと述べている。彼の挙げる例は社会福祉計画、宗教組織、売春、そして女性の権利要求運動を含んでいる。またKerry Smith, *A Time of Crisis: Japan, the Great Depression, and Rural Revitalization*, Cambridge: Harvard University Press, 2000も参照。YoungやGaronと同じようにSmithも地域的な利害と市民社会の、一九三〇年代の新しい社会的な介入主義の特質である国家との弁証法的な駆け引きにおける役割を強調している。この著者は、負債管理、農村救済基金、そして自力による活性化を通じて、大恐慌期の復興の試みが農村を近代に近づけ、国家、経済との新たな関係を取り結ばせ、アメリカ占領下における劇的な農地改革を準備したと主張している。

(8) Harry Harootunian, *Overcome by Modernity: History, Culture, and Community in Interwar Japan,* Princeton: Princeton University Press, 2000.〔平野克弥(訳)『近代による超克——戦間期日本の歴史・文化・共同体』(上・下)、岩波書店、二〇〇七年〕

(9) ここで補足すべきは例えば、日本の産業構成の注目すべき変化がこの一〇年間のはじめ六年のうちに進行し、重工業の全体に対する割合が一九三一年の一〇パーセントから三六年には四五パーセントに上昇しているということだ。さらに加えると、丸山眞男が用いているような、日本経済の根本的な後進性を特徴づける、産業に関するデータは一九二六年からのものである。当時の日本経済と社会の静的あるいは後進的性質といった印象を他の視角から問いに付している、より重要な近年の研究については、Miriam Silverberg, *Erotic Grotesque Nonsense: The Mass Culture of Japanese Modern Times*, Berkeley: University of California Press, 2009、Andrew Barshay, "Doubly Cruel: Marxism and the Presence of the Past in Japanese Capialism," in *Mirror of Modernity: Invented Traditions of Modern Japan*, edited by Stephen Vlastos, Berkeley: University of California Press, 1998を参照。

(10) Leslie Pincus, *Authenticating Culture in Imperial Japan: Kuki Shuzo and the Rise of ational Aesthetics*, Berkeley: University of California Press, 1996.

(11) Alan Tansman, *The Aesthetics of Japanese Fascism*, Berkeley: University of California Press, 2009.

(12) Miriam Silverberg, *Erotic Grotesque Nonsense*, Op. Cit.

(13) Kim Brandt, *Kingdom of Beauty: Mingei and the Politics of Folk Art in Imperial Japan*, Durham, NC: Duke University Press, 2007.

付記 ワークショップ「『草の根のファシズム』——その歴史的現在」(二〇一七年一月三〇日、東京外国語大学国際日本学研究院主催)に用意されたイーサン・マーク氏の英語論文を抄訳しています。

執筆者一覧（掲載順）

柴田勝二　　村尾誠一　　菅長理恵
王 志 松　　キース・ヴィンセント
スティーヴン・ドッド　　寺田澄江
友常　勉　　吉見義明
イーサン・マーク

【アジア遊学221】
世界《せかい》のなかの子規《しき》・漱石《そうせき》と近代日本《きんだいにほん》

2018年7月30日　初版発行
編　者　柴田勝二《しばたしょうじ》
発行者　池嶋洋次
発行所　勉誠出版株式会社
〒101-0051　東京都千代田区神田神保町3-10-2
TEL：(03)5215-9021(代)　FAX：(03)5215-9025
〈出版詳細情報〉http://bensei.jp/

印刷・製本　㈱太平印刷社
組版　デザインオフィス・イメディア（服部隆広）

ISBN978-4-585-22687-1　C1395

218 中国古典小説研究の未来　21世紀への回顧と展望

216 日本文学の翻訳と流通 近代世界のネットワークへ

217 「神話」を近現代に問う

書法史における刻法・刻派という新たな視座―北魏墓誌を中心に　澤田雅弘

Ⅲ　国都・都城

鄴城に見る都城制の転換　佐川英治

建康とその都市空間　小尾孝夫

魏晋南北朝の長安　内田昌功

北魏人のみた平城　岡田和一郎

北魏洛陽城―住民はいかに統治され、居住したか　角山典幸

統万城　市来弘志

「蜀都」とその社会―成都　二二一―三四七年　新津健一郎

辺境都市から王都へ―後漢から五涼時代にかける姑臧城の変遷　陳力

Ⅳ　出土資料から見た新しい世界

竹簡の製作と使用―長沙走馬楼三国呉簡の整理作業で得た知見から　金平（石原遼平・訳）

走馬楼呉簡からみる三国呉の郷村把握システム　安部聡一郎

呉簡吏民簿と家族・女性　鷲尾祐子

魏晋時代の壁画　三崎良章

北朝の墓誌文化　梶山智史

北魏後期の門閥制　窪添慶文

214 前近代の日本と東アジア　石井正敏の歴史学

はしがき―刊行の経緯と意義　村井章介

Ⅰ　総論

対外関係史研究における石井正敏の学問　榎本渉

石井正敏の史料学―中世対外関係史研究と『善隣国宝記』を中心に　岡本真

三別抄の石井正敏―日本・高麗関係と武家外交の誕生　近藤剛

「入宋巡礼僧」をめぐって　手島崇裕

Ⅱ　諸学との交差のなかで

石井正敏の古代対外関係史研究―成果と展望　鈴木靖民

『日本渤海関係史の研究』の評価をめぐって―渤海史・朝鮮史の視点から　古畑徹

中国唐代史から見た石井正敏の歴史学　石見清裕

中世史家としての石井正敏―史料をめぐる対話　村井章介

中国史・高麗史との交差―蒙古襲来・倭寇をめぐって　川越泰博

近世日本国際関係論と石井正敏―出会いと学恩　荒野泰典

Ⅲ　継承と発展

日本渤海関係史―宝亀年間の北路来朝問題への展望　浜田久美子

大武芸時代の渤海情勢と東北アジア　赤羽目匡由

遣唐使研究のなかの石井正敏　河内春人

平氏と日宋貿易―石井正敏の二つの論文を中心に　原美和子

日宋貿易の制度　河辺隆宏

編集後記　川越泰博

215 東アジア世界の民俗　変容する社会・生活・文化

序　民俗から考える東アジア世界の現在―資源化、人の移動、災害　松尾恒一

Ⅰ　日常としての都市の生活を考える

生活革命、ノスタルジアと中国民俗学　周星（翻訳：梁青）

科学技術世界のなかの生活文化―日中民俗学の狭間で考える　田村和彦

Ⅱ　文化が遺産になるとき―記録と記憶、そのゆくえ

国家政策と民族文化―トン族の風雨橋を中心に　兼重努

台湾における民俗文化の文化財化をめぐる動向　林承緯

「奇異」な民俗の追求―エスニック・ツーリズムのジレンマ　徐贛麗（翻訳：馬場彩加）

観光文脈における民俗宗教―雲南省麗江ナシ族トンパ教の宗教から民俗活動への展開を事例として　宗暁蓮

琉球・中国の交流と龍舟競渡―現代社会と民俗文化　松尾恒一

クティヴ―根来と延慶本、平維盛粉河寺巡礼記事について　大橋直義

【総論】延慶本『平家物語』と紀州地域　佐伯真一

【書物としての延慶本『平家物語』と聖教】

延慶本平家物語の書誌学的検討　佐々木孝浩

延慶本『平家物語』周辺の書承ネットワーク―智積院聖教を手懸かりとして　宇都宮啓吾

延慶本『平家物語』の用字に関する覚書　杉山和也

【根来寺の歴史・教学・文学とネットワーク】

「束草集」と根来寺　永村眞

高野山大伝法院と根来寺　苫米地誠一

延慶書写時の延慶本『平家物語』へ至る一過程―実賢・実融：一つの相承血脈をめぐって　牧野和夫

頼瑜と如意宝珠　藤巻和宏

寺院経蔵調査にみる増吽研究の可能性―安住院・覚城院　中山一麿

【延慶本『平家物語』の説話論的環境】

十三世紀末の紀州地域と「伝承」―延慶本『平家物語』・湯浅氏・無本覚心　久保勇

崇徳関連話群の再検討―延慶本『平家物語』の編集意図　阿部亮太

称名寺所蔵『対馬記』解題と翻刻―延慶本『平家物語』との僅かな相関　鶴巻由美

【延慶本『平家物語』・紀州地域・修験】

延慶本『平家物語』と熊野の修験―根来における書写を念頭に　源健一郎

承久の乱後の熊野三山検校と熊野御幸　川崎剛志

紀州と修験―縁起から神楽へ　鈴木正崇

212 関ヶ原はいかに語られたか　いくさをめぐる記憶と言説

序文　関ヶ原の戦いのイメージ形成史　井上泰至

石田三成―テキスト批評・中野等『石田三成伝』　井上泰至

小早川秀秋―大河内秀連著『光禄物語』を中心に　倉員正江

【コラム】大阪歴史博物館蔵「関ヶ原合戦図屏風」について　高橋修

大谷吉継―軍師像の転変　井上泰至

小西行長―近世の軍記から演劇まで　原田真澄

島左近―『常山紀談』の逸話などから　田口寛

【コラム】関ヶ原合戦図屏風の近世　黒田智

吉川広家―「律儀」な広家像の形成と展開　山本洋

安国寺恵瓊―吉川広家覚書と『関ヶ原軍記大成』を中心に　長谷川泰志

黒田長政―説得役、交渉役として　菊池庸介

関ヶ原合戦と寺社縁起　黒田智

福島正則―尾張衆から見た関ヶ原の戦い　松浦由起

加藤清正―関ヶ原不参加は家康の謀略によるものか？　藤沢毅

島津義弘―島津退き口の歴史叙述　目黒将史

伊達政宗―近世軍書に描かれたその姿の多様性　三浦一朗

【コラム】「北の関ヶ原合戦」をめぐる史料について　金子拓

徳川家康―天下太平への「放伐」　濱野靖一郎

213 魏晋南北朝史のいま

総論―魏晋南北朝史のいま　窪添慶文

Ⅰ　政治・人物

曹丕―三分された日輪の時代　田中靖彦

晋恵帝賈皇后の実像　小池直子

赫連勃勃―「五胡十六国」史への省察を起点として　徐冲（板橋暁子・訳）

陳の武帝とその時代　岡部毅史

李沖　松下憲一

北周武帝の華北統一　会田大輔

それぞれの「正義」　堀内淳一

Ⅱ　思想・文化

魏晋期の儒教　古勝隆一

南北朝の雅楽整備における『周礼』の新解釈について　戸川貴行

南朝社会と仏教―王法と仏法の関係　倉本尚徳

北朝期における「邑義」の諸相―国境地域における仏教と人々　北村一仁

山中道館の興起　魏斌（田熊敬之・訳）

史部の成立　永田拓治

209 中世地下文書の世界　史料論のフロンティア

210 歴史のなかの異性装

211 根来寺と延慶本『平家物語』　紀州地域の寺院空間と書物・言説

Ⅰ　女性と仏教の文学世界

女文字の仏教　今西祐一郎

女性が男性を論破する大乗経典—日本の女性文学への影響　石井公成

『参天台五臺山記』にみる「女性と仏教」　勝浦令子

〈仏伝文学〉と女人—物語の原点として　小峯和明

【コラム】女性たちの転生と「謫生」—説話と物語のありよう　丁莉

【コラム】后と聖人—女犯の顛末　高陽

Ⅱ　女人の道心と修行

女性仏道修行者の出家と焼身—東アジア仏教最初期の一考察　何衛紅

紫式部の道心について　張龍妹

手紙を書く女たち—儒教と仏教を媒介に　李愛淑

【コラム】釈教歌と女性　平野多恵

【コラム】暗喩としての〈仏教〉—『更級日記』の〈物詣〉　中村文

『とはずがたり』における後深草院二条の信仰心—西行の受容を中心に　邱春泉

Ⅲ　『法華経』と女人の形象

『冥報記』における女性『法華経』信仰説話の伝承考　李銘敬

鎮源撰『本朝法華験記』独自の女性像—表現の出典と発想の和化を手掛かりに　馬駿

「平家納経」と女性の仏教実践　阿部龍一

『八幡愚童訓』の一側面—神功皇后像と故事としての仏伝　鈴木彰

Ⅳ　東アジアへの視界

宋代の女性詩人と仏教—朱淑真を例として　陳燕

朝鮮の宮廷女流文学における宗教思想　金鍾徳

【コラム】朝鮮時代における仏伝とハングル小説—耶輸陀羅の物語　趙恩馤

【コラム】朝鮮時代の女性と仏教—比丘尼礼順の仏法修行を中心に　金英順

【コラム】ベトナムの女性と仏教　川口健一

Ⅴ　近世・近代文学の女性と宗教

上田秋成の仏教観と「宮木が塚」における権力・智略と信仰　岳遠坤

【コラム】近世における女の巡礼　周以量

二十世紀の和泉式部伝説—『かさぶた式部考』における「救済」について　樋口大祐

初期平塚らいてうの女性解放の思想と禅　王雪

芥川龍之介『南京の基督』論—金花の〈奇蹟〉物語の深層心理　曲莉

核時代における現代人の信仰の問題について—大江健三郎の『燃えあがる緑の木』を中心に　王麗華

208 ひと・もの・知の往来　シルクロードの文化学

序文　近本謙介

Ⅰ　西域のひびき

小野篁の「輪台詠」について　後藤昭雄

敦煌出土『新集文詞九経抄』と古代日本の金言成句集　河野貴美子

曹仲達様式の継承—鎌倉時代の仏像にみる宋風の源流　藤岡穣

端午の布猴　劉暁峰

中世初期のテュルク人の仏教—典籍と言語文化の様相　ソディコフ・コシムジョン

『アルポミシュ』における仏教説話の痕跡　ハルミルザエヴァ・サイダ

『聖母行実』における現報的要素—『聖母の栄耀』との比較から　張龍妹

【コラム】聖徳太子のユーラシア　井上章一

Ⅱ 仏教伝来とその展開

天界の塔と空飛ぶ菩提樹—〈仏伝文学〉と〈天竺神話〉　小峯和明

長谷寺「銅板法華説相図」享受の様相　内田澪子

『大唐西域記』と金沢文庫保管の『西域伝堪文』　高陽

玄奘三蔵の記憶—日本中世における仏教東漸の構想　近本謙介

遼代高僧非濁の行状に関する資料考—『大蔵教諸佛菩薩名号集序』について　李銘敬

投企される〈和国性〉—『日本往生極楽記』改稿と

【コラム】八田与一を介した台南と金沢の交流　清水美里

あとがき　北波道子

205 戦時上海グレーゾーン 溶融する「抵抗」と「協力」

はじめに　「抵抗」と「協力」の溶けあう街　堀井弘一郎

Ⅰ　**【政治・経済】〈抵抗〉と〈協力〉のダイナミクス**

上海を統治する—汪兆銘政権の人々　関智英

戦時下における上海共同租界行政—工部局をめぐる日英の対立　藤田拓之

中支那振興株式会社とは何か—華中蚕糸公司を事例として　髙綱博文

日中戦争期の上海永安企業における企業保全　菊池敏夫

劉鴻生の戦時事業展開—社内人材と外部人脈　上井真

【コラム】朝鮮人コミュニティ　武井義和

【コラム】経済史の視点からみた戦時上海の「グレーゾーン」　今井就稔

Ⅱ　**【社会・文化】日本統治下に生きる**

日中戦争と洋食・洋菓子文化　岩間一弘

上海に生きた東亜同文書院生—上海日本人社会の一側面　広中一成

日本人居留民と東西本願寺　川邉雄大

上海の日中キリスト教ネットワーク—その交錯と相克　石川照子

【コラム】上海自然科学研究所と陶晶孫　鈴木将久

【コラム】上海画廊を通り抜けた画家たち　大橋毅彦

【コラム】内山完造と「大陸賞」　呂慧君

Ⅲ　**【言論・メディア】戦時上海を語る〈声〉**

中日文化協会上海分会と戦時上海の翻訳事業—武田泰淳「上海の螢」を手掛かりとして　木田隆文

川喜多長政と戦時上海・中国　晏妮

「親日」派華字紙『中華日報』の日本批判　堀井弘一郎

田村(佐藤)俊子から左俊芝へ、戦時下・上海『女声』における信箱—「私たち」の声のゆくえ　山﨑眞紀子

上海日僑管理処発行『導報』誌の中の日本人たち—内山完造・海野昇雄・林俊夫(三木七石)　渡邊ルリ

【コラム】戦時下上海の暗く寒い冬—阿部知二の中国滞在　竹松良明

【コラム】張愛玲と日本文化　邵迎建

206 宗教と儀礼の東アジア 交錯する儒教・仏教・道教

序文　原田正俊

Ⅰ　**祖先祭祀と家・国家**

東アジアの宗廟　井上智勝

中国仏教と祖先祭祀　荒見泰史

日本中世の位牌と葬礼・追善　原田正俊

近世大名墓から読み解く祖先祭祀　松原典明

Ⅱ　**儒教儀礼の伝播と変容**

日本古代の殯と中国の喪葬儀礼　西本昌弘

日本近世における儒教葬祭儀礼—儒者たちの挑戦　吾妻重二

『応酬彙選』の中の『朱子家礼』　三浦國雄

Ⅲ　**追善・鎮魂儀礼と造形**

道教・民間信仰で描く地獄　二階堂善弘

南宋時代の水陸会と水陸画—史氏一族の水陸会と儀礼的背景　高志緑

旧竹林寺地蔵菩薩立像の結縁交名について　長谷洋一

Ⅳ　**王権の正統化と宗教儀礼**

唐代長安における仏教儀礼　中田美絵

北宋真宗の泰山・汾陰行幸—天地祭祀・多国間関係・蕃客　向正樹

皇恩度僧の展開—宋～元代の普度を中心に　藤原崇人

法皇院政とその出家儀礼の確立—白河院と鳥羽院の出家　真木隆行

207 東アジアの女性と仏教と文学

序文—「東アジアの女性と仏教と文学」に寄せて　張龍妹・小峯和明

アジア遊学既刊紹介

203 文化大革命を問い直す

総論　文革を再考するいくつかの視点―総説に替えて
「中国六〇年代と世界」研究会代表・土屋昌明
【座談会】運動としての文化大革命
朝浩之×金野純×土屋昌明

Ⅰ　伏流：星火事件、二つの半工半読

小説「星火事件」　土屋昌明
林昭の思想変遷―『人民日報編集部への手紙』（その三及び起訴状）を手がかりとして　陳継東
下放は、労働を権利とみなし教育と結びつける歴史的実験だった　前田年昭

Ⅱ　噴出：政治と芸術、プロパガンダ

文革時期個人崇拝のメカニズム―ヒートアップとクールダウン　印紅標（森瑞枝訳）
【座談会】文革プロパガンダとは何か―胡傑・艾暁明監督作品『紅色美術』をめぐって
鈴木一誌×土屋昌明×森瑞枝（進行）

Ⅲ　波及：下放の広がり、国際的影響

下放の思想史―大飢饉・文革・上山下郷の農村と知識青年　土屋昌明
日本における文革と下放から私は何を学んだのか　前田年昭
私にとっての文革―七〇年前後の学生運動を契機として　朝浩之
共和制のリミット―文革、ルソーの徴の下に　松本潤一郎
現代中国の知識人と文革　及川淳子

204 交錯する台湾認識　見え隠れする「国家」と「人びと」

総論　交錯する台湾認識
―見え隠れする「国家」と「人びと」　陳來幸

Ⅰ　「国家」の揺らぎ

現代台湾史の重要人物としての蔣介石　若松大祐
民主化後の政党政治―二〇一六年選挙から展望される可能性　松本充豊
すれ違う「国」と「民」―中華民国／台湾の国籍・パスポートをめぐる統制と抵抗　鶴園裕基
台湾とフィリピン、そして日本―「近さ」と「隔たり」の政治学　宮原曉
【コラム】琉・華・台・沖　八尾祥平
【コラム】台湾原住民族の政治的位置づけ　石丸雅邦

Ⅱ　台湾の「実像」

一九四〇～五〇年代の日台経済関係―分離から再統合へ　やまだあつし
台湾の経済発展と「開発独裁」―「中華民国」の生き残りをかけた経済開発　北波道子
ノーブランドのIT大国　近藤伸二
一九六〇年代台湾文学の日本語翻訳活動について―『今日之中国』における文学翻訳とカルチュラル・ポリティクス　王惠珍（北波道子訳）
東南アジア系台湾人の誕生―五大エスニックグループ時代の台湾人像　横田祥子
【コラム】日台間における性的マイノリティ文化の相互交渉―台湾の「同志文学」を手がかりに　劉靈均
【コラム】「台湾客家」の創造　劉梅玲

Ⅲ　万「華」鏡の「台湾」

在日台湾人と戦後日本における華僑社会の左傾化現象　陳來幸
華僑・台僑をめぐる歴史的位相―台湾「天然独」の抬頭に至るまで　岡野翔太
遺骨と祖国とアイデンティティ――九五〇年代前半の台湾と「中国」をめぐる相剋　坂井田夕起子
台湾人と日本の華人系プロテスタント教会　劉雯
誰がここで他人の歌を歌っているのか―「日歌台唱」にみる、台湾人の世代交代とその交差点　黄裕元（北波道子、岡野翔太共訳）
【コラム】被災地交流で結ぶ日本と台湾　垂水英司